anagramma

1285

Della stessa autrice:

Matrimonio di convenienza
Stronze si nasce
Una Cenerentola a Manhattan
Due cuori in affitto
La verità è che non ti odio abbastanza
Appuntamento in terrazzo
Prima regola: non innamorarsi
Il mio regalo inaspettato
Bugiarde si diventa
Non è un paese per single
Ti aspetto a Central Park
Innamorati pazzi
Una ragazza d'altri tempi
Lo Spezzacuori
Una conquista fuori menù

Prima edizione: aprile 2025

ISBN 978-88-227-9351-5

www.newtoncompton.com

Realizzazione a cura di The Bookmakers studio editoriale s.r.l.s.
Stampato nell'aprile 2025 da Grafica Veneta S.p.A., Trebaseleghe (PD)

Felicia Kingsley

L'amante perduta di Shakespeare

Newton Compton editori

E se Shakespeare fosse stato la più grossa truffa nella storia della letteratura?

To the reader. Al lettore.

Data è dal ciel la feminil bellezza,
perch'ella sia felicitate in terra
di qualunque uom conosce gentilezza.

VERONICA FRANCO

1

Presente

Ai santi in paradiso preferisco avere i diavoli all'inferno. I santi ti proteggono nel bene, i diavoli ti salvano il culo quando sei nella merda.

Io, nella merda, c'ero ben al di sopra del collo.

Fino a un mese fa ero dietro le sbarre in un carcere, a scontare una condanna che avrebbe risucchiato metà della mia vita, mentre oggi siedo al tavolino di una sala da tè in rue des Capucins, città alta, Lussemburgo.

Un granducato incastonato tra Francia, Belgio e Germania, neanche tremila chilometri quadrati di terra che custodiscono i patrimoni di oltre duecentocinquanta miliardari di tutto il mondo e sede fiscale di più di centoquarantaduemila aziende.

Mi piacciono i numeri, soprattutto questi.

«Il suo tè, *monsieur*». Una giovane cameriera sorridente mi serve la mia ordinazione. «E il latte».

«Niente latte, grazie».

«Pensavo che voi inglesi metteste sempre il latte nel tè», osserva incuriosita. Ha l'aria dolce e su per giù la mia età.

«Nei tè indiani, neri, come l'Assam o il Darjeeling per smorzarne la robustezza dovuta alla forte ossidazione. Questo», spiego girando il cucchiaino nella tazza, «è verde. Come la maggioranza dei tè cinesi».

«Zucchero?»

«Mi piace senza».

«Biscotti al burro? Li fa la pasticceria migliore della città».

«Sono a posto così, grazie».

«Guarda che i biscotti sono già inclusi nell'ordinazione», mi fa presente Giles, raggiungendomi e sedendosi nella poltroncina accanto alla mia. «Un decaffeinato per me, grazie».

«Sei in ritardo», gli faccio notare.

«Con i clienti importanti non esistono orari, si resta finché hanno bisogno».

«Allora io non sono un cliente importante», constato.

«Tu non sei un cliente».

«E cosa sono?»

«Il "nipote" di un amico. Non fare economia sui piaceri della vita», mi rimprovera lui, per poi rivolgersi di nuovo alla cameriera tornata col suo caffè. «Ci porti anche quei biscotti, per favore».

«Non sto facendo economia», ribatto, «sai perché l'Impero Romano è caduto? Perché quando hanno annesso i regni mediorientali, gli eserciti si sono lasciati andare agli agi e si sono rammolliti».

Giles ride. «Un impero stroncato da un bagno turco».

«Più o meno, sì», rispondo serio.

«Sei giovane per darti una regola di vita così severa. Quanti anni hai?»

«Ventisei».

«Prima o poi mollerai il tiro e ti godrai i lussi».

«Più poi che prima». Non disdegno i lussi – chi lo fa è un ipocrita – ma cerco di non abituarmici, la comodità impigrisce e una volta goduta poi non si è mai preparati a perderla.

«In ogni caso non avrai molto tempo per crogiolarti nella tua riconquistata libertà. Una volta allertata la "lista", i nomi non hanno esitato a farsi sentire. Ho già un nutrito elenco di "consulenze" da sottoporti».

«È una bella notizia», commento da sopra il bordo della mia tazza.

«A cominciare da uno dei collezionisti più ambiziosi del Regno Unito. Alastor Lockridge. Ti aspetta già domani pomeriggio nella sua tenuta di Anglesey».

«Di cosa si tratta? Quadri? Gioielli?»

«Questi dettagli non me li forniscono mai».

«Non sono dettagli».

«Una delle prime cose che devi imparare di questo mestiere è che meno informazioni si divulgano, meglio è. Quello che fai e come lo fai non mi riguarda, io sono solo un fiduciario, il mio unico interesse è sapere da chi arriveranno i soldi delle tue commissioni e quando».

«E la tua percentuale», aggiungo.

«È il prezzo del silenzio, Nick».

«Ricevuto».

«Emozionato di tornare nella vecchia Inghilterra?»

«Non credevo che l'avrei mai più rivista».

«Gli "amici" più affezionati di José vengono da lì, ti troverai spesso a portare i tuoi saluti a Sua Maestà».

«Potrei valutare di cercarmi un appartamento lì. Mi è sempre piaciuta la campagna del Sussex», scherzo.

«I fantasmi come te non hanno case, né lì né altrove», ribatte Giles senza percepire la mia ironia. «Non esisti, non lasci tracce, men che meno un citofono con il tuo nome sopra».

«Me lo ha detto anche José».

«Allora ricordatelo». Si alza in piedi e posa due banconote sul tavolo. «Sei pronto a guadagnare il tuo primo milione?»

«Non vedo l'ora». Mi alzo anche io, seguendolo fuori.

«Credo che la cameriera ti abbia appena salutato».

«L'ho vista». Mi ha fatto un cenno con la testa, seguito da un timido gesto con il palmo.

«E anche le donne rientrano tra i piaceri che di regola ti neghi?».

Un secondo prima di lasciare il locale mi volto verso di lei e ricambio il saluto con un sorriso. «Tutte le regole, Giles, hanno delle eccezioni».

2

Passato

José Farias è uno dei detenuti più anziani, nonostante ciò, il suo acume è più pungente di quello di tutti i giovani messi insieme.

Lo rispettano tutti e credo che qualcuno abbia anche paura di lui.

Nessuno ha idea del perché sia in carcere, si sa soltanto che è un prete gesuita, parla poco e unicamente se necessario.

Da quando sono dentro non mi ha mai rivolto la parola. Ho incrociato il suo sguardo enigmatico più volte, puntato nella mia direzione. Mi osserva, ma non ho capito perché.

Io ho il solo scopo di sopravvivere senza impazzire tra le mura del penitenziario; la promessa di uscirne tra quasi trent'anni sembra lontana e sbiadita e il mio avvocato d'ufficio non credo si sia neanche sprecato a far attivare le procedure di estradizione dagli Stati Uniti in Inghilterra, un po' perché non è pagato abbastanza, un po' perché tanto non ho nessuno che mi rivoglia a casa. Per il momento, con la mia "quasi laurea" in Storia dell'arte riempio i giorni, tutti uguali, dando ripetizioni ai detenuti con svantaggi scolastici.

Non che mi sia offerto volontario, ma la scelta era piuttosto ridotta.

Grammatica, storia, geografia, matematica elementare, insegno tutto anche se “la mia classe”, ammesso che così possa chiamarla, non ha la minima voglia di starmi a sentire. Sono più che altro impegnati a trovare sempre nuovi modi per bullizzarmi per il mio accento britannico, o per la mia postura, o per le parole che uso e non conoscono...

Ma poi non serve neanche che io pronunci nulla; nel momento in cui volto loro le spalle per scrivere sulla lavagna, divento il bersaglio umano per palline di carta masticate, nel migliore dei casi.

Le lezioni si tengono nella biblioteca del carcere, del cui ordine si occupa proprio Farias.

È l’ora di storia e sto parlando dell’affondamento dei bastimenti di tè nel porto di Boston che diede l’innesco alla Rivoluzione americana, quando The Wall – un colosso di due metri per centotrenta chili – comincia a intonare una sua personale, nonché volgare, versione di *God Save the Queen* con i rutti. È in quel momento che Farias si alza dalla sua sedia di custode e si trascina alle spalle di The Wall: fingendo di complimentarsi con lui tramite una stretta di mano, gli fa sparire la voce.

«Sai, Eugene», comincia Farias, chiamando The Wall con il suo nome di battesimo, «che tra il ramo superficiale del nervo ulnare e il muscolo palmare breve c’è un punto che, se premuto nel modo giusto, può provocarti una paralisi alle corde vocali?».

The Wall, nel panico, si affanna a emettere suoni senza riuscire a produrne.

«No, che non lo sai, perché sei ignorante come un sacco di letame. Ti senti superiore, sì, a ridicolizzare chi sta cercando di far entrare due nozioni elementari nel tuo cervello incartapecorito? Bene, questo è solo un avvertimento, ma se dovessi sentire uno di voi, dentro o fuori da qui, azzardarsi ancora a tiranneggiare il ragazzino...». Ventidue anni per lui mi qualificano ancora come “ragazzino”. «...scoprirà cos'altro posso paralizzare con una stretta. E non saranno le corde vocali».

Continuo la lezione senza che nella biblioteca si senta un fiato, e con tutta la classe intenta a prendere perfino appunti. Poi, una volta terminato, Farias mi si avvicina.

«Sei sprecato, tu, qui».

«Meglio della mensa o della lavanderia», gli rispondo, intento a cancellare la lavagna e raccogliere i libri di testo tra i banchi, entrambi fitti di scarabocchi osceni tracciati a matita.

«Intendo in carcere».

«Grazie della stima ma secondo il giudice è meritato», sbuffo, impegnato a strofinare uno straccio umido sul piano del primo banco per cancellare un pene stilizzato che eiacula.

«Io posso insegnarti molte cose».

«A paralizzare le corde vocali?»

«Anche, se vorrai». Farias continua a seguirmi, ricurvo, canuto e claudicante. «Principalmente riguardo alle opere d'arte».

«Le ho già studiate. So analizzarle, catalogarle, perfino restaurarle all'occorrenza».

«Anche rubarle?».

Mi volto a guardarlo interdetto. «Rubarle?»

«Ragazzo, ci senti o devi farti controllare l'udito?»

«Ci sento, ci sento, Farias. Ma rubare la *Gioconda* dal Louvre non è la mia aspirazione».

«Per te, sono solo José. E comunque non dico di sottrarle dai musei, non si ruba nei musei, ciò che è nei musei è di tutti, ma ci sono ancora milioni, forse miliardi di manufatti che si reputano perduti nel tempo, dimenticati o che forse sono finiti nelle mani sbagliate. Ci sono persone disposte a pagare una fortuna a chi è in grado di ritrovarli e non tutti hanno le capacità che servono».

«E perché lo sta dicendo a me?»

«Perché tu le possiedi».

«Non so da cosa l'abbia capito ma grazie del complimento», ribatto disincantato. «Però sta trascurando un particolare infinitesimale: per rubare opere d'arte bisogna essere là fuori, in libertà, io come lei sono chiuso qui. Per altri trent'anni».

«È un dettaglio di cui ci occuperemo a tempo debito», replica lui, senza farsi scalfire dalle mie obiezioni. «Ora, vuoi stare a sentire quello che ho da dirti o preferisci passare il resto della tua condanna a insegnare a degli analfabeti a fare le aste?».

3

Presente

«Tè senza latte».

La voce sottile di Claire entra in punta di piedi nel mio sonno.

Apro gli occhi e la trovo seduta sul bordo del letto, vestita solo di reggiseno e slip.

«Non pretendevo la colazione a letto». Mi stiracchio e mi siedo contro la testiera.

«Non l'ho preparato per te, l'ho preparato per me, ma siccome sono generosa te ne offro una tazza».

La prendo e annuso l'infuso. «Lady Grey, una miscela con foglie di Ceylon aromatizzate con essenza di bergamotto, limone, arancia e fiordaliso. Qui il latte ci va».

«Sei sempre così pignolo?»

«Purtroppo sì».

Claire alza gli occhi al cielo e annuisce, esce dalla stanza per poi tornare con un bricco di latte. Ne versa un goccio nella sua tazza e lo assaggia. «Hai ragione», la sua voce tradisce una sfumatura di stizza. «Ci va».

«Lo so». Faccio lo stesso con il mio, prima di berlo. «Comunque, buongiorno».

«Buongiorno».

«Non lavori alla caffetteria stamattina?», le domando.

«No, solo di pomeriggio. Dalle nove all'una sono impegnata con lo stage presso Maison Artois, la casa d'aste».

«Interessante».

«E tu di cosa ti occupi, Nick?»

«Consulenze», rispondo vago.

«Abiti qui?»

«Sono di passaggio».

«Come sei misterioso», mi prende in giro.

«Ieri non mi sembrava dispiacerti il mistero».

Nel tardo pomeriggio, dopo il tè, sono tornato alla caffetteria fingendo di aver smarrito il porta carte di credito e Claire mi ha aiutato a cercarlo. E siamo finiti a cercarlo a casa sua, nel suo letto.

Non mi privo di tutti i piaceri, come ho detto a Giles.

«Hai ragione, il mistero ha il suo fascino».

«Faccio una doccia, mi fai compagnia?», le domando scendendo dal letto per dirigermi nel piccolo bagno del suo appartamento. Apro l'acqua e lei entra con me.

«È gelata», protesta.

«Se non è fredda, non mi sveglio».

La aiuto a scaldarsi e la doccia si protrae più a lungo di quanto preventivato.

«Credi che ci sarà modo di rivedersi?», mi domanda poco più tardi mentre mi rivesto, lei ancora bagnata e avvolta nell'asciugamano, sdraiata sul letto.

«Sono in partenza, starò fuori per un po'».

«Peccato». Il suo tono vorrebbe sembrare leggero, ma una nota di delusione traspare comunque. «Quando credi che tornerai?»

«Non so se tornerò, in realtà», ribatto, impegnato a stringere il nodo alla cravatta.

Lei non replica, distogliendo lo sguardo abbattuto che io intercetto attraverso lo specchio. «Ma vedila così: se ti dicessi che tornerò e che ci rivedremo, tutto il mistero svanirebbe».

«Mi piace il mistero, ma non così tanto».

Mi chino verso di lei, a posarle un bacio leggero sulle labbra. «È stata una bella serata», la saluto.

«E le tue carte? Non torni a cercarle?», mi domanda un secondo prima che lasci l'appartamento.

«Le ho fatte bloccare».

Impiego più tempo nel tragitto da Liverpool ad Anglesey che non ad arrivare in volo dal Lussemburgo.

Credevo che atterrare sul suolo britannico mi avrebbe emozionato fino alle lacrime, invece è il viaggio in macchina che mi entra dentro, miglio dopo miglio, mentre il Galles ruvido e tempestoso scorre davanti al mio finestrino sferzato dalla pioggia e dal vento gelido che mi hanno dato il benvenuto già all'atterraggio.

Ma era quello di cui avevo bisogno, io e la mia terra madre non ci saremmo riconosciuti sotto un sole splendente.

Non sono più il ventunenne che è partito da qui cinque anni fa, torno con un nome diverso, una vita diversa.

Prima ero carne, ora sono un'ombra.

L'auto che Lockridge ha mandato a prendermi, una Bentley verde scuro dai sedili color crema guidata dal suo chauffeur, risale il vialetto in ghiaia della sua tenuta e l'austero maniero in pietra grigia emerge dalla nebbia giallastra.

I pinnacoli aguzzi svettano minacciosi dal tetto, in tutto il loro splendore neogotico vittoriano.

Al portone c'è già il maggiordomo ad accogliermi.

«Io sono Browning, a disposizione per tutta la durata del suo soggiorno, sebbene breve. Mr Lockridge l'attende in biblioteca. Preferisce accomodarsi nelle sue stanze, prima, o desidera effettuare immediatamente il colloquio?», mi domanda.

«Stanze?»

«Situate nell'ala Nord, per la precisione. È fredda ma più facilmente raggiungibile dai domestici in caso di necessità».

«Sono certo che la sistemazione andrà benissimo», rispondo. «Credo che raggiungerò Mr Lockridge subito, non vorrei che mi reputasse maleducato».

«Allora mi segua al piano di sotto, scendiamo dalle scale di servizio e poi a destra».

Scale di servizio?

Perché Lockridge dovrebbe trovarsi nel seminterrato?

«Domando scusa, Browning, ma non si è minimamente preoccupato di accertare la mia identità», gli faccio notare, per la facilità con cui mi ha fatto accomodare.

«Non riceviamo mai ospiti; a Mr Lockridge non piace la compagnia. Impossibile sbagliarsi».

Dopo aver camminato in silenzio lungo un corridoio cupo e impregnato di un odore a metà tra l'incenso e la pietra umida, ci fermiamo davanti a una porta intarsiata a doppio battente, che Browning apre facendomi il gesto di entrare. «Prego».

Abbiamo accesso a un'anticamera dotata di un armadietto metallico e un lavandino. «Devo chiederle di indossare i copriscarpe monouso e igienizzare le mani, Mr Montecristo».

«Stiamo per entrare in una sala operatoria?», chiedo, ma il maggiordomo non coglie l'ironia, così faccio quanto richiesto.

Accanto a un tastierino numerico c'è una specie di citofono, che Browning suona.

«Sì?», risponde una voce metallica dall'altoparlante.

«L'ospite è arrivato, signore, ha già eseguito il protocollo».

«Fallo entrare». Dopodiché segue il clangore di serrature multiple che si sbloccano in sequenza.

La porta blindata scatta e Browning me la apre, dandomi il via libera.

Faccio il mio ingresso in una biblioteca, in cui un uomo dall'età indefinita tra i quaranta e i settant'anni sta seduto ricurvo su una scrivania, davanti a un pesante tomo dall'aria antica e con una lente d'ingrandimento stretta nel palmo.

«Buon pomeriggio, Mr Lockridge», lo saluto con tono cortese. «Grazie dell'invito. Sono molto curioso di scoprire per quale consulenza mi ha fatto contattare tramite Giles».

L'uomo alza il capo, scrutandomi dalla testa ai piedi, la lente ancora piazzata davanti agli occhi.

«E così, tu sei Nick Montecristo?».

4

Passato

Che sono il protetto di Farias, nel carcere si viene a sapere in uno schiocco di dita.

Ricevo un immediato rispetto da parte non solo degli altri detenuti, ma anche del personale del penitenziario.

La settimana scorsa mi hanno fatto raccattare le mie cose per trasferirmi. Ero terrorizzato che mi sbattessero in isolamento – nessuno torna dall'isolamento sano di mente – invece mi hanno assegnato una cella singola.

Alla mensa ora non mi riempiono più il piatto in fila con gli altri, ma il mio pasto è già pronto in un vassoio a parte, tutto confezionato, tutto sigillato, oserei dire quasi sterile.

«No, a lui non dalla pentola», ha berciato Ulrich mentre Winston La Talpa stava per versarmi un mestolo di colatura densa verde palude – detta "la sbobba" – che sul menù figurerebbe come minestrone. «Dagli il vassoio per gli allergici».

«Non sono allergico», ho ribattuto.

Ma Ulrich mi ha piazzato in mano il vassoio di plastica con tutte le scatoline impilate. «Da oggi sì».

E così ogni giorno e a ogni pasto.

La mia ora d'aria non scade più tassativamente allo scoccare del minuto e posso portarmi in cella i libri, tutti manuali di arte su cui ho appuntato le note di Farias. Non c'è pericolo che le guardie scoprano che si tratta di nozioni su come rubare o falsificare opere, su come sostituire o disinnescare sistemi di allarme oppure manomettere caveau.

Ieri, uno dei secondini è passato davanti alla mia cella e vedendomi fissare l'immagine della *Maja desnuda* di Goya in un manuale sull'Ottocento spagnolo mi ha detto: «Guarda che se vuoi farti una sega, posso procurarti delle riviste da fuori».

Non aveva idea che sul pizzo delle lenzuola di Maja ho scritto le istruzioni per aprire una cassaforte a doppia combinazione, ma la settimana successiva mi ha fatto trovare sul letto l'ultimo numero di un giornalino porno.

Il sesso in prigione è un pensiero intermittente: ci sono giorni in cui neanche mi viene in mente, come se non esistesse, come se non fosse un bisogno fisiologico; altri in cui è un'ossessione che occupa tutti i miei pensieri.

Per fortuna, lo studio riesce a distrarmi.

«L'arte non è sacra, nemmeno quella nelle chiese, nemmeno i dipinti a tema biblico, perché nella maggior parte dei casi le opere sono state realizzate da criminali», è solito dire Farias, lasciando cadere questo suo dogma qua e là nelle sue lezioni. «Caravaggio era un bastardo, sai?». Usa il turpiloquio di rado, ma riguardo agli artisti non ha pietà. «Sebbene sia stato incoronato come l'inventore del chiaroscuro, la sua è stata tutto fuorché un'intuizione geniale: aveva debiti con ogni taverniere di Roma e per pagare i conti aveva bisogno di vendere tanti quadri e alla svelta, dunque non aveva tempo per sfondi dettagliati. Pitturare tutto di nero è stata una mera scorciatoia. E non solo con i tavernieri aveva debiti, perfino con protettori e allibratori perché gli piacevano prostitute e gioco d'azzardo. Accoltellò un tizio alla femorale – lo stronzo ne sapeva pure di anatomia – pur di non pagare i diecimila scudi che gli doveva».

«Ca-ra-vag-gio stron-zo», ripeto tra me e me mentre lo annoto sul testo.

«E Cellini non aveva fama migliore: sgozzò un suo rivale. Michelangelo, invece, ha esordito come falsario», snocciola quasi parlasse di suoi conoscenti. «Farabutti, sicari prezzolati, pedofili, la storia dell'arte affonda le sue radici nel crimine, anche rubare opere è un'arte, se sai come farlo. Attieniti alle regole come se fossero i tuoi comandamenti».

Distrarre l'obiettivo, individuare le possibili vie di fuga, memorizzare i dettagli, mai mostrarsi interessati a un "lavoro", essere dimenticabili, sapere tutto ciò che riguarda il colpo, mai farsi uccidere o arrestare e soprattutto mai, *mai* fidarsi di un altro ladro.

«Un ladro sarà sempre un tuo competitor, sarebbe capace di farti fuori per un'informazione in più, siete entrambi due fuorilegge. Tra te e sé stesso, sacrificherà sempre te. E stai attento soprattutto alle donne», mi mette in guardia puntandomi il naso con il suo dito ossuto.

«Le donne in generale o solo le ladre?», chiedo.

«Che domanda stupida. Tutte le donne sono ladre: o ti rubano il portafogli o ti rubano il cuore», chiosa, voltandomi le spalle di scatto. «Tienilo a mente se non vuoi finire come me».

Così trascorrono quattro anni, e senza che nessuno sollevi il minimo dubbio su come io e Farias impieghiamo il nostro tempo. Non gli rivolgo mai domande personali, non mi risponderebbe comunque, e il nostro rapporto prosegue sul piano maestro-discepolo senza digressioni.

Mi insegna a riconoscere i metalli dal loro odore, a distinguere duecento tipi diversi di carta al solo tatto, a riprodurre l'invecchiamento di un documento utilizzando i pigmenti delle foglie di tè. A ogni essenza corrisponde un grado d'invecchiamento diverso, a ogni tipo di pergamena un grado d'assorbimento differente.

Millequattrocentosessantuno giorni di corso intensivo, come se fossi tornato all'università, finché Farias una mattina smette d'impartirmi nozioni.

«Sei pronto», afferma davanti a me, che aspetto cominci il programma del giorno con il bloc-notes e la penna sospesa in aria. Non capisco cosa intenda ma non faccio in tempo a domandargli spiegazioni che mi colpisce al viso con forza – probabilmente in uno dei punti di pressione che conosce – e perdo i sensi.

5

Presente

Lockridge si alza e mi gira intorno, continuando a scrutarmi. «Sei alto il doppio di Farias. Spero che tu valga almeno la metà di lui».

«Avete collaborato spesso?», gli domando senza raccogliere la provocazione.

«Si può dire per tutta la vita. E prima di me, conosceva mio padre». Nel suo tono risuona una vena di nostalgia. «Come sta?»

«Credo non stia più in nessun modo, ormai».

Lockridge socchiude appena le palpebre, in un muto cordoglio. «Li vedi tutti questi?», mi domanda accennando ai volumi che sormontano gli scaffali da terra al soffitto.

«Una collezione di tutto rispetto. Interessante», osservo girandomi su me stesso. La maggior parte dei libri sono antichi, dai dorsi illeggibili.

«Se non fosse per Farias, sarebbero un terzo. Questo è un progetto di mio padre, di cui ho raccolto il testimone».

«Qual è l'obiettivo?»

«Aveva un sogno: creare una nuova biblioteca di Alessandria». Lockridge allarga le braccia con soddisfazione. «Siamo circondati dalle prime edizioni dei volumi più importanti di ogni nazione».

«Vale una fortuna». Non è una normale biblioteca, come

chiunque potrebbe immaginare: è una stanza di massima sicurezza, collocata nel seminterrato e dai finestrini sbarrati da inferriate, i libri sono protetti da uno spesso vetro antiproiettile, gli arredi sono tutti ignifughi e un display installato a parete regola alla perfezione illuminazione, temperatura e umidità perché nulla ne degradi il prezioso contenuto.

Lockridge non è un collezionista ma il guardiano di un tempio.

«Vieni qui, osserva». Lockridge mi fa cenno di avvicinarmi a una delle librerie, e sfila un volume per mostrarmelo.

«La *Comedìa*, di Dante Alighieri», leggo. Una volta ho osato chiamarla "Divina" e Farias non mi ha parlato per due giorni. Era un integralista e per lui valeva solo il titolo originale datole dall'autore.

«La primissima edizione che fu stampata», aggiunge Lockridge, con orgoglio.

«Questa non è la *princeps*», obietto studiando il frontespizio. «Sebbene la stampa della *Comedìa* sia stata realizzata nel 1472 da tipografie di Foligno, Venezia e Mantova, solo la folignate è ritenuta la prima edizione ufficiale. Questa in suo possesso è la veneziana: certamente di valore, ma non quanto l'altra».

Lockridge annuisce soddisfatto. Lo sapeva, il suo era un test. «Infatti è un peccato. Mio padre non si è mai dato pace per non essere riuscito a reperire la folignate».

«E vuole che me ne occupi io?»

«Ho una lunga lista di desideri da esaudire, ma quella non è in cima», ribatte lui dandomi di nuovo le spalle per rivolgersi a un altro scaffale ancora. «Guarda».

Capisco alla svelta che, per Lockridge, questo è un momento di vanto irrinunciabile: non solo vive come un esule, ma nel suo caso è ancor più difficile trovare qualcuno che possa apprezzare il valore della sua collezione.

«*Don Chisciotte*, *I racconti di Canterbury* di Chaucer…»,

scorro i titoli uno dopo l'altro, sotto il suo sguardo soddisfatto. «*Harry Potter*?», domando stranito.

«Non ho detto che colleziono solo libri antichi. Ho parlato di libri importanti per la storia dell'umanità». Afferra *La pietra filosofale* dallo scaffale e me lo mostra. «Uno dei soli cinquecento esemplari della prima tiratura inglese, di cui appena trecento dati alle vendite».

«L'unica edizione con "Joanne Rowling" e non "J.K. Rowling" nella pagina del copyright».

«Questa è una copia dismessa da una biblioteca che, causa usura, è stata sostituita con una ristampa più nuova. L'ho avuta per un pugno di noccioline; oggi il suo valore può arrivare fino a centoventimila sterline».

Lo scaffale dei contemporanei è tanto interessante quanto quello dei libri antichi: la prima edizione americana de *Il codice da Vinci*, con i refusi "Lyon" a pagina 152 e "skitoma" a pagina 243; *Casinò Royale*, di Ian Fleming, con la prima missione di 007; una delle poche prime edizioni superstiti de *Lo Hobbit* di Tolkien...

«C'è un solo libro, però, che negli anni è sempre sfuggito dalle dita di mio padre per un soffio. Come lui sono in contatto con tutti i maggiori mercanti di libri al mondo, non c'è copia che si muova senza che io lo sappia, ma ogni volta che stavamo per mettere le mani su quel testo qualcun altro è arrivato prima. L'ultima volta è stato Arrigo Martinis, un barone decaduto e pirata del collezionismo privo di scrupoli, che me lo ha sottratto durante una trattativa con un venditore di Dresda vent'anni fa». Il suo monologo, denso di rancore, termina davanti alla parete dedicata alle bibbie. Ce ne sono di latine, quella di Gutenberg, la luterana... ogni versione esistente possibile. «Ho saputo che Martinis è morto. Il figlio, idiota ignorante, non ha alcun interesse nel proseguire l'attività collezionistica del padre, e sicuramente si libererà di tutti i volumi per incassarne il valore. Ed ecco perché mi servi tu: devi recuperare il mio libro».

«Chiedo scusa, Mr Lockridge, perché disturbarsi a farlo recuperare a me anziché attendere la messa in vendita?», domando curioso.

«Perché una volta avuta la stima del patrimonio che quell'ignaro si è trovato tra le mani, manderà tutto all'asta e, appena il libro comparirà sui cataloghi, si scatenerà una carneficina». Lockridge scuote la testa, deciso. «E io non me lo farò soffiare un'altra volta».

«Mi sarebbe d'aiuto, a questo punto, sapere qual è il testo che devo recuperare», lo incalzo, ormai attanagliato dal bisogno di sapere tutto. Farias non approverebbe, il disinteresse per i colpi, per lui, era fondamentale per mantenere alto il suo prezzo di mercato.

«La Bibbia inglese», dichiara solenne.

«La prima edizione della Bibbia di Re Giacomo è già in suo possesso», dico indicando uno dei volumi alle sue spalle. «Stampata nel 1611 da Robert Barker».

«Oh, no». Lockridge fa un cenno in direzione del libro. «Non quella. Non tutte le bibbie sono bibbie. Quella che intendo io oggi è riconosciuta come la fonte della lingua inglese moderna, la raccolta di tutte le opere del nostro più illustre drammaturgo».

Ho capito e dentro di me rabbrividisco al pensiero della richiesta che dovrò esaudire. Speravo in una missione più semplice.

«Il *First Folio* di Shakespeare».

6

Passato

Quando riprendo conoscenza, non riapro subito gli occhi. Sono sdraiato, legato, in sottofondo percepisco il borbottio sordo di un motore e mi sto muovendo.

Due voci maschili, suppongo dei paramedici, parlano di parametri vitali, possibili fratture, il tutto tenendomi una mascherina d'ossigeno premuta sul viso.

Una cosa è certa: non mi trovo più in carcere.

Il "fuori" è un concetto che ho così tanto allontanato da me che impiego tutto il tragitto per metabolizzarlo.

A un certo punto, dobbiamo essere arrivati in un ospedale, perché dopo che hanno estratto la barella dall'ambulanza, sento gli infermieri dire: «Facciamogli i raggi», prima e in seguito: «Prepariamolo per una TAC», quando vedono che ancora non rispondo.

Le voci parlano di trauma cranico o commozione cerebrale. Vogliono escludere un'emorragia.

Solo al «Ricoveriamolo», do i primi segni di vita.

In neanche mezza giornata passo da detenuto a degente – cosa che per qualche istante considero una promozione – ma con una guardia davanti alla porta della mia stanza e un polso ammanettato alla sbarra del letto, è di nuovo come trovarsi in cella. Tuttavia in qualche modo percepisco che sta per succedere qualcosa.

C'è una suora, vestita di bianco e azzurro, che transita spesso davanti alla finestra della mia stanza, quella affacciata sul corridoio, e che mi sembra rallenti il passo per sbirciare tra le fessure delle persiane.

Forse è una mia impressione, dopotutto ha una certa età e un'andatura asimmetrica, come se tenesse tutto il peso su una gamba, ma qualcosa mi dice che non è così.

Scopro presto che Farias mi ha rotto la mandibola in un modo tale da richiedere un intervento chirurgico, e lui è troppo bravo per picchiare a caso.

Sapeva cosa stava facendo.

Sapeva che quel colpo non avrebbe lasciato altra scelta che farmi uscire.

Nella mia testa va formandosi sempre di più l'idea che il suo fosse un piano, solo che i giorni passano e nulla cambia.

Mi sveglio carico di aspettativa per poi, a fine giornata, addormentarmi deluso.

Farias si aspetta forse che sia io a fare qualcosa? Ma cosa?

E la suora, mattina, pomeriggio e sera, continua a passare davanti alla mia finestra.

Con ancora l'edema post intervento a deformarmi il viso e rendermi quasi impossibile parlare – mangio esclusivamente alimenti liquidi –, tento di attirare l'attenzione della suora.

Le faccio un cenno con la mano, perché chieda alla guardia il permesso di entrare, ma lei scuote il capo in un gesto di diniego deciso.

Perché accidenti continua a fare la ronda davanti alla mia stanza?!

All'aspettativa comincia a sostituirsi l'ansia. I medici parlano di dimissioni, ciò significa che ho i giorni contati e se non faccio qualcosa di mia iniziativa, mi ritroverò presto dietro le sbarre.

La mia ultima sera, dopo il giro visite prima delle dimissioni, entra un'inserviente per ritirare il vassoio del mio pasto.

Solo che non è la solita inserviente.
È la suora.
Si sarà anche camuffata bene ma ho riconosciuto la camminata sbilenca.
Finalmente ho la conferma che nel suo andirivieni ci fosse qualcosa di sospetto.
«La guardia è andata in bagno, abbiamo poco tempo, Nicholas», mi redarguisce subito, mentre è impegnata a sganciarmi le manette.
Dopodiché solleva il telo che copre il carrello e toglie dal ripiano inferiore un manichino di gommapiuma, di quelli per le esercitazioni cliniche. «Scendi dal letto, questo lo sistemiamo sotto le coperte».
Svelto, eseguo le sue istruzioni e mi accuccio nello spazio sotto il carrello, nascosto dal telo e con la flebo di morfina tra le mani.
Pochi attimi dopo, il carrello prende a muoversi e sento la suora dire alla guardia: «La flebo ha fatto effetto, dorme già della grossa».
Con l'ascensore scendiamo fino all'interrato, dove mi lascia uscire dal mio nascondiglio.
«Lo so che farà schifo, ma ora devi saltare dentro uno dei bidoni delle lenzuola sporche per il trasferimento», mi istruisce.
«Trasferimento dove, sorella?», le chiedo.
«Lo scoprirai quando ci arriverai. E non sono tua sorella». Poi indica uno dei bidoni bianchi, con tanto di adesivo giallo e nero e la scritta "Pericolo biologico". «Dentro e zitto».
Chiuso nel carrello della lavanderia, asfissiato da lenzuola, traverse e asciugamani intrisi di ogni secrezione e deiezione umana – un odore che non dimenticherò mai e che, per quanto rivoltante, sarà quello che assocerò sempre alla libertà – vengo caricato su un camion e in quel momento realizzo davvero che sto evadendo.
Il viaggio dura cinque minuti come sei ore, neanche me ne

rendo conto tanto mi perdo a calcolare ogni variabile possibile di questa fuga, e a ripensare a che segnali può avermi dato Farias senza che io li abbia colti.

Lo stridore metallico di una saracinesca mi annuncia l'arrivo a destinazione. Qualcuno afferra il mio bidone pestilenziale e lo spinge giù dalla rampa e poi su per un'altra. Piove – odo il ticchettio delle gocce sul coperchio di plastica –, proprio come la sera della retata in cui sono stato arrestato. Un cerchio che si chiude.

Il qualcuno ribalta il bidone a terra e poi solleva il coperchio per permettermi di uscire a carponi.

«Via libera», sussurra una voce di donna, in tono calmo, morbido ma fermo.

Sporco e puzzolente, con il gancio della flebo tra i denti, sbuco dal bidone per trovarmi in ginocchio davanti a un angelo.

«Ti stavo aspettando, Nicholas. Io sono suor Mary Agnes».

7

Presente

«Vuole che rubi per lei il *First Folio* di Shakespeare?», domando di nuovo, esitante.

«Non lo definirei "rubare"; poiché a mio padre è stato sottratto con l'inganno, si tratterebbe di una riappropriazione», mi corregge Lockridge.

«In che modo lo hanno ingannato? Necessito di conoscere tutti i dettagli, prima di mettermi all'opera», dico.

Lui però indica la pendola, che segna le sei e trenta. «Sì, ma a cena».

Usciamo dalla biblioteca, che si premura di chiudere con una sequenza di serrature, codici d'allarme e infine la scansione della sua impronta digitale.

«La sua assicurazione deve costarle un patrimonio», commento.

«Nessuna cifra è troppo alta per proteggere questo tesoro».

Risaliamo la ripida scaletta di servizio e seguo Lockridge nella sala da pranzo: una volta doveva ospitare una lunga tavolata per almeno quaranta persone – lo si evince dalle impronte rimaste impresse sul tappeto – ma oggi al suo posto c'è un più intimo tavolo ovale, circondato da sei sedie e apparecchiato solo per me e lui. È imbandito con ogni ben di Dio: ceste traboccanti di pane caldo, un vassoio d'argento con mezzo chilo di burro giallo, taglieri di formaggi, salsiere colme di cangianti liquidi densi, un'orgia dei sensi a cui non sono più abituato.

Ma il moto di commozione mi pizzica gli occhi quando Browning solleva le nostre cloche rivelandoci la tipica *roast dinner* all'inglese che all'orfanotrofio era riservata alle occasioni speciali: carne arrosto, patate al forno, Yorkshire pudding e verdure stufate. Per me un sinonimo di festa. Ecco, questo è il bentornato che mi serviva. Ora sono a casa.

Il maggiordomo versa a Lockridge un bicchiere di Châteauneuf-du-Pape del basso Rodano per poi fare lo stesso con me, ma io lo fermo.

«Preferisci un bianco?», mi domanda Lockridge, stupito.

«Niente vino per me».

«Astemio?». Il suo tono è velato da un malcelato disprezzo.

«Non bevo quando lavoro».

Lui inclina appena il capo, scuotendolo quasi divertito. «Anche Farias aveva le sue fisse».

Ci accingiamo a mangiare, così io lo incalzo di nuovo per tornare sul mio incarico.

«Il *First Folio* fu stampato nel 1623 in circa settecentocinquanta copie; a oggi ne sono sopravvissute solo duecentotrentacinque. Meno di un terzo», dico. «Nove sono state censite ma, al momento, risultano assenti all'appello. Stiamo parlando di una di queste?»

«Possibile», suggerisce lui, sibillino.

«Anche perché quasi tutte le altre sono in possesso di enti culturali, dai quali non faccio prelievi», chiarisco.

«La stessa politica aziendale di Farias».

«Serve etica anche nel furto, non crede, Mr Lockridge?»

«Non potrei essere più d'accordo. Browning, secondo giro, per favore», chiede il bis indicando il piatto vuoto.

«I volumi appartenenti alle collezioni private sono venti. Ventuno, in realtà, ma mi sento di escludere a priori di dover sottrarre il *First Folio* dalla biblioteca della famiglia reale britannica. Il campo si restringe». Ma quello che mi preme è conoscere la storia dell'inganno. «Come lo ha perso?»

«Da anni, papà aveva fatto sapere a tutti i mercanti, valutatori, mediatori e antiquari d'Europa che era in cerca di una delle copie superstiti del *First Folio* e vent'anni fa, per essere precisi poco prima di Natale, era stato chiamato da Gunther Wenkman. Questo mercante di Dresda gli disse di essere venuto in possesso del *Folio* a seguito dello svuotamento di una dimora venduta a un'asta giudiziaria».

«Si sa di chi fosse?», domando.

«La residenza apparteneva a una famiglia inglese aristocratica che nel 1934, con la salita al potere di Hitler, decise di trasferirsi in terra teutonica, spinta dalla forte simpatia che provava per la sua politica».

«E che immagino abbia tentato di tornare in patria quando le cose si sono messe male, ma non è stata riaccolta a braccia aperte».

«Infatti. La dinastia ha gradualmente esaurito la sua fortuna fino a restare con un pugno di mosche; gli eredi dell'ultima generazione hanno vivacchiato di prestito in prestito sfruttando il proprio lignaggio fino ad accumulare tanti debiti che le banche li hanno lasciati senza un tetto dalla sera alla mattina».

«Strano che non abbiano pensato di vendere il *First Folio*. Avrebbero appianato i loro buchi senza problemi».

«Sai quante famiglie con troppi figli e troppi vizi si sono rovinate? In più, molti non vendono i propri beni per questioni di onore, mentre altri semplicemente non sanno cos'hanno per le mani. In ogni caso, per Gunther imbattersi in quel *First Folio* è stato un vero affare e si è mosso subito per alzare il suo margine».

«E ha contattato suo padre».

«Già, ma il tempismo non era dalla nostra. Ci trovavamo in Giappone, era il momento in cui ci stavamo interessando ai manoscritti asiatici e valutando l'acquisizione di alcuni molto ricercati, dunque non avevamo modo di raggiungere Dresda a stretto giro. Così papà fece avere a Gunther un acconto dicendo che avrebbe mandato un suo uomo di fiducia a ritirare il libro con il resto dei soldi. Solo che colui che si presentò dicendo di essere il nostro legato era Martinis», conclude Lockridge, il viso contratto in una smorfia di disprezzo. «Non so da chi avesse saputo dell'accordo con Wenkman, ma è riuscito a portarsi via il *First Folio* approfittando perfino dell'acconto che avevamo depositato».

«A quanto ammontava?»

«Un quarto di milione di sterline».

«E Wenkman non ve lo ha restituito?»

«Lui ha fatto la sua vendita e ha incassato quello che doveva incassare, e si è liberato da ogni responsabilità. L'esistenza di quella copia del *First Folio* non è mai stata "denunciata" – motivo che mi permetteva di acquisirla a un prezzo molto più vantaggioso che non in un'asta sanguinaria –, dunque era come se noi avanzassimo dei diritti sul niente».

«E cosa le dà la certezza che il barone Martinis sia ancora in possesso e non l'abbia venduta?», continuo a interrogarlo.

«Non ce l'ho. Lo spero».

«Dunque io vado a cercare una speranza?»

«Cos'è, se non l'unico scopo dell'essere umano?», replica lui con un'altra domanda.

«Ancora una cosa». Depongo le posate sul piatto alle quattro e venti per segnalare che il mio pasto è terminato, dato che il maggiordomo era già pronto a riempirmelo con il bis. «Lei dunque non ha mai visto il *First Folio* che ha preso Martinis».

«No».

«Perciò non sa che aspetto abbia?»

«Non ne ho la più pallida idea».

8

Passato

«Hai dormito per due giorni», mi saluta la stessa voce flautata che mi ha accolto al mio arrivo. Apro le palpebre, pesanti come se me le avessero incollate, e rivedo lo stesso angelo. Suor Mary Agnes. «Come ti senti, Nicholas?»

«Dove sono?»

«Convento delle Figlie della Fede», dice, senza esitazioni. «Sei al sicuro, qui».

«Il Vaticano sa che date asilo agli evasi?»

«Scoprirai che non c'è bisogno che il Vaticano sappia sempre tutto», replica lei girando un cucchiaino in un bicchiere di liquido lattiginoso. Ha una pelle bianchissima, gli occhi di un azzurro chiaro quasi trasparente, un naso piccolo, una bocca sottile e rosea e le mani bianche che sbucano dalla tonaca celeste. Emana luce.

«E chi decide cosa riferire e cosa no?»

«Quante domande, Nicholas».

«Al mio posto non le faresti anche tu?». Mi viene spontaneo darle del tu. È giovane, avrà circa la mia età.

«Può darsi, ma non sono al tuo posto». Mi piazza il bicchiere sotto il naso. «Bevi questo».

Il primo sorso, amaro da far lacrimare gli occhi, quasi mi strozza. Le rendo il bicchiere ancora mezzo pieno.

«Tutto», è il suo ordine perentorio.

«Non ce la faccio».

«È per la mandibola. Ti ridurrà il gonfiore più rapidamente, non hai il tempo per una convalescenza regolare», insiste, rimettendomi il bicchiere in mano.

«Solo se mi dici il tuo vero nome».

«Lo sai già: Mary Agnes».

Scuoto la testa, girarmi a sinistra però mi fa ancora male. «Lo so che le suore scelgono un nome nuovo quando prendono i voti».

«Va bene, dopo che avrai bevuto te lo dirò».

Ingurgito tutto l'orrendo liquido in una sorsata e picchio il bicchiere a rovescio sul vassoio contenente la colazione: yogurt greco con lo zero per cento di grassi, cereali al miele, estratto di arancia che odora di zenzero, pancake di soli albumi. In effetti, cominciavo ad avere fame. «Il tuo vero nome, ora».

«Mary Agnes», ripete di nuovo.

«Dire le bugie è peccato».

«Anche falsificare denaro, Nicholas», mi redarguisce, con espressione di rimprovero. Ciononostante mi piace come pronuncia il mio nome.

«E tu che ne sai?»

«Qui sappiamo tutto di te». Suor Mary Agnes si allontana dal letto e allarga le braccia a indicare la stanza spoglia. «Da quella porta accedi al tuo bagno privato: troverai asciugamani puliti e tutto il necessario per la tua igiene personale. Dovesse mancarti qualcosa, segnalalo sul bloc-notes che trovi nel comodino e lascia il biglietto sul vassoio, per quando verranno a ritirarlo. Nel cassettone, invece, abbiamo sistemato degli abiti civili. Se ti senti meglio, lavati e vestiti, la Madre Superiora ti attende nel pomeriggio per istruirti sui passaggi successivi: come puoi immaginare, la tua permanenza è provvisoria».

«Noi ci rivedremo?», le chiedo prima che esca dalla mia camera.

«Tornerò alle dodici, per portarti il pranzo».

«Mangiamo insieme?».

Mary Agnes scuote la testa. «Il pasto delle sorelle è al refettorio, alle undici».

«Potrei unirmi a voi», insisto.

«No che non puoi. Il nostro è un atto di preghiera».

«Allora, ti aspetto alle dodici. Resterai a farmi compagnia?»

«Solo se sarai pulito e lavato».

«Promesso».

Mary Agnes afferra la maniglia e apre l'uscio. «Mai fidarsi di un ladro».

E chiude la porta. A chiave.

Mary Agnes però non solo non rimane per il mio pranzo, anzi, mi viene addirittura portato da un'altra suora.

Salmone alla piastra, fagiolini lessi e riso integrale: più che una dieta monacale sembra che in cucina ci sia un personal trainer.

Più tardi, la stessa suora mi accompagna nell'ufficio della Madre Superiora, spostamento che sfrutto per capire meglio dove mi trovo.

Il convento è una struttura di inizio Novecento, l'architettura pseudovittoriana contrasta con gli arredi moderni ed essenziali.

Ovunque ci troviamo, non siamo in un centro città, l'edificio – da qualunque finestra si guardi – affaccia su un rigoglioso e vasto giardino fitto di alberi.

Mi verrebbe da dire che ci troviamo da qualche parte negli stati del New England, forse sulla costa atlantica, ma alla mia domanda riguardo a dove siamo, non ricevo risposte utili se non: "Dove l'aria è buona".

In effetti l'aria odora di pulito, ma non era quello che mi premeva sapere.

«Eccoci», dice la suora indicandomi una porta a due battenti con la targa "Madre Superiora, suor Helena". «Non serve bussare, la Superiora sa già che sei qui».

Entro in un ufficio che assomiglia più a quello di un avvocato che non a quello di una donna di chiesa e suor Helena, che immaginavo come una tenera e comprensiva nonnina, mi si presenta dritta come un fuso in tutto il suo metro e ottanta e con una sigaretta stretta tra le labbra.

«Vedere che cammini sulle tue gambe è già una buona notizia», è il suo saluto. Si avvicina a me in due falcate e prende a girarmi intorno, squadrandomi. «Ti facevo più di stazza, però. Spalle dritte, hai una spina dorsale, usala, non sei un lombrico».

«Non ho avuto molte occasioni di allenarmi in carcere».

Annuisce, soffiandomi il fumo in faccia. «Vedremo cosa si può fare nelle poche settimane che abbiamo a disposizione».

«Chiedo scusa ma, da quando sono qui, ho ricevuto ben poche risposte. Penso che per me sarebbe tutto più facile se mi venissero chiariti la situazione generale e l'obiettivo finale: la mia è stata un'evasione organizzata a mia insaputa da José Farias?».

Suor Helena annuisce. Schiaccia il mozzicone in un portacenere stracolmo e si accende un'altra sigaretta. Lucky Strike, e il pacchetto è già mezzo vuoto.

«E voi suore siete state parte attiva del piano?»

«Finora mi sembra che ti sia tutto piuttosto chiaro».

«In realtà vorrei saperne di più. Che Farias non fosse un prete convenzionale lo avevo capito, ma anche qui non scherzate».

Suor Helena giocherella con l'accendino, facendolo ruotare sul piano della scrivania. «C'è un tramite, una persona di fiducia che fa da ponte tra noi e Farias. Siamo i suoi occhi e le sue orecchie fuori dalla prigione. Quando questa persona ci ha comunicato che Farias aveva trovato un erede, la missione "Castel d'If" si è attivata».

«Castel d'If? Come il carcere da cui è fuggito il conte di Montecristo?»

«Proprio così».

«Perché non ha condiviso con me i dettagli?», chiedo risentito.

«Perché meno informazioni si divulgano, meglio è. Che domanda stupida, pensavo che José ti avesse istruito a dovere».

«Lo ha fatto».

«Suor Bernadette, la nostra corrispondente dall'ospedale a cui si appoggia il carcere in cui stavi, si è occupata della fase 1: liberarti dalle guardie. Noi, qui, ci occuperemo della fase 2».

«E in cosa consiste, almeno, posso saperlo?». Ho sempre detestato essere tenuto all'oscuro.

«Crearti una nuova identità e farti raggiungere l'Europa in sicurezza».

«E una volta lì?»

«Ti aspetterà la fase 3».

«Che prevede...?»

«Vuoi sapere troppo. Ora ti dico io quello che ti serve qui e ora: la sveglia è alle sei, ti allenerai con suor Uta per due ore. Corsa, pesi, allungamenti, tutto ciò che serve a restituirti una massa muscolare decente, fiato e agilità. Colazione. Poi ti allenerai con me fino a mezzogiorno. Pranzerai e ti riposerai fino alle tre, e di nuovo allenamento con Uta fino alle sei, quando cenerai. Ci si corica alle otto».

«Un boot camp», ho osservato.

«José ti ha insegnato la teoria, è ora di passare alla pratica. Domande?»

«La mia stanza sarà sempre chiusa a chiave?»

«Sì. Ti sei già sistemato nel tuo alloggio? Manca qualcosa di cui hai bisogno?»

«L'acqua calda l'avete? La doccia è un po'... artica».

«Oh, scusa, credevi di essere in una spa, per caso?», mi sfotte senza ritegno. «Abituatici, con l'acqua fredda non sarai tentato di perdere tempo a crogiolarti nei vapori. Altri dubbi?»

«Ha parlato di allenamento con lei. In cosa consiste?»

«Sai sparare, Nicholas?»

«No».

«Cominceremo da quello».

«Lei sa sparare, suor Helena?», le domando scettico e sempre più convinto che quello non sia davvero un ordine monacale.

«Non siamo nate suore, per tua informazione. Uta è stata un'olimpionica di pugilato».

«E lei? Un'olimpionica di tiro?»

«Io ero un'ufficiale delle forze speciali della marina militare».

Cazzo. «Era una Navy SEAL?!», chiedo incredulo. «E poi, cos'è accaduto?».

Suor Helena alza i palmi verso il soffitto, la Lucky Strike stretta tra le labbra. «Ho sentito la chiamata». Mi sta prendendo per il culo e non prova neanche a nasconderlo.

«Farias cos'era?»

«Se non te lo ha detto lui, cosa ti fa pensare che te lo dirò io?», ribatte in tono di sfida. «Cosa fai ancora seduto lì, sono quasi le tre, Uta ti aspetta».

«Ah, cominciamo già oggi?»

«Nel caso ti fosse sfuggito, questo non è il Grand Hotel, non sei in vacanza».

«Niente cocktail a bordo piscina?»

«Niente alcol, niente fumo e niente sesso».

«Lei fuma», ho obiettato.

«Queste regole sono per te, non per me».

«Ha parlato anche di sesso...». Ero pur sempre stato chiuso in un carcere per quattro anni.

«Prova a sfiorare una delle sorelle anche solo con il pensiero e ti risveglierai dietro le sbarre esattamente dove ti trovavi prima».

9

Presente

Dormo al maniero di Lockridge solo una notte: tutti i tessili della stanza puzzano di polvere e muffa, altra conferma del fatto che non è solito ricevere ospiti, e al mattino successivo mi preparo a ripartire subito dopo la colazione.

«Sei di poco appetito, Nick», osserva Lockridge alla vista del piatto su cui mi sono fatto servire solo un uovo sodo e una fetta di prosciutto al forno. Non ho degnato di uno sguardo né le salsicce né il bacon croccante, il cui odore di grasso fritto ha saturato la sala da pranzo.

«Mangio quanto necessito», rispondo. Ormai abituato al regime alimentare delle Figlie della Fede, la mia disciplina mentale mi impedisce di gozzovigliare e abbuffarmi anche quando ne ho l'occasione. Mi nutro della quantità di cibo che serve al mio corpo, non di più, non di meno; mangio gli alimenti che fanno bene alla mia salute, non al mio umore. Fine.

«Spero che nel tuo bagaglio tu possegga anche abiti leggeri».

«In effetti no, ma posso procurarmeli. Perché?»

«La preziosa residenza del barone Martinis è situata ad Armarola, un paesino che affaccia sul lago di Como. Suppongo che là il caldo si stia già facendo sentire», commenta lui accennando ironicamente al vento gelido che fa sbattere i rami ancora spogli contro la vetrata. Ovviamente il cielo è grigio e minaccia pioggia.

«Il Galles sa come farsi desiderare».

«Il mio contatto mi ha fatto sapere che Roberto Martinis Marchi, il figlio del nostro defunto barone farabutto, gli ha chiesto di confrontarsi con un consulente prima di rivolgersi a Sotheby's. Ti recherai alla villa presentandoti come un valutatore di libri antichi freelance che collabora con case d'asta, così da avere accesso alla sua biblioteca e cercare il *First Folio*. Hai già una strategia in mente per sottrarlo?»

«Sì», confermo pulendomi le labbra con l'angolo del tovagliolo.

«E in cosa consiste?»

«Non condivido i miei metodi di lavoro con nessuno», ribatto, sbrigativo.

«Be', dovrei conoscerli, invece. Sono il committente».

«In realtà non abbiamo mai messo in chiaro l'importo del mio compenso e cosa mi è richiesto».

«Perché, non è già ovvio?»

«Meglio non lasciare sottintesi, Mr Lockridge».

«Un milione di sterline per prelevare il *First Folio* dalla collezione di Roberto Martinis Marchi e portarlo qui. Va bene così?»

«Impeccabile», commento.

«Ora vuoi dirmi come farai?»

«No». Deposito il tovagliolo alla mia sinistra e mi alzo in piedi, lasciando il posto a tavola. «La ringrazio per l'ospitalità e per la fiducia, eseguirò quanto richiesto, non le serve sapere altro. Adesso credo che andrò all'aeroporto: c'è un volo per Amsterdam tra un'ora e mezza. Posso approfittare della sua auto?».

Quando faccio scalo ad Amsterdam per raggiungere Milano, trovo l'area partenze fitta di agenti di polizia.

È il mio secondo volo in Europa da "uomo libero" e mi sento come se avessi un'insegna lampeggiante sulla testa con scritto "Evaso".

Individuato il gate dal tabellone, mi dirigo a passo spedito verso l'imbarco. Nella vetrina del duty-free colgo di sfuggita il mio riflesso e mi autoconvinco di non avere l'aria sospetta.

Nulla in me suggerisce che io sia un fuggitivo ricercato dall'Interpol: non il completo due pezzi Zegna blu avio, non la cravatta con nodo Windsor, non il borsone in pelle cognac, non il Patek Philippe che segna l'ora al mio polso, non l'edizione di stamattina del «Times» che fa capolino ripiegata sottobraccio.

Ho un'espressione distesa, vagamente annoiata, di chi non ha fretta di fare qualunque cosa debba fare.

Un nugolo di agenti scruta i viaggiatori a uno a uno, devo per forza passare loro davanti per raggiungere il mio imbarco.

Uno di loro ordina al pastore tedesco che tiene al guinzaglio di controllarmi.

Una manciata di secondi che sembra un'eternità, ma il cane non dà segnali di allarme.

Tendo appena la mano guantata a palmo in su e lui me la annusa.

«Come si chiama?», domando, pacifico.

«Rufus».

«Ciao, Rufus», ripeto, facendogli una carezza sul capo, per poi riprendere la mia direzione. «Arrivederci, agenti. Buon lavoro».

Le procedure d'imbarco proseguono a rilento a causa di molti passeggeri ritardatari, ostacolati al controllo di sicurezza.

«Inaudito, Maud!», esclama la donna che si siede accanto

a me, rivolta alla sua compagna di viaggio. «Semplicemente inaudito».

«Oh, Gladys, che imbarazzo! Ci hanno perquisite come fossimo due criminali». Sono due signore sulla sessantina, credo, e parlano un inglese con forte accento del Sud.

«Se avessimo perso il volo, chi ce lo avrebbe rimborsato?», replica Gladys, aggiustandosi sul naso degli occhiali con lenti spesse mezzo centimetro.

«E io che volevo fermarmi a comprare degli zoccoli di legno in miniatura e una calamita a forma di mulino a vento».

«Facciamo cambio sedile, Maud, che il posto centrale mi fa venire la claustrofobia».

«Sì, ma non toglierti le scarpe, Gladys». Ora mi ritrovo accanto Maud, il cui profumo è invadente fino alla nausea. «Ero così contenta di avere preso ieri le bustine di bulbi di tulipani, peccato che me le abbiano aperte. Ridicolo che abbiano perquisito i nostri bagagli!».

«Chiedo perdono», m'intrometto, in apnea. «Ho notato un discreto trambusto in aeroporto, voli in ritardo, polizia ovunque… Voi conoscete il motivo?»

«Stanotte c'è stato un furto di gioielli», mi risponde Maud. «Sembra che sia stata rubata una parure di diamanti da una mostra di gioielleria».

«La fiera internazionale dell'arte della gioielleria», la corregge Gladys. «La SIERAAD è la più importante d'Europa».

«Ecco che deve subito fare la prima della classe, lei», borbotta l'amica, rivolta a me.

Ma Gladys la sente. «Guardi che lo so perché mio figlio lavora nella pubblicità».

«Scusa se non sono precisina come te», la rimbecca Maud, per poi ritirarmi in mezzo. «Vede, io e Glad siamo vedove, abbiamo deciso insieme di regalarci questo tour dell'Europa perché, sa, da noi ad Alfriston non è che ci sia tutto questo granché da fare, ma accidenti a me, se tornassi indietro…», poi abbassa la voce, «questa è una rompiscatole pignola che mi ha già fatto pentire di non essere partita da sola».

«Maud Louisa Finley! Ti sento, sai? Come se tu fossi facile da sopportare. E poi, senza di me, saresti ancora a Madrid. Rimbambita come sei non sai neanche dove vai».

«Disse quella che a Parigi cercava la Tour Eiffel quando ci stava sotto!».

«E dopo Amsterdam e Milano, che tappe prevedete?»

«Roma e Atene», risponde Maud. «Sempre se non la strozzo prima, questa».

«Ringrazia che non ti ho ancora soffocata nel sonno, da quanto russi. Lei va in Italia in vacanza?», mi chiede Gladys.

«Lavoro», rispondo.

«Però che bell'accento che ha, è londinese, vero?»

«Nato e cresciuto», confermo orgoglioso.

«Ed è single?», indaga la mia vicina di posto.

«Maud!», la riprende Gladys.

«Che c'è? Non ha la fede! È una domanda come un'altra», ribatte lei con aria ingenua.

«Scommetto che adesso proverai a rifilargli tua figlia».

«No, però, scusa! Che ne sai che a lui non interessi?».

Gladys si sporge verso di me fissandomi attraverso gli occhialoni da gufo. «Le interessa per caso una ragazza che non tace mai e ripete tutte le frasi almeno tre volte?»

«Ah, perché invece è simpatica quella musona di tua figlia che guarda storto tutti».

«Senza offesa per entrambe le vostre figlie, che a modo loro saranno adorabili, al momento non sono in cerca di una partner», tento di sedarle.

«Visto? Lo hai indisposto, con le tue domande invadenti», Gladys riprende Maud. Sono terrorizzato di dovermi fare il volo con i loro battibecchi di sottofondo. L'aereo sta rollando sulla pista e prego con tutto me stesso che almeno una delle due si addormenti.

«Tu sei invadente, Glad. E ora prendi una caramella al

limone e ricordati di deglutire durante il decollo, altrimenti mi diventi pure sorda, oltre che cieca».

«Ma magari, così non ti sento più!».

«Desiderate un quotidiano?», ci domanda la hostess, mettendo fine, con mio sollievo, alla loro faida.

«No, grazie», rispondono le signore.

«Io sì», dico.

«Preferisce il "Volkskrant" o il "Telegraaf"?»

«Il "Telegraaf", grazie».

«Sa l'olandese?», mi domanda sorpresa Maud.

«No». Pur non conoscendo la lingua, presumo che le maggiori testate parlino di questo clamoroso furto. Le parole "*miljoen*" e "*diamanten*" che compaiono nel titolo di testa sono indicative.

«Ho con me il vocabolario tascabile», salta su Maud.

«Antica! Meglio il mio traduttore simultaneo», la contraddice Gladys.

«Come no, chissà cosa traduce! Con quello che ha detto al tassista! Anziché portarci alla casa di Anna Frank, ci ha lasciate nel quartiere a luci rosse! Ecco». Maud mi passa il vocabolario stropicciato e io, in effetti, gliene sono grato. «Legga lei, che io ho messo gli occhiali da lettura nel bagaglio. Vuole un cracker, caro?»

«Sono a posto così, grazie».

E apro il giornale per farmi scudo dalle due piaghe.

L'articolo spiega che, nella notte, è svanita una parure del valore di un milione di euro composta da collier, orecchini e bracciale dallo stand di Gassan, una delle case di gioielleria più antiche e prestigiose dei Paesi Bassi, che era in mostra con la collezione dei pezzi storici della maison. Tutto ciò è avvenuto nella cornice della fiera annuale dell'arte della gioielleria, la SIERAAD, che ha luogo in Olanda ogni primavera. Dev'essere stato un furto piuttosto difficile considerato l'ammontare di security, telecamere, sistemi d'allarme presenti all'evento.

Bel colpo, penso con ammirazione.

Dopo aver sottratto i preziosi, al loro posto nella teca il ladro ha lasciato una piuma bianca e nera, con riflessi di un blu opalescente. La piuma di una gazza ladra.

È una firma, ma gli agenti non hanno altre tracce e si sono lanciati in una caccia all'uomo a tappeto prima che il ladro lasci il Paese.

Per una volta, il ricercato non sono io.

All'atterraggio a Milano, aiuto le due vedove litigiose a recuperare i bagagli a mano dalle cappelliere mentre loro battibeccano se sia meglio prendere il treno perché economico o il taxi perché più veloce. Grazie a Dio, tra venti secondi le nostre strade si separeranno. Per giunta, Gladys lascia dietro di sé una scia di salviette umidificate usate, un pass per la metro di Parigi scaduto e una delle sue famose caramelle al limone, che raccolgo e m'infilo in tasca nel caso l'autista che deve portarmi ad Armarola abbia una guida troppo disinvolta. Non amo fare il passeggero. A proposito di autista, individuo un uomo con un tablet con su scritto "Mr Montecristo" appena fuori dagli arrivi.

«Buongiorno, credo che lei stia aspettando me. Ci si impiega molto a raggiungere Armarola?»

«Buongiorno, io sono Corrado». Lo chauffeur incaricato da Lockridge mi saluta in inglese ma con la pronunciatissima "R" dura, italiana. «Armarola è appena prima di Cernobbio, senza problemi di traffico arriveremo in circa cinquanta minuti. Alloggia in albergo?»

«In realtà devo recarmi dal mio cliente. La residenza si chiama Villa Augustina, se mi dà un secondo le dico l'indirizzo esatto».

«Non c'è bisogno, Villa Augustina la conosciamo». Non so bene a chi si riferisca con quel "conosciamo", ma sembra molto colpito. «Una delle proprietà più belle della riva Ovest. È storica, i baroni Martinis sono gli unici proprietari. È famosa perché avevano ricevuto un'offerta di acquisto da un miliardario messicano per trenta milioni sull'unghia e hanno rifiutato senza battere ciglio».

«Evidentemente non ne avevano bisogno».

«I Martinis forse, i Marchi no di sicuro. Lei è nobile?», mi domanda così, di punto in bianco.

«No, perché?»

«Si chiama Montecristo, come il conte. Parenti?»

«Alla lontana».

10

Passato

I giorni al convento trascorrono tutti identici uno all'altro, in una routine serratissima e sfiancante, al punto che quando arriva l'ora di coricarsi non mi addormento. Svengo direttamente.

Già dal nostro primo allenamento suor Uta spinge la soglia della mia resistenza fisica oltre ogni limite immaginabile e la sessione finisce solo quando non sono più in grado di sollevarmi da terra o quando il respiro è così corto da farmi vomitare.

«Bevi», mi ordina mentre sono ancora piegato dai conati.

«Non ce la faccio».

Lei però mi tende la borraccia di acqua ed elettroliti, implacabile. Per non parlare degli shaker di proteine, creatina, amminoacidi e *mass gainer* che mi vengono propinati senza sosta.

Ogni giorno, a ripetizione, senza pietà.

Anche se si chiama "convento", mi è sempre più chiaro che questa è una copertura.

Per cosa non lo so, ma è di certo una copertura.

Sotto i veli non ci sono suore, ma la falange di un esercito privato.

Certo, pregano, leggono i salmi, si attengono alle regole della vita monacale, ma non potrebbero essere più lontane da delle miti e pacifiche donne di fede.

Suor Helena è un cecchino. Qualunque arma da fuoco maneggi, tira a occhi chiusi, di spalle, con una mano dietro la schiena, e centra il bersaglio con precisione millimetrica.

«Non mi piacciono le armi», ho dichiarato alla prima lezione.

«Non devono piacerti, mica le devi mangiare. Ma se mai ne avessi bisogno, è meglio che tu le sappia usare. Bene». E mi ha piantato una semiautomatica in mano.

La prima settimana è una tragedia sotto molti punti di vista e credo che la Superiora e suor Uta si chiedano cosa ci abbia visto José Farias in me.

La seconda settimana il loro sguardo passa da perplesso a "Forse qualcosa riusciamo a cavarne fuori"; la terza settimana termino il circuito di allenamento in anticipo e centro dieci bersagli su dieci.

«Allora la grinta ce l'hai, non sei tutta teoria e niente arrosto», mi sfotte suor Helena.

Una sera, dopo una sessione extra di training, con ancora l'adrenalina in circolo e troppo caldo addosso, decido di andare a farmi un tuffo nel laghetto del parco circostante il monastero.

Sto per levarmi i vestiti quando sull'altra sponda vedo immergersi nell'acqua una donna: è di spalle e vestita solo di una lunga camicia bianca, con i capelli raccolti sotto una cuffietta.

Lì per lì sto per andarmene ma poi si volta e la riconosco.

È Mary Agnes.

Retrocedo e mi chino dietro il tronco di un albero, perfettamente consapevole del fatto che non dovrei restare a guardarla.

È dalla mattina del mio risveglio che non la vedo più né ho avuto l'occasione di incrociarla.

Ogni volta che rientro in camera, il mio pasto è sul tavolino ad attendermi. Non so se me lo porti lei o qualcun altro, e dove mi alleno non transitano altre sorelle.

Per un secondo ho anche vagliato l'idea di chiedere di lei a suor Helena ma la mia coscienza e il mio istinto di sopravvivenza mi hanno suggerito di rinunciare.

E ora, eccola. Forse è un premio dell'Altissimo per l'impegno profuso in queste settimane.

Mary Agnes si immerge sempre più giù nelle acque del laghetto, appena increspate dai suoi movimenti. Quando è quasi al centro si solleva a galla, circondata dalle ninfee, e la veste bianca le fluttua intorno. Sembrerebbe l'*Ofelia* di Millais, se non fosse per la chioma raccolta nella cuffietta, anziché a incorniciarle il viso.

In quel momento sento due cose: la prima è il desiderio bruciante di sapere come sono i suoi capelli. Che colore hanno? Sono lisci o mossi? Chiari o scuri? Corti o lunghi? Con la mente mi sforzo di immaginarla con ogni capigliatura possibile e la curiosità non fa che autoalimentarsi.

La seconda cosa, ma non meno importante, è che il giornaletto porno portatomi dal secondino, con pagine e pagine di pin-up nude in pose provocanti, non ha solleticato la mia fantasia nemmeno un decimo di quanto stia facendo ora la visione rubata di Mary Agnes che galleggia nelle acque del laghetto.

E il bisogno di tuffarmi, raggiungerla, spogliarla e farle invocare tutti i santi che conosce mi lacera le viscere.

Perdonami, Padre, perché ho peccato.

Resta immobile qualche istante, per poi muovere le braccia e spostarsi nuotando a dorso diretta di nuovo verso la riva. Lì risale, con la veste ormai trasparente che le si è incollata al corpo bianchissimo e ne disegna il profilo per i miei occhi indiscreti.

Il mio sguardo la percorre, fotografando nella memoria la curva del seno, la valle dell'addome, la morbidezza dei fianchi e la piega tra le cosce.

Mary Agnes va a nascondersi sotto la chioma di un salice, le cui lunghe fronde sfiorano il terreno, celandola appena alla mia vista. La vedo, ma non la vedo.

Posso però distinguere tutti i suoi movimenti mentre si spoglia, la veste bagnata che cade a terra, e si riveste dell'abito monacale, per tornare suor Mary Agnes.

Risalgo il sentiero da cui sono arrivato e torno al convento, ma la incrocio proprio nel chiostro dove è rientrata da uno degli accessi secondari. In mano regge un cesto di vimini.

«Nicholas», mi saluta con la sua voce calma.

«Suor Mary Agnes», le restituisco il sussiego, nello sforzo di dimenticare che fino a poco fa era nuda a pochi passi da me. Nel cesto, sotto i pomodori dell'orto, noto un involto bianco che, curiosamente, lascia dietro di sé una scia gocciolante.

«Ti trovo in forma dall'ultima volta che ti ho visto. Ne sono contenta».

«È passato parecchio tempo. Credevo quasi che mi stessi evitando».

«Ho avuto da fare».

«Una vita piena, qui, in effetti».

«Molto piena», concorda senza farsi sfiorare dal mio sarcasmo. «Non ci si ferma mai».

«Cos'hai lì?», le domando accennando al cesto.

«Pomodori», risponde lei, in tono ovvio.

«Posso darti una mano a portarli?», mi offro.

«Non sono pesanti».

«Non è per il peso, è per cortesia».

«Oppure è solo una scusa per sfoggiare i tuoi nuovi muscoli?»

«Se li hai notati da sola non c'è bisogno di sfoggiarli, no?»

«La superbia è un peccato mortale, Nicholas», mi punzecchia in un finto rimprovero.

«Mary Agnes!». La voce della Superiora riecheggia nel chiostro. Alziamo gli occhi e la vediamo affacciata alla finestra del suo ufficio, al primo piano. Tiene il suo sguardo algido su di noi e la sigaretta fumante tra le dita. «La cuoca ti aspetta in cucina per le mansioni del pasto. Ci hai messo più del solito a raccogliere le verdure dall'orto. E tu, Nicholas, sali da me; ho bisogno di parlarti».

Mary Agnes esegue l'ordine senza repliche e senza salutarmi, così io faccio lo stesso raggiungendo la Superiora nell'ufficio.

Nella mia testa prevedo una lavata di capo, del tipo "Non si fraternizza con le monache", ma, quando entro, suor Helena è già passata oltre.

«La tua permanenza qui volgerà al termine tra una settimana, spero che tu sia contento di questa notizia poiché per te significa tornare a essere un libero cittadino, pur con le dovute accortezze», mi comunica.

«Non dormire sottochiave sarà un sollievo».

«Il mio primo consiglio è, in verità, che tu continui a dormire sottochiave ovunque ti trovi. Non puoi mai sapere chi c'è fuori dalla tua porta». Suor Helena si siede alla scrivania e apre un fascicolo. «Uscirai di qui con una nuova identità, trattala bene».

«Nikolaj Verbinsky?», leggo con piglio scettico.

«Sì, perché?»

«Non mi suona».

«Se hai suggerimenti, sentiti libero di proporre, ma sii celere perché dobbiamo far produrre i tuoi nuovi documenti».

«Falsificate anche i passaporti?», domando colpito.

«Non ho detto falsi, ho detto nuovi», precisa lei. «Sono due concetti differenti».

«Quindi avrò documenti veri?»

«E validi in tutto il mondo», specifica. «Hai un unico obbligo che devi rispettare se ci tieni alla libertà che hai riguadagnato: non tornare mai più – e con "mai", intendo finché avrai aria nei polmoni – negli Stati Uniti».

«Perciò quando partirò da qui, sarà l'ultima volta che calpesterò il suolo americano?»

«Ti dispiace?»

«Considerato come è andata la mia vita da queste parti, no».

«Nella settimana a venire, cambiamo programma: ti istruirò su tutti i luoghi sicuri, i contatti e le conoscenze di fiducia a cui potrai appoggiarti. Ti si prospetta una vita solitaria, Nicholas, tuttavia Farias non ti abbandonerà».

«Dunque avrò degli "amici"?»

«Nessuno è tuo amico, hanno tutti qualcosa da guadagnare. Sono contatti di emergenza, usali se ne avrai necessità», conclude seria.

Annuisco. «Altro?»

«Puoi andare», mi dice, accompagnando le parole con un gesto della mano.

Prendo la porta e sono già nel corridoio, quando mi arriva l'idea. La riapro, infilando la testa dentro.

«Che c'è?»

«Montecristo», dico.

«Montecristo?», ripete la Superiora.

«Il piano per farmi evadere si chiamava "Castel d'If", giusto? Come la prigione in cui si trovava Edmond Dantès, che, una volta evaso, si ribattezza "Conte di Montecristo". "Nick Montecristo" suona bene, no?».

Suor Helena alza gli occhi al soffitto, come se vi vedesse scritto sopra il nome, contemplandolo in silenzio. Poi guarda di nuovo me, soffiando una boccata di fumo nella mia direzione. «Suona bene».

11

Presente

Corrado ferma la BMW nera davanti a un cancello verde in ferro battuto, decorato a motivi floreali e volute che formano una “M” al centro, dopodiché mi apre la portiera e preleva il mio bagaglio dal baule.

Una targa in ottone fissata a uno dei due pilastrini reca l’incisione “Villa Augustina”.

Poco distante, seduta su un muretto, c’è una ragazza in shorts di jeans, sneaker di tela e top giallo, che mi fissa.

«E quella?», domando a Corrado.

«Ogni estate, qua nei dintorni, è pieno di ragazzine a caccia di VIP: si appostano davanti alle ville e aspettano che esca o arrivi il famoso di turno. Da quando è venuta quella cantante con il fidanzato, poi... Non ci faccia caso, se la fermano e le chiedono chi abita qui, dica “un’anziana”».

Citofono, mi presento e la cancellata si spalanca per invitarmi a entrare.

Un vialetto di ghiaia rosata, costeggiato da due filari di ligustri, discende dolcemente verso la sponda del lago dove siede la villa. Ringrazio di essere solo, perché Farias disprezzerebbe lo sguardo ammirato con cui la sto fissando sgomento.

Il Neoclassicismo all’apice della sua raffinatezza: colonne ioniche che si alternano tra le finestre sormontate da timpani, porticato in bugnato, fontane e statue che fiancheggiano una scalinata che scompare nell'acqua del lago.

Nemmeno l'aspetto trascurato conferito dagli intonaci scrostati e dagli scuretti sbiaditi toglie fascino all'edificio. Forse avrebbe bisogno di un bel restauro, ma sono il tipo che apprezza la struggente bellezza della decadenza.

Una folata di vento mi porta alle narici la fragranza degli oleandri che punteggiano il giardino e mi trovo a provare invidia per chi beneficia di tutto questo ogni giorno.

Mi ricompongo, sforzandomi di produrre l'espressione vagamente annoiata di chi di dimore simili ne vede in continuazione e, anzi, trova questa perfino sotto la media, e busso al battente del portone.

Mi aspetto un domestico, ma ad aprirmi è lo stesso Roberto Martinis Marchi, che mi stringe la mano con calore. «Signor Montecristo, finalmente!», mi saluta con gioviale entusiasmo. «Il suo assistente, Harvey, mi ha strabiliato con il suo curriculum. Anzi, sono stupito che abbia avuto la premura di accettare l'incarico con tanta celerità».

«Pur avendo una lunga lista d'impegni, dato che mi sarei trovato comunque in Italia per un'altra valutazione, ho pensato che sarebbe stato fattibile unire entrambi gli incarichi». Non ho nessun assistente, Harvey sono sempre io, ma da un altro indirizzo email. Indirizzo che è stato fornito al "contatto" di Mr Lockridge che ha fatto da tramite con Roberto Martinis Marchi.

Harvey ha presentato Nick Montecristo come un esperto di fiducia delle maggiori case d'asta europee, portato in palmo di mano da clienti prestigiosi per cui ha trattato e valutato libri da milioni di euro e al servizio della famiglia reale stessa. Dopodiché mi sono dato per impegnato per mesi.

La legge del mercato è chiara e incontrovertibile: più un

prodotto è indisponibile, limitato e posseduto da chi siede ai vertici della piramide sociale, più è richiesto.

Roberto Martinis Marchi non ha fatto eccezione, a quel punto voleva solo me e nessun altro per valutare il lascito di suo padre.

«Le sono grato di questa cortesia. Com'è andato il viaggio? Oggi fa molto caldo, che ne dice di una limonata in veranda? Può lasciare il suo bagaglio a Ignazio, il mio maggiordomo, custode, factotum».

«Accetto la limonata molto volentieri. In aeroporto non ho avuto tempo di fermarmi al bar, grazie mille, signor Martinis Marchi... o devo chiamarla barone?».

Lui scuote il capo ridendo. «"Barone" è un titolo senza valore, ci teneva mio padre perché era attaccato a questi vezzi senza senso. Io poi ho tenuto solo il cognome di mia madre, Marchi. Comunque, Roberto va benissimo, mettiamo da parte i formalismi».

«Io sono solo l'ospite, è il padrone di casa che fa le regole. L'informalità va benissimo anche per me».

«È che mi aspettavo un uomo con qualche annetto in più, ma in realtà vedo che ci separano pochi anni di differenza: io ne ho trentacinque».

«Io, trenta», mento.

Lo seguo attraverso il foyer esagonale con il corridoio passante che collega il fronte al retro dell'edificio e ci troviamo in un gazebo da cui pende una pioggia di glicini e sotto cui è posto un tavolino.

«È rosa», osservo la caraffa posta su un vassoio, piena di quella che suppongo dovrebbe essere una limonata, seppur dal colore insolito.

Roberto la versa nei bicchieri di cristallo. «La facciamo spremendovi anche i lamponi».

«Il tuo inglese è pressoché perfetto, Roberto, sembra quasi la tua lingua madre: hai qualche parente britannico?», indago.

«Affatto. La mia famiglia è italiana al cento per cento, ma ho frequentato scuole internazionali di ogni ordine e grado. I Marchi, il ramo di mia madre, possiedono un gruppo farmaceutico con sedi in tutta Europa, perciò lo pratico a livello quotidiano per lavoro».

«Ascoltandoti, sei molto meglio di molti madrelingua di mia conoscenza». Tipo The Wall, per fare un esempio. Prendo un sorso di limonata e decido che questo è il sapore che vorrò ogni volta che berrò una limonata. «A proposito di conoscenze, avrò occasione di incontrare anche la vedova Martinis Marchi?». Informarsi sempre su chi abita nella casa.

«Mia madre Claudia è deceduta sette anni fa». La sua risposta è intrisa di tristezza e dolore come se, anziché sette anni, fossero passati sette giorni.

«Chiedo scusa per il poco tatto, ti faccio le mie condoglianze. Se non altro ora è di nuovo insieme al marito».

«Non credo proprio». Roberto distoglie lo sguardo, puntandolo verso il lago. «Almeno, se esiste una giustizia divina, questo mi sento proprio di escluderlo. Purtroppo mio padre non amava mia madre, non so dire se l'abbia mai amata. Non si parla male dei morti, ma gliene ha fatte passare tante che dubito che ora siano insieme, in un eventuale aldilà».

«Non ne sto proprio centrando una», mi schernisco.

«Non hai nulla da rimproverarti. Uno dei motivi per cui ti trovi qui è proprio la mia intenzione di riparare alla vita condotta da mio padre. Non mi vergogno di dire che ha sposato mia madre solo per denaro: lei unica erede di un impero, lui affascinante perdigiorno senz'arte né parte e con gusti troppo costosi. Tutto ciò che portava in dote era un titolo nobiliare logoro e questa villa, lontano ricordo di fasti antichi. Aveva un solo talento: spendere».

«A me risulta che fosse un collezionista», provo a salvarmi.

«Ah, per collezionare collezionava di tutto, in particolare le donne». Roberto posa il bicchiere vuoto e si alza. «Vieni, ti faccio fare un giro».

Il caldo si fa sentire e sono costretto a levarmi la giacca per non grondare, mentre camminiamo lungo uno dei vialetti che si snoda nel giardino. Mi serve un guardaroba più leggero, questo è adatto giusto al Lussemburgo.

«La rimessa», dice lui, aprendo un portone. «Con le auto d'epoca che ha comprato. Il suo capriccio da crisi di mezz'età».

Con un'occhiata intercetto una Jaguar E-Type argento del 1961, una Mercedes 300SL azzurra del 1954 con l'apertura ad ala di gabbiano e una Aston Martin DB2 cabrio color avio. «Niente male», commento senza mostrarmi troppo impressionato. Questo garage racchiude più valore su quattro ruote del caveau di una banca.

«Non ne ha mai guidata una», commenta richiudendo il portone.

Rientriamo nella villa da una porticina secondaria che affaccia dritta su una buia e stretta scala a chiocciola di pietra. L'odore di umidità e di chiuso mi penetra nelle narici.

Se non altro la temperatura è fresca e mi regala sollievo.

«La cantina», annuncia Roberto, indicando un'inferriata, attraverso le cui sbarre preme un interruttore. Una luce giallognola e fioca illumina una parete fitta di bottiglie. «C'è uno champagne che risale a prima della Rivoluzione francese, tra gli altri».

«Tu non ami i vini?»

«Sono astemio. Riconosco che abbiano il loro pregio per chi ama il genere, ma è un mondo che non mi ha mai attirato».

«Tuo padre beveva?»

«Beveva? Altroché! Al pasto si finiva tranquillamente una bottiglia da solo. Non di queste, eh». Spegne di nuovo la lucina e risale la scala. «Etichette di vinificazione recente, non rarità, ma comunque mai nulla sotto i cento euro. Se non altro devo riconoscergli che era più un tipo da sbronze allegre e pisolini, non moleste o violente. Ritengo però che una delle cause della sua malattia sia stata anche questa sua abitudine smodata».

«Di cosa è morto, se posso chiedere?»

«Un cancro allo stomaco. Ma credimi, non si è mai privato di nulla nella vita, non conosceva mezze misure: alcol, cibo, fumo. Spingeva tutto all'eccesso».

Dagli ambienti di servizio torniamo alle sale principali della villa, che ora mi mostra una dopo l'altra, attraverso una serie di porte passanti.

Il salotto formale, il salotto privato, la sala da pranzo, la veranda, la sala da tè, la sala da musica: ciascuna è una camera delle meraviglie che mi stupisce con il suo contenuto. La collezione di sigari pregiati, quella di orologi rari, perfino le prime partiture di opere liriche: di Arrigo Martinis si potrà dire di tutto ma non che non fosse un esteta.

«Tu che interessi hai, Roberto?», gli chiedo per curiosità.

«Amo lo sport. Lavoro così tanto che nulla mi aiuta a decomprimermi come una bella corsa, una pedalata in mountain bike, nuotare, sciare... Non sono un atleta, non mi reputo un'eccellenza, ma l'attività fisica mi dà gioia».

La mia mente torna alle sessioni di allenamento con suor Uta e, per quanto mi sforzi, non ricordo di aver mai provato gioia. «Ammirevole».

«Mio padre era un contemplatore, poteva stare seduto anche un'ora a fissare un dipinto», replica lui indicando le pareti che ci circondano.

«Tutti quadri di donne», noto.

«Non era capace di pensare ad altro. Mia madre lo ha sempre perdonato: scappatelle, amanti, non c'è una delle sue amiche che non si sia portato a letto. Era innamorata persa, diceva che quando lo sentiva parlare s'incantava;

cosa incomprensibile per una persona razionale come lei. La guidava da sola, sai, l'industria farmaceutica di famiglia. Stimata da tutti, per lei nessuno ha mai avuto una parola storta. È stata il mio esempio».

«Hai seguito le sue orme».

«Le sue, di mio nonno e del mio bisnonno. I Marchi inizialmente producevano materiali chimici, sono passati alla farmaceutica solo negli anni Trenta, tra i primi a credere negli antibiotici. Lì decollò davvero l'attività che vive e prospera ancora oggi, anche se adesso siamo specializzati in farmaci per il controllo del peso. Mia madre ha conosciuto mio padre durante una crociera in Grecia: lui si fingeva un passeggero, quando invece era uno dei croupier del casinò di bordo, gestiva il tavolo della roulette mettendosi una barba finta per non farsi riconoscere».

«Una simpatica canaglia», mi lascio scappare, provando una sincera ammirazione per il suo escamotage.

«Un cacciatore di dote, e infatti l'ha trovata. Il padre di mia madre non era contento, non lo poteva soffrire, ma lei, per quanto negli anni abbia subito le sue stravaganze, non ha mai voluto separarsi, pur di non dare ragione a mio nonno».

«Sei figlio unico?».

Lui inspira ed espira con forza. «A mia madre sarebbe piaciuto avere più figli, forse per avere da loro l'amore che non aveva dal marito, ma non sono arrivati. In ogni caso, ho divagato troppo, a te interessa la biblioteca, non certo i miei precari equilibri familiari».

«Mi aiuta a comprendere lo spirito con cui tuo padre ha intrapreso la sua raccolta».

Saliamo uno scalone in marmo bianco e verde fino al primo piano e dalle finestre scorgo una vista impagabile del lago di Como. Capisco perché tutte le celebrità cerchino casa da queste parti: sembra un luogo fuori dal mondo, con una luce irreale.

«Per di qua», mi indica Roberto. «Questa era la vecchia

sala da biliardo, ma quando mio padre ha capito che non sarebbe più stato in grado di muoversi dal letto, ha fatto smontare il tavolo verde e trasferire qui la sua stanza, perché c'è una porta comunicante con la biblioteca».

Nella camera, infatti, è presente un letto di quelli ospedalieri e altre attrezzature cliniche accessorie, che stridono con il resto dell'arredo.

«Tuo padre era un giocatore di scacchi?», chiedo a Roberto, accennando a una scacchiera portatile posata su un tavolino accanto al letto. L'ultima di tante altre scacchiere presenti in tutte le stanze che abbiamo attraversato.

«Sì, e tremendamente competitivo. Credo sia stato l'unico padre che non ha mai lasciato vincere il figlio. Giocavamo tutte le sere, era diventato il nostro rito del dopocena. Noiosissimo per me, ma con un genitore all'ultimo stadio anche una partita a scacchi diventa un modo per ricostruire uno straccio di rapporto».

«Io non so giocare granché».

«È questione di costanza, ma non credo che d'ora in avanti mi ci impegnerò più di tanto. La biblioteca è da questa pa...». Ma la frase di Roberto cade nel vuoto, interrotta da un chiasso proveniente dal piano inferiore. «Che diavolo sta succedendo?».

Roberto esce dalla stanza a passo svelto, scende nell'ingresso e io mi affaccio alla balaustra per sbirciare.

«Che succede, Ignazio?», domanda stizzito a quello che sembra un maggiordomo.

«*Keep your hands off me, you arsehole!*», protesta una voce femminile. Ok, è inglese anche lei.

Dentro di me sono contento perché so che potrò continuare a comprendere. Non vedo di chi si tratta, così mi sposto appena e, nel mio campo visivo, in shorts di jeans e top giallo compare la ragazza che aspettava sul muretto. Ha dei lunghi capelli neri e mossi, la pelle ambrata e gli occhi scuri. Il viso è contratto in un'espressione di rabbia.

«Ancora tu?!», sbotta Roberto. «Te ne devi andare».

«Non rispondi alle chiamate, alle lettere dell'avvocato, non dai alcun cenno di vita, quindi non mi resta che presentarmi di persona», ringhia lei strattonando il braccio, perché Ignazio lo liberi dalla sua presa.

«Presentarsi è un conto, entrare senza permesso un altro».

«La signorina si è infiltrata di nascosto», conferma Ignazio con voce atona. «Di nuovo. Ha approfittato del momento in cui abbiamo aperto il cancello al signor Montecristo».

La ragazza alza lo sguardo e fulmina il mio con due braci furenti.

«Non ti stanchi mai, eh?», sbuffa Roberto.

«Voglio solo ciò che mi spetta», ribadisce decisa.

«Cioè, niente», risponde lui, lapidario.

«Questo lo dici tu, il testamento afferma il contrario».

«Il testamento l'ho impugnato, se ti spetterà qualcosa del lascito e che cosa lo deciderà un giudice. Fino ad allora non devi fare altro che avere fede nel tuo avvocato e aspettare».

«Aspettare quanto? Sei mesi, un anno, due anni? Mica posso pagare un legale per così tanto tempo», obietta lei.

Roberto fa spallucce. «Questo non è un mio problema. Se avevi tanta smania, potevi accettare la mediazione che ti ho offerto».

«Diecimila euro? Per farci cosa?»

«Non lo so, non sono affari miei, ma non ho scritto "Onlus" in fronte; se pensi di spillarmi denaro con il ricatto morale hai sbagliato indirizzo. Ignazio, accompagnala fuori. E tu», punta il dito verso la ragazza, «ritieniti fortunata che non abbia chiamato i carabinieri per violazione di proprietà privata. La prossima volta non sarò così generoso».

La ragazza non risponde, con il maggiordomo che la spinge via, deciso.

Roberto mi raggiunge di nuovo, scuotendo il capo con aria sfinita. «Mi spiace per lo spettacolo indecoroso».

«Non era mia intenzione origliare, ma la concitazione era impossibile da ignorare».

«Quella», indica il punto dove fino a poco fa stanziava la ragazza, «è uno dei motivi per cui ti ho chiamato a valutare il fondo bibliotecario di mio padre».

«La ragazza parlava di un testamento».

«Purtroppo è così. Come ti dicevo, sono figlio unico e quindi erede universale dei miei genitori, perciò immaginerai il mio stupore quando il notaio mi ha convocato parlando di *eredi* al plurale. E lo stupore è diventato ancor maggiore quando nello studio, per la lettura del testamento, mi sono ritrovato accanto quella ragazza che, a quanto sostiene, è figlia di mio padre».

12

Passato

Dalla notte del mio arrivo al convento, non ho più visto una goccia di pioggia.

I raggi del sole accarezzano le mie giornate e io lo prendo per un buon auspicio.

Questa sarà la mia ultima settimana dietro una porta chiusa a chiave poi, se vorrò, potrò stare fuori anche una notte intera, dal tramonto all'alba.

Domenica mattina, sul presto, mi preparo a scendere per allenarmi – ora che è diventata un'abitudine, non riesco più a farne a meno al punto che, se trascuro una sessione, arrivo a sentirmi in colpa – ma l'eco di una melodia che riecheggia tra le pareti del convento mi costringe a deviare dal mio percorso.

Sembra l'*Ave Maria* di Schubert. Seguo il canto e più mi avvicino alla sorgente, più ne ho la conferma: è Schubert.

Non è la voce potente di un soprano, ma è morbida e setosa; non vibra alta fino a far tremare i vetri, ma cade leggera come fiocchi di neve. Entro nella cappella in punta di piedi, e di primo acchito ho la sensazione di essere solo. La messa è già finita, non dovrebbe esserci nessuno qui.

Invece, in piedi, nel coro che affaccia sull'altare, c'è Mary Agnes con un leggio aperto davanti a sé.

È lei che sta cantando.

Mi siedo nell'ultimo banco – non che ve ne siano molti, sono quattro file in tutto – e l'ascolto.

Il suo viso non tradisce sforzo, la voce risuona limpida e ferma. Quando solleva gli occhi per un attimo dallo spartito e incrocia i miei, Mary Agnes non accenna a fermarsi.

Vorrei poter essere più vicino per capire se quello sulle sue labbra è un sorriso.

Nonostante l'estate alle porte, in questo momento ho i brividi. Le note mi entrano dentro risvegliando un ricordo che neanche sapevo più di avere.

Era una vigilia di Natale, una delle mie prime, avrò avuto forse quattro anni e non sapevo ancora scrivere. C'era appena stata la messa all'orfanotrofio e tutta la liturgia mi aveva annoiato a morte, i canti però mi erano piaciuti. Non erano veri canti, naturalmente, era un nastro registrato che suonava in un mangiacassette, ma poco importava. In seguito, mi si era avvicinata una delle tate laiche per offrirsi di aiutarmi a scrivere la letterina a Babbo Natale.

«Cosa devo scrivergli?», avevo chiesto.

«Quello che vuoi».

«Tipo, come sta?».

Lei aveva sorriso e scosso la testa. «No, scrivigli cosa desideri».

Avevo fatto scena muta. Non avevo desideri. Non sapevo che si potesse volere qualcosa per sé stessi. Non avendo mai avuto niente, il niente era la mia normalità.

«Se chiedo qualcosa a Babbo Natale, poi che succede?»

«Che te la porta», aveva affermato con sicurezza.

Ancora avevo fatto scena muta, preso alla sprovvista. Non avevo un desiderio pronto, così lei mi aveva dato qualche suggerimento. «Jonathan ha chiesto un kit di Lego; Emery Barbie Sirena e Ben un camion dei pompieri».

«Un camion», avevo detto. Non volevo un camion ma mi sembrava la risposta giusta. «Della spazzatura».

«Della spazzatura?!».

Avevo annuito. Non volevo copiare Ben.

Quella notte non riuscivo a prendere sonno, nella mia testa continuava a risuonare una melodia della messa. *Ave Mariaaa, gratia pleeenaaa...*

Così ero sgattaiolato di sotto, nella sala comune dove c'era stata la messa, e avevo sfilato la cassetta dei canti dal mangianastri, me l'ero nascosta nel pigiama ed ero corso a letto.

Era stata la prima cosa che avevo rubato in vita mia.

Non sono mai riuscito a riascoltare quel nastro e il giorno dopo, quando sotto l'albero di Natale dell'orfanotrofio avevo trovato nel pacco con il mio nome il camion della spazzatura, mi ero pentito di non aver chiesto un mangianastri.

Non avrei comunque potuto averlo, la regola dell'orfanotrofio era "No giocattoli a batterie", sarebbero costati troppo, e rubare il registratore delle suore sarebbe stato impraticabile: oltre a essere l'unico, era anche grosso e non avrei potuto occultarlo.

A ogni modo, anche sentire Mary Agnes che canta l'*Ave Maria*, a un passo dal mio ritorno in libertà, lo prendo per un buon segno.

Non che io sia superstizioso, ma in qualcosa bisognerà pur credere.

Mary Agnes termina il canto e l'eco della sua voce accarezza le pareti della cappella fino a sfumare nel silenzio.

Lei mi guarda e io la ricambio con un applauso.

Scende dal coro e io l'aspetto ai piedi della scaletta a chiocciola di legno.

«Piaciuto lo spettacolo?», mi domanda appena mi raggiunge.

«Sei brava e hai una bella voce», mi complimento. «Non sapevo che cantassi».

Lei accenna un sorriso, ma abbassa lo sguardo a terra. «Perché non te l'ho detto». Si sposta davanti al portacandele di fronte alla statua della Madonna e stacca i mozziconi ormai spenti e i grumi di cera sciolta.

«Potresti avere una carriera come cantante», osservo, «intendo fuori dal convento».

«Sto bene qui».

«Quanti anni hai?», le domando, aiutandola a pulire i reggimoccoli incrostati.

«Ventiquattro».

«Lo sapevo».

«Se lo sapevi, perché me lo hai chiesto?»

«Intendo che sapevo che avevamo quasi la stessa età».

«Tu quanti anni hai?»

«Ventisei», rispondo. «E già a ventiquattro anni hai deciso di ritirarti dal mondo?», insisto curioso.

«Il mondo è anche qui dentro». Con un soffio leggero fa volare via le ultime briciole di cera.

«Credi?»

«Be', tu sei entrato, perciò...». Prende una delle candele nuove, la accende e la posa nella fila di reggimoccoli più alta. Poi fa lo stesso con una seconda.

«Ho scoperto che molte di voi hanno alle spalle un passato curioso. Atlete olimpioniche, Navy SEAL, mi domando chi fossi tu prima della chiamata», dico passandole una terza candela.

L'afferra e le mie dita sfiorano le sue, sottili e bianche come la cera stessa. Allungo l'indice sul suo, percorrendone la lunghezza dalla nocca fino all'unghia. Alzo gli occhi e incrocio i suoi, di nuovo, ma stavolta non accenna sorrisi. Si morde il labbro inferiore con aria colpevole.

«Chi sei?», le chiedo con la voce che è appena un sussurro.

«Una suora».

«Chi sei stata?»

«Ha importanza?»

«M'interessa».

Lei sfila la candela dalla mia presa, l'accende e la posiziona accanto alle altre. Fissa le fiammelle allungarsi. «Una puttana».

Non ci gira intorno, non indora la pillola, non ha paura di usare quella parola davanti alla madre di Gesù Cristo. Poi si volta verso di me e mi guarda dritto in faccia. «Sono stata una puttana, Nicholas».

Si siede sulla prima panca davanti all'altare e picchietta la mano accanto a sé, invitandomi a sedermi. «Non dovremmo parlare con nessuno della nostra vita precedente».

«Io sono nessuno», ribatto. «E lo sarò per sempre quando lascerò il convento. Proteggerò il tuo segreto come fosse il mio».

«Sono cresciuta in una periferia poverissima di Philadelphia. Eravamo sei fratelli, tutti figli di padri diversi, io la maggiore, unica femmina. La casa cambiava spesso, non sempre c'erano i soldi per l'affitto e per diversi mesi il nostro indirizzo è stato persino il parcheggio di un centro commerciale. Vivevamo nella roulotte dell'ultimo compagno di mia madre. Questo compagno aveva cominciato a guardarmi troppo, ad allungare le mani, nessuno dei miei fratelli ci faceva caso e mia madre ancora meno: scappare era diventata una necessità».

«Ha abusato di te?». Mary Agnes non ha filtri, così anche io vado dritto al punto.

«Per fortuna non ha fatto in tempo. Appena compiuti sedici anni, mi sono messa con un ragazzo, Jeff. Non ero innamorata ma era gentile e qualunque prospettiva era migliore che restare in "famiglia", se così posso chiamarla. L'ho seguito a New York, in un appartamento che dubito fosse abitabile, facevamo cinque lavori in due e, tolto l'affitto, i soldi non ci bastavano comunque per comprare sia il pranzo che la cena. Almeno, il sogno di farcela a New York ci sfamava di più del pane».

«Qual era il vostro sogno?»

«Jeff voleva fare il cuoco, io recitare in un musical. Il problema era che lui non aveva mai fatto scuole professionali, mentre io bucavo un provino dopo l'altro perché la mia voce era bella ma non sapevo danzare. Però non ci arrendevamo, abbiamo deciso di iscriverci a dei corsi – lui di cucina, io di ballo – tra un lavoro e l'altro, con la conseguenza che i soldi finivano ancora prima. È stato quello il momento in cui cose che prima mi sembravano inaccettabili hanno iniziato a sembrarmi possibili. Un tizio che veniva a farsi la manicure nel centro estetico in cui lavoravo ci provava con me. Si vedeva che era ricco e mi dava sempre grandi mance, perciò ero contenta ogni volta che passava e lo assecondavo volentieri perché quell'extra ci faceva comodo. Il tizio, Gary, mi fece una proposta esplicita: mille dollari per una notte con lui».

«Poco», commento mosso da un ingiustificato slancio di gelosia.

«A me sembrava una fortuna, l'ho persino riferito a Jeff, scherzando, ne abbiamo parlato tutta la notte ma ho rifiutato per rispetto verso il mio ragazzo. Abbiamo tirato avanti altri due mesi, poi Jeff si è rotto un braccio. A lavorare ero rimasta solo io e lui ha deciso che era ora di dichiarare fallita la nostra impresa e tornare a casa. Io non avrei rimesso piede a Philadelphia neanche morta, così ci siamo lasciati, lui è andato per la sua strada, io per la mia».

«Sei rimasta a New York?»

«Sì, e giunta allo stremo delle mie già ristrette finanze, ho ceduto all'offerta di Gary. Non era un brutto uomo, non aveva nemmeno perversioni particolari, è stata una notte di sesso qualsiasi. Avevo così bisogno di quei soldi che non ho avuto nemmeno lo spazio mentale per farmi un autoesame di coscienza. Giusto la sera prima avevo cenato con gli avanzi di una pizza che una ragazzina aveva lasciato su un tavolo al diner in cui facevo le pulizie».

«Mi dispiace».

«In qualche modo, è stata una svolta, che tu ci creda o no.

Gary mi ha offerto la stessa cifra per un'altra notte, dieci giorni dopo. Non avevo mai visto duemila dollari tutti insieme nella mia vita, men che meno di mia proprietà. Qualche tempo dopo, Gary mi ha presentato un amico, che poi mi ha presentato un altro amico ancora, che poi mi ha fatto conoscere un collega. Passavo di mano in mano, come un giocattolo, ma per una che aveva solo due alternative – morire di fame e stanchezza con tre lavori mal pagati o tornare a vivere in un furgone con un patrigno arrapato e violento – la prospettiva di fare sesso con uomini semisconosciuti in cambio di denaro non era così terrificante».

«Ti hanno trattata bene?»

«Erano puliti, mi offrivano cene costose, saldavano la tariffa in anticipo e avevano famiglie da cui non farsi scoprire. Non erano dei grandi amanti, d'altronde se lo fossero stati non avrebbero avuto bisogno di pagare per fare sesso. Ma finalmente non dovevo più svegliarmi all'alba, lavarmi con l'acqua fredda, vivere senza riscaldamento o raccattare avanzi. Non sapevo quanto sarebbe durata ma ero decisa a trarne il massimo finché ero in ballo. Ai sensi di colpa e al giudizio morale ci avrei pensato dopo. Ho cominciato a entrare nel "giro", ad accompagnare clienti in trasferte di lavoro, a partecipare a feste private, a chiedere un compenso maggiore. Ricorderò sempre il giorno in cui sono entrata da Tiffany per comprare un bracciale su cui incidere il mio nome e mi è cambiata la vita».

«Ed è stato lì che hai avuto la chiamata?»

«Sì, ma non quella che intendi tu. Era un numero sconosciuto, mi reclutavano per una serata in compagnia di un uomo molto potente per cui mi veniva richiesta la massima discrezione. Per cinquantamila dollari. Mi sono detta: con questo cliente arrivo a centomila dollari, accetto e chiudo». Mary Agnes si tortura gli orli delle maniche, strofinando il tessuto celeste, come se stesse scegliendo con cura le parole con cui proseguire. «Non ricordo cosa successe, so solo che il mattino successivo mi sono svegliata con accanto il tizio – quello importante – morto».

«Era ferito?», domando, sorpreso dall'improvviso ribaltamento degli eventi.

«Niente sangue, niente lividi. Non respirava ed era freddo. Stavo per chiamare il 911 quando sono entrati due uomini, mi hanno buttato addosso un accappatoio, chiusa in un baule – gli attimi più drammatici della mia vita – e quando l'hanno riaperto ero qui. Al sicuro».

«Ti hanno spiegato chi era l'uomo? Cosa è accaduto?».

Mary Agnes annuisce.

«Ma non potrai mai ripeterlo».

Stavolta scuote la testa. «So solo che un minuto in più in quella stanza e sarei finita o dietro le sbarre o con un proiettile in testa. Non mi ero mai resa conto di quanto fosse pericoloso il mio lavoro fino a quel momento. Ora, però, sono viva e protetta, non potrei chiedere di più», conclude con un sospiro di sollievo, alzando il viso verso la statua della Madonna.

«Non ti manca il mondo di fuori?». La mia curiosità è solleticata da quel suo bagno rubato, di nascosto, nel lago.

«Per quello che ho avuto modo di conoscere, no. Nella casa del Signore c'è un posto per tutti, a differenza del mondo di fuori».

«Le regole del convento non ti vanno strette?»

«Per quanto possa suonarti incredibile, sono padrona di me stessa».

«Anche se sei stata di chiunque potesse pagare la tariffa, non hai prezzo», replico.

«Non mi giudichi?», la sua voce è venata di leggera sorpresa.

Non le rispondo, non c'è bisogno.

«È la mia ultima settimana, qui», le dico. «Me lo ha comunicato la Madre Superiora».

«È una buona notizia».

«Credo di sì. Ha detto che sono pronto».

«Mi dispiacerà non vederti sbucare all'improvviso».

«Volevo dirti di non sparire di nuovo. Quando sarà il momento, vorrei salutarti come si deve. Sei il primo viso che ho visto quando sono arrivato qui, vorrei che fossi l'ultimo che vedrò quando me ne andrò».

«Mi aspettano in cucina». Mary Agnes si alza dalla panca. «Suor Francisca mi starà cercando per la preparazione del pranzo», dice senza rispondere alla mia richiesta.

«Dove posso rivederti?», le chiedo senza celare la mia impazienza.

«Non puoi. Non avremmo neanche potuto parlare qui».

«Non c'è bisogno che nessuno lo sappia. A meno che tu non voglia».

Il timore di un suo "Non voglio" mi si addensa al centro del petto.

«Stasera, alle sei e mezza, dopo i Vespri», sussurra. «Al capanno dietro gli orti».

13

Presente

Il volto di Roberto è indurito in un'espressione di collera.

«Figlia?», chiedo fingendo un interesse che non ho. Più che altro provo a mascherare il fastidio per la mancata visita alla biblioteca di Arrigo, unico motivo della mia presenza qui.

«Un bello scherzetto *post mortem* che mio padre mi ha giocato». Mi fa strada verso la veranda, dove la vetrata spalancata abbacina della luce di mezzogiorno le pareti fitte di piante di agrumi. I riflessi dell'acqua riverberano nella stanza e ne smaterializzano lo spazio. È ben diversa dalla cupa e bigia sala da pranzo di Lockridge.

Chiunque fosse l'architetto che ha progettato Villa Augustina, sapeva cosa stava facendo.

Mi trovo a pensare che se Arrigo Martinis è morto qui, dev'essere per forza morto bene.

Ci accomodiamo a un tavolo apparecchiato con un pranzo leggero: insalata di lago composta di verdure fresche, giardiniera *fait maison* e bocconcini di trota salmonata.

«È una ragazza giovane, quanti anni ha la tua sorellastra?», gli domando.

«Angelica ha vent'anni, a quanto hanno scoperto i miei legali».

«Mi sembra inglese, giusto?».
Roberto annuisce. «Da parte di madre. Di cognome fa Goodwin».
«Angelica Goodwin», mi ripeto.
«Con tutte le scappatelle che ha avuto mio padre, mi stupisco che ne sia comparsa solo una!», ironizza Roberto, infilzando la trota fino a ridurla in poltiglia.
«Ma se è illegittima non le spetta alcuna eredità, no?», domando.
«Qui sta il bello, sembra che lui tre anni fa l'abbia riconosciuta e l'abbia menzionata nel testamento».
«Ecco spiegato perché il notaio l'aveva convocata».
«Ciò non toglie che, pur se riconosciuta, non le spetti nulla di quanto mio padre le abbia lasciato. Qualunque cosa lui abbia mai comprato lo ha sempre fatto con il denaro dei Marchi, mio padre non ha mai avuto un centesimo a nome suo. Non per nulla aveva adottato il cognome di mia madre, accanto al proprio, così da avere sempre credito presso tutti gli istituti bancari».
«Saggio».
«Se mio nonno non si fosse accollato tutte le tasse e le spese di manutenzione di questa villa, non saremmo nemmeno qui a parlare. Io vivo e lavoro a Milano, era mio padre a voler stare in questa casa a ogni costo... Se solo l'avesse venduta al momento giusto! Anni fa un miliardario messicano aveva offerto una cifra inaudita per averla».
«Davvero?», fingo di non sapere la storia raccontatami da Corrado.
«Ma quel testone tronfio di mio padre non ha fatto una piega e ha rispedito l'offerta al mittente. Il miliardario messicano ha trovato altro e ora io sto trattando per cederla a un fondo che vorrebbe farne un hotel esclusivo: poche stanze, servizio di lusso».
«È il luogo giusto».
«Lui non sapeva proprio riconoscere gli affari. Si vantava

di essere un esteta, ma se non fosse stato per il patrimonio di mia madre non avrebbe mai potuto mantenere questo stile di vita. Restare vedovo è stato per lui come mettere le mani su una miniera d'oro: si è ritrovato – come detta la legge – erede della metà dei beni del coniuge, mentre io sono entrato in possesso dell'altra metà».

«Perciò, tolte le spese da lui fatte in questi anni, con il suo decesso sarebbe dovuto tornare tutto nelle tue mani», seguo il suo ragionamento.

«È così che funziona», conferma. «E la mia intenzione è ricostituire quanto lasciato da mia madre rivendendo le auto, gli orologi, i dipinti, la villa, i libri antichi...».

«L'arte è un investimento sempre in crescita», gli faccio notare.

«Ho dei piani d'espansione per l'azienda farmaceutica da attuare con l'eredità di mia madre, ci sono dei partner negli Stati Uniti che mi permetterebbero di allargarmi sul mercato. L'America era il sogno di mio nonno, è morto senza neanche arrivarci vicino; mia madre ha sfiorato il suo compimento per due volte, io posso farlo diventare realtà. Per questo, non ho intenzione di lasciare un euro sul campo, men che meno di continuare a pagare le stravaganze di mio padre: ha fatto una bella vita, l'ha vissuta appieno, non gli è mai mancato nulla, ma non intendo creare un precedente».

«Precedente?»

«Mettiamola così». Roberto giocherella con la forchetta, disegnando geroglifici sul condimento rimasto sul fondo del piatto. «Se ad Angelica va in porto l'operazione "eredità", nero su bianco si definisce un precedente che varrebbe per chiunque altro si presentasse dopo. Chi mi assicura che non ci sia un'altra mezza dozzina di Martinis illegittimi che un domani busserà alla porta per esigere una fetta di torta? Torta che, ripeto, non era nemmeno di mio padre».

«È logico», concordo. I più grandi patrimoni del mondo sono stati dilapidati in faide ereditarie senza fine. Roberto mi sembra una persona assennata, con la testa sulle spalle, affezionato all'azienda e al nome di famiglia. Sebbene non condivida le sue idee sul collezionismo e la sua totale refrattarietà davanti al valore della cultura, non posso non riconoscere il suo punto.

«Se non altro perché io e solo io mi sono prodigato per assistere mio padre nel decorso della sua malattia. Aveva un infermiere che sbrigava i compiti più gravosi – bagni e bisogni – ma per il resto ero io a gestire tutte le sue terapie, la somministrazione dei farmaci, a trascorrere le notti a sentirlo urlare di dolore. Un anno di cura continua, un anno di pendolarismo quotidiano tra Armarola e Milano. Non ci sono altri figli che meritino tale qualifica, sangue o no, posto che riguardo ad Angelica non ci sono prove genetiche del fatto che sia figlia di mio padre, ma solo il pezzo di carta del riconoscimento».

«Per verificare la coincidenza genetica però non è necessario il DNA di Arrigo. È sufficiente il tuo».

Lui scoppia in una risata nervosa. «Non intendo prestarmi a questi giochi volti solo e unicamente a spillarmi denaro».

«Angelica che richieste avanza?», chiedo appoggiando il tovagliolo alla mia sinistra, segnale di fine pasto. «Poco fa hai detto che il mio incarico è collegato a lei».

«Infatti. Nel testamento, mio padre lascia i suoi libri antichi a lei».

«I libri antichi?», ripeto stranito. «Non denaro o una rendita?»

«Cos'abbia acquistato mio padre e quanto abbia speso in questi anni lo sapeva solo lui, di sicuro non si tratta di spiccioli. Una cosa certa è che non credo che Angelica abbia un luogo opportuno ove ospitare adeguatamente la collezione, perciò la venderebbe comunque – addirittura la svenderebbe – quindi i miei legali hanno suggerito di far stimare il fondo antico da un esperto, possibilmente al ribasso, e liquidarle la cifra periziata».

«Al ribasso, ossia ben al di sotto del valore reale», ripeto per comprendere se ho inteso bene. «Un imbroglio».

«Il tuo disturbo sarà ben ricompensato». Scarabocchia un foglietto e me lo mostra. Una cifra di tutto rispetto, qualunque perito accetterebbe.

«La valutazione asseconderà la tua richiesta», gli assicuro.

«Sono disposto a concedere ad Angelica fino a centomila euro, qualora il giudice ritenesse valida la sua posizione. In un secondo momento, mi rivolgerò direttamente a una casa d'aste perché prenda in carico la vendita per me».

Annuisco. «Dunque questa in realtà non è una consulenza da eseguire in vista dell'asta, ma finalizzata a influenzare l'esito di un eventuale processo».

«Processo che non dovrebbe comunque avere luogo, dato che chi va a rimetterci per le malefatte di mio padre sono io», ribatte piccato, quasi gli avessi mosso un'accusa. «E sarebbe anche il caso di omettere dalla perizia i titoli più interessanti per il mercato».

«Ce ne sono alcuni in particolare a cui dovrei prestare attenzione?», butto lì per capire quanto Roberto sappia del *First Folio*.

«Può darsi», risponde con fastidiosa vaghezza.

«Immagino che Arrigo abbia documentato ogni suo acquisto».

Veniamo interrotti poiché ci servono una macedonia di frutta estiva in coppette di cristallo, condita con succo di frutto della passione. Condimenti leggeri, niente dessert e nessuna bottiglia di vino: desumo che Roberto, oltre a essere un amante dello sport, sia anche un attento seguace dell'alimentazione salutista.

«Diciamo che non tutte le transazioni che ha portato a termine erano alla luce del sole. La prima cosa che ho fatto, una volta aperto il testamento, è stata cercare riscontri cartacei nella sua scrivania per soppesare in maniera approssimativa il patrimonio, ma non ne ho trovati. Altro tratto tossico di mio padre: non lasciava mai traccia di nulla, diceva sempre di avere tutto in testa», commenta picchiandosi l'indice sulla tempia.

«Sarà un lavoro complesso», ribatto. Per me di sicuro, se non so da dove partire per trovare il *First Folio*. Avrei sperato, almeno, in un catalogo che ne attestasse la presenza. «Richiederà qualche giorno».

Alla mia osservazione, Roberto mi guarda stordito. «Qualche giorno? Io credevo che ti sarebbe bastato il pomeriggio».

«Di quanti libri parliamo?»

«Un centinaio».

Non gli rispondo, mi limito a lanciargli un'occhiata.

«Non avevo previsto che ti saresti trattenuto, altrimenti mi sarei premurato di prenotarti un alloggio in hotel».

«Colpa mia, Roberto, avrei dovuto dirlo prima. Ho dato per scontato che sapessi che avrei impiegato diverso tempo».

Lui si gratta la fronte, in difficoltà. «Ho molti impegni a Milano, ma qui c'è sempre Ignazio quindi immagino che, se non ti disturba pernottare in questa casa trascurata, potresti alloggiare in una delle stanze degli ospiti. L'impianto idraulico però sarebbe tutto da rifare, ci vuole un quarto d'ora buono prima che arrivi l'acqua calda».

«Non è un problema, la doccia la faccio fredda». Come ospite della villa, da una parte il mio lavoro si semplifica, dall'altra mi espone al rischio di farmi scoprire.

«Abbiamo risolto, allora. E mi scuso ancora per la mia inospitalità. Vieni», si alza da tavola e mi fa cenno di imitarlo. «Ti mostro la camera, così che tu possa riposarti, rinfrescarti e cambiarti. Ti ho letteralmente sequestrato con le mie chiacchiere».

«Non è stato un peso. Fossero tutti così i sequestri», ironizzo.

Scambia due battute con Ignazio in italiano. Non capisco quello che si dicono, ma vedendolo recuperare il mio trolley intendo che l'abbia informato della mia permanenza.

Roberto mi guida verso la camera che mi è stata assegnata: è luminosa come il resto della casa, elegante, ma caratterizzata da un gusto quasi femminile; sopra il letto rivestito da lenzuola di cotone color crema così lisce da sembrare seta è appeso un quadro.

Una donna nuda, seduta di tre quarti su una roccia e con un drappo semitrasparente che le copre il grembo, si lava raccogliendo l'acqua da un ruscello, sotto una pioggia di petali di fiori.

«È... è originale?», chiedo attonito dalla sorpresa.

«Sì, è stato oggetto di continui spostamenti e traslochi. È stato qui, poi nella nostra casa di Milano, poi in quella di Nizza, poi è tornato qui, tre anni fa. Una delle fisse di mio padre».

«È *Il bagno della ninfa*, di Tiziano. L'unico dipinto rimasto del suo ciclo *Le stagioni*; l'estate, l'autunno e l'inverno sono andate perdute».

«Diversi musei ce l'hanno chiesto per esposizioni temporanee, ma mio padre si è sempre rifiutato di concederlo al pubblico. Ora sono in trattativa di vendita con il Prado: per quanto mi riguarda, ritengo che quest'opera sarà meglio apprezzata se condivisa».

Se possedessi un Tiziano, preferirei donare il mio corpo alla scienza piuttosto che venderlo ma, se non altro, l'avidità di Roberto farà un grande favore al mondo.

«Ti lascio accomodare, Nick», mi saluta uscendo. «Poi ti mostrerò la biblioteca».

Resto solo con la ninfa, a fissare il suo sguardo che mi sbircia da sopra la spalla bianco latte, i capelli che le ricadono lungo la schiena in una treccia sciolta. Sebbene non mostri il seno, l'acqua del ruscello restituisce il riflesso dei suoi capezzoli rosei.

Mi accosto al letto e allungo il braccio, la mano tesa verso il dipinto.

Se esiste un peccato mortale è toccare con le mani un dipinto del Cinquecento, ma al momento la mia conta delle condanne è così alta che posso aggiungerne una.

Le onde dei capelli si sciolgono sensuali sotto le mie dita. Con l'indice traccio la lunghezza della treccia della ninfa, mi soffermo su quelle ciocche bionde e calde, tendenti al rame. Il carminio, pigmento ricavato dalla cocciniglia per produrre il rosso, era molto costoso, così i pittori presero a combinarlo con altre polveri, più economiche, per consumarne meno possibile. Tiziano lo mischiò alle ocre, ottenendo quella sfumatura che divenne il denominatore comune delle chiome delle sue dame.

Il biondo Tiziano. E nella mia vita ho incontrato un'unica donna che aveva i capelli di questo colore.

14

Passato

Raggiungo il capanno dietro gli orti all'orario concordato, Mary Agnes arriva lungo il sentiero che risale dal lago.

«Sei puntuale», commenta afferrando per il manico uno dei cestini di vimini accatastati sulla legnaia.

«Non te lo aspettavi?»

«Ci tenevi davvero, allora, a rivedermi».

«Perché quel tono sorpreso?», chiedo. Anche io prendo un cestino e la seguo nell'orto dove lei soppesa con la mano i pomodori e li rigira per decidere quali siano abbastanza maturi per essere colti e quali no.

«Non so se la Madre Superiora ti aveva informato a riguardo, ma non dovresti entrare in confidenza con noi suore».

«Ne sono al corrente. E tu, invece? Ne sei informata?», la provoco.

«Io…». Un pomodoro si stacca dalla pianta, cadendo a terra, così mi chino a raccoglierlo.

«Non è la prima regola che trasgredisci, questa, vero?», insisto.

«E tu che ne sai?».

Inginocchiato accanto a lei, noto che una ciocca sottile di capelli le si arriccia sulla tempia, sfuggendo alla fascia che le ferma il velo sul capo. «Tiziano».

«Cosa?», mi domanda disorientata.

«Il colore dei tuoi capelli. Era da un po' che mi chiedevo di che colore fossero. Non sono biondi, non sono rossi. Il Tiziano è una tonalità unica. Posso?», chiedo allungando la mano verso il suo viso.

Mary Agnes non risponde, batte solo le ciglia per un attimo. Prendo la ciocca ribelle leggermente umida tra il pollice e l'indice e gliela sistemo al sicuro sotto la fascia del velo. «Te lo sei infilato in fretta e furia quando ti sei rivestita dopo il bagno nel lago, vero?»

«Mi hai spiata anche oggi?».

Tana per me. Ciononostante, il senso di colpa non mi sfiora per un secondo. «Purtroppo no. Allora mi avevi visto anche se ero nascosto?»

«Sì», ammette.

«Perché non mi hai detto nulla?».

Lei mi fissa, con i suoi occhi che a questa distanza mi sembrano enormi. «Perché speravo che tornassi».

La sua risposta mi brucia dentro come una vampata di fuoco. «Ti ho delusa?»

«Come mai non sei entrato in acqua anche tu, ieri?»

«Era più bello guardarti. Eri un quadro vivente».

«Non si potrebbe fare il bagno nel lago».

«Ma tu lo fai lo stesso», dico.

«Mi piace la sensazione di sciogliermi nell'acqua, di essere senza peso». Mary Agnes si rimette a raccogliere le verdure, accatastandole nel cestino. «Puro spirito».

«Uno spirito ribelle», sottolineo addentando una fragola che ho staccato da una delle piante che punteggiano l'orto.

«Mi basta poco».

«O ti fai bastare poco? Sono due cose diverse». Stacco un'altra fragola, levo il picciolo verde e la mordo, con la bocca che mi si riempie del succo dolce.

«L'ingordigia è peccato», mi rimprovera con una punta d'ironia.

«Non sono sicuro che la rinuncia sia una virtù».

«Nella rinuncia si impara ad apprezzare anche il valore di un bagno, in un laghetto, da sola».

«Eppure mi è parso di capire che se io mi unissi a te, non t'infastidirebbe. O sbaglio?»

«No», sussurra.

«E resterebbe tra noi?»

«Sì».

Stacco una fragola che pende pesante dal gambo, e gliela porgo. «Domani?».

Mary Agnes la stringe tra le labbra, con una goccia rossa che le scende lungo il mento, per poi cadere sulla sua tonaca immacolata. Le ho offerto il peccato e lei lo ha accettato.

15

Presente

Dopo una doccia veloce e un breve momento di relax, non tanto per ricaricare le energie quanto per immaginare cosa si provi a essere proprietario di una villa come questa, circondato da opere d'arte, decido che è il momento di calarmi nei panni di un serio valutatore di manoscritti antichi.

Nella mia camera, a parte il quadro di Tiziano, non vi è altro di interessante. Ho scovato solo alcuni vecchi programmi di teatro, dei volantini di concerti chiusi nella ribaltina dello scrittoio e un quaderno pentagrammato scarabocchiato, abbandonato nella cassettiera dell'armadio. Nulla di correlato a Shakespeare, comunque.

Ho già un'idea efficace su come sottrarre il *First Folio*, ma prima devo trovarlo.

E quando finalmente vengo condotto alla biblioteca, capisco che al netto dei difetti, io e Arrigo avremmo avuto molto di cui parlare: questa sala è la mia definizione di Paradiso.

Due ordini di scaffali, uno di fronte all'altro, con i libri disposti su mensole bianche decorate con intarsi dorati, sedili imbottiti di velluto nelle nicchie delle finestre e un camino dentro cui potrebbero accomodarsi due persone.

Al centro vi è una scrivania con due poltrone, sulla quale fa mostra di sé una scacchiera artigianale intagliata da un ebanista: tutti i pezzi bianchi e rossi sono al loro posto, pronti per una nuova partita. Accanto vi sono un mappamondo d'epoca, una teca che contiene un flauto antico di legno in una custodia imbottita di seta e un ritratto fotografico di Arrigo – immagino – incorniciato.

«È un delitto svuotare questa sala», commento rivolto a un Roberto del tutto indifferente. Sicuramente come camera da letto di un resort esclusivo sarà venduta per cifre a tre zeri a notte. Magari installeranno un idromassaggio moderno in vetroresina davanti al camino…

«Ci vuole anche il coraggio di cambiare. E poi, questi volumi saranno accolti da chi li saprà apprezzare».

Appesi alle uniche due pareti sgombre dai libri ci sono due quadri.

Uno è ispirato a *La Tempesta*, di Shakespeare, e ritrae Miranda e Ferdinando che giocano a scacchi. «Lucy Madox Brown», dico indicandolo.

«Chi?»

«La pittrice che lo ha realizzato. È del 1871, una scena molto popolare tra gli artisti dell'epoca, è stata riproposta in molte varianti».

«Questo dipinto mio padre lo vinse proprio a una partita a scacchi contro un campione», risponde Roberto. «Non una gran vincita, considerando che è stato valutato sugli undicimila euro, ma per lui rappresentava la sua bravura».

«E quest'altro?», chiedo indicando la tela appesa alla parete opposta. Una giovane donna, dalla pelle di alabastro, con i capelli ricci e scuri acconciati sul capo, ci osserva con occhi neri e sguardo vispo, il viso contornato da una gorgiera elisabettiana. «È una dama del tardo Cinquecento».

«Ah, no, quella è una replica. Perfino mio padre diceva che vale di più la cornice del quadro, ma l'ha messo qui perché lo sfondo blu aveva la stessa tonalità delle tende. Un vezzo dei suoi».

«Ma sono qui per i libri, non per i quadri», dico indicando la parete deputata ai testi antichi, chiusi in una vetrinetta.

M'infilo i guanti e apro le antine, con il mobile che rilascia l'odore di carta antica e cuoio invecchiato. Sono un sacco di volumi.

«Secondo te qui abbiamo un patrimonio da almeno cinque o sei milioni?», mi domanda subito, andando dritto al sodo.

«Questo non posso dirlo con esattezza alla prima occhiata». Io non sono certo un missionario ma la venalità di Roberto comincia a irritarmi.

«Perché eventualmente potrei mettere da parte quelli più costosi e – se le cose si mettono male con Angelica – lasciarle il resto».

«Qui non parliamo di costo, questi libri non "costano". Qui parliamo di valore».

«Certo, valore». Ha il tono accondiscendente e un po' scocciato di chi ha fretta di avere risposte.

«Li devo esaminare uno a uno».

«E quanto ci vorrà?». Roberto è impaziente e non fa nulla per nasconderlo.

«Stiamo parlando di quasi cento volumi, mi serviranno almeno tre giorni». Anche per riprodurre un *First Folio.*

«Ecco, io ho degli impegni a Milano, spero che tu non abbia bisogno di me...», incespica.

«No, ma magari ogni tanto avrò delle domande da porti, se desideri una perizia come si deve».

«Farò il possibile per rientrare almeno alla sera».

Per non fare saltare la mia copertura, perizierò davvero i volumi della collezione, ma solo dopo che avrò trovato il *First Folio.*

Appena Roberto mi lascia per andare a dedicarsi ai suoi affari, comincio a prenderli e aprirli a uno a uno. Da una parte la mia curiosità nei confronti della collezione è reale, dall'altra mi godo l'attesa che alimenta l'aspettativa di avere tra le mani il *First Folio*. Apro ciascun libro, girandone con cura la copertina, chiedendomi che sorpresa riserverà il frontespizio, fremendo in attesa di leggere la dedica scritta da Ben Johnson: “Al lettore”.

Comincio credendo di meravigliarmi un volume dopo l’altro, come nel bunker di Lockridge, e pensando di trovarmi tra le mani dei tesori, ma presto sopraggiunge la delusione: trattati di falconeria e sulla lavorazione della seta, raccolte di componimenti musicali rinascimentali, novelle popolari, manuali di giurisprudenza in latino, testi ebraici, botanica antica, astronomia… Certo, sono artefatti che hanno un valore e una rispettabilità in quanto testimonianze delle conoscenze dell’epoca, ma non si tratta di opere rilevanti, alcune sono addirittura senza autore. Non c’è ragione particolare di acquistare libri del genere se non un esclusivo e puro interesse personale per la materia trattata. Neanche le rilegature sono preziose.

Proseguo nello spoglio degli scaffali – gli abiti sudati poiché non vi è aria condizionata – finché non resta l’ultimo volume.

Dopo averlo accantonato, guardo le pile di libri che ho sfogliato nelle ultime due ore e mi rendo conto di trovarmi di fronte a un problema che non avevo considerato: il *First Folio* non c’è.

16

Passato

Da dietro il salice si muove una sagoma, che poco dopo scosta le fronde, rivelandosi alla mia vista.

È Mary Agnes, nella sua veste da bagno e con la cuffietta in testa.

Io sono già in acqua, dal lato opposto del laghetto, mentre lei s'immerge cauta, attenta a non scivolare sui ciottoli.

Nuoto verso di lei raggiungendola.

«Per te», dico spingendo una ninfea rosa nella sua direzione.

Mary Agnes l'accarezza con la punta delle dita. «Non ti è costata molto sforzo».

«Vero. Domani mi procurerò un bouquet di rose».

«Domani?»

«Non farai il bagno, domani?», chiedo curioso.

«Io sì, tu non lo so. Considerati ospite nel mio laghetto». Mary Agnes piroetta su sé stessa, con la veste che le fluttua intorno.

«Sei crudele. Una naiade».

«Una…?», mi domanda lanciandomi uno sguardo curioso.

«Naiade, una ninfa delle acque. Le ninfe, nella mitologia greca, erano divinità minori che albergavano negli elementi naturali, come i boschi – le driadi – o nei fiumi e nei laghi

– le naiadi. Nonostante il loro legame con gli dèi, la loro dimora era sulla Terra, tra i mortali. Tu sei questo, legata al divino ma confinata tra i mortali».

«È un complimento?»

«Le ninfe, nelle loro spoglie umane di incantevoli fanciulle, avevano il potere di suscitare l'amore negli uomini al punto da infondere in loro un fervore estatico che li spingeva quasi alla follia».

«Addirittura?».

Mi avvicino a lei di qualche passo, i miei piedi rallentati dal fondo melmoso.

Un umano e una ninfa: sto giocando a un gioco pericoloso. Chiunque, al posto mio, consapevole del suo passato non esiterebbe ad allungare le mani, afferrarla, come tanti hanno già fatto, eppure ai miei occhi Mary Agnes emana una grazia e una purezza tali da renderla intoccabile.

«Mi attiri a te, mi fai capire che cerchi la mia compagnia, che desideri la mia presenza, poi, quando ci vediamo, ti comporti come se non mi volessi. Non è forse un modo crudele per farmi impazzire?».

Mary Agnes si abbassa nell'acqua finché questa non le lambisce le spalle, quasi a nascondersi. «A te sembra di impazzire?»

«Sì. Lentamente».

Anziché replicare, lei scompare sottacqua immergendosi del tutto. Nuota, per poi riemergere alle mie spalle. «È tutto nella tua testa, Nicholas».

«Io non credo», rispondo voltandomi verso di lei.

«Vedi ciò che vuoi vedere».

«Affatto. Vorrei vedere i tuoi capelli».

«Li hai già visti, ieri, nell'orto».

«Sciolti», insisto. «Senza velo, senza cuffia».

Mary Agnes scuote la testa. «Non li vedrai».

«Solo una volta».

«Per anni ogni parte del mio corpo ha avuto un prezzo,

ogni mio gesto una tariffa, oggi non c'è cifra che possa comprare la soddisfazione di una richiesta: che sia vedere i miei capelli o il mio seno».

«Sei fortunata, io non volevo offrirti del denaro in cambio, te lo stavo chiedendo gratis», rispondo sornione.

«Ho la libertà di dire no, adesso, che sia per un milione o gratis».

«Come fai a sembrarmi lontanissima anche se sei a mezzo metro da me?»

«Lo sai che la stessa acqua che sta avvolgendo me sta avvolgendo anche te? In questo lago, tu e io siamo una cosa sola».

«Cosa vuoi dire?»

«Chiudi gli occhi, Nicholas».

Eseguo l'ordine, abbandonato del tutto alla sua magia. «E poi?»

«Usa l'immaginazione: senti l'acqua, muovila con le mani», continua lei con voce appena udibile. «Lasciala fluire tra le dita. Pensa a lasciarle correre lungo le mie braccia, su fino alla curva delle spalle, intorno al collo dove la pelle è più sottile, poi di nuovo giù e riempi i palmi con il mio seno. Non è grande, puoi chiudervi le mani intorno, ma non stringerlo troppo, sii delicato».

Solo un pazzo potrebbe obbedirle, ma al momento non giurerei sulla mia salute mentale: mi sembra di sentirmela davvero tra le mani, di esplorarla con il mio tocco, nitida e immateriale allo stesso tempo.

«Ora scendi lungo il pendio dei miei fianchi che si allargano a poco a poco, fino alle mie cosce…».

«E poi?», la mia domanda è intrisa di desiderio.

Lei però non risponde.

Mi ha detto di usare l'immaginazione, ma ora come ora, la mia immaginazione volge verso un'unica direzione e ho bisogno che sia lei a guidarmi.

Mary Agnes continua a non darmi istruzioni, così, d'istinto, allungo le mani per stringere l'acqua che ora mi sembra soltanto acqua.

Apro gli occhi, e nel lago sono solo.

Mi guardo intorno, disorientato, ma non la vedo.

«Stessa ora domani?», mi domanda.

In piedi, davanti al salice, già vestita della tonaca, Mary Agnes mi osserva con un sorriso.

17

Presente

«Sono tutti qui i libri antichi di Arrigo?», domando a Roberto quando torna in biblioteca per avvisarmi che sta per andare dai suoi avvocati per un appuntamento.

«Sì. Li teneva tutti sotto chiave nella vetrinetta», mi conferma. «Perché?»

«Oh, nulla», commento con finta disinvoltura. «È che dal nostro colloquio e dalla tua richiesta di "accantonare" quelli di maggior valore forse io mi ero fatto un'aspettativa diversa». Non sarò io a scoprire le carte, questo è certo. Roberto non sa che sono qui a cercare qualcosa, e deve continuare a non saperlo.

«Intendi a livello economico?»

«Mi era parso di capire che ci fossero titoli che potevano interessare le case d'asta, dunque rari, preziosi e significativi. Ora, ciò non vuol dire che questi siano spazzatura, ma certo sarà difficile proporre dei manuali generici, seppur antichi, per i loro cataloghi».

Roberto aggrotta la fronte. «In che senso, manuali?».

Ne prendo uno a caso, e glielo mostro. «Allevamento di bachi da seta», leggo sul frontespizio. «*Molto* di nicchia».

Lui fissa il libro accigliato. «Sono tutti così?»

«Temi diversi, ma nessuno di questi appartiene ad autori

eccellenti, non vi sono pietre miliari della letteratura, della scienza, della filosofia o della politica», aggiungo. «Ovviamente dovrò esaminarli bene uno alla volta, ma così mi sento di dire che, tra tutti messi insieme, non arriviamo al milione di euro di valore. Figurarsi i cinque-sei milioni di cui parlavi prima».

Lui scuote il capo, indispettito. «Questo non è possibile. Mio padre era ossessionato dalla sua biblioteca al punto da volerci la sua stanza accanto, come un cane da guardia».

«Tu sei sicuro che vi fossero dei testi di pregio?». Il mio è un interrogatorio e lui non lo sa.

«Sì».

«Hai idea di quali?»

«Ne ha comprato uno che per anni è stato esposto nella teca accanto alla sua scrivania, quella che ora contiene il flauto, ma di recente non l'ho più visto. Io abito a Milano, mi sono trasferito qui provvisoriamente quando mio padre si è ammalato e dovevo seguirlo nella convalescenza».

«Ricordi di cosa si trattasse, a grandi linee?».

Roberto si gratta la testa per poi far cadere le braccia lungo i fianchi. «Shakespeare. Era una delle sue fissazioni, e credo che fosse una raccolta delle sue opere». Era quello che volevo capire: se fosse a conoscenza o meno dell'esistenza del libro.

«E sai se tuo padre aveva speso molto denaro per comprarlo?»

«Avevo quindici anni e ascoltavo le discussioni dei miei di sfuggita». Mentre parla, prende a misurare la stanza a passi lunghi. «Litigarono per una grossa cifra che lui voleva prelevare in contanti da un nostro conto a Zurigo. Mia madre sosteneva che non fosse il caso di far uscire tutti quei soldi in una volta, e che fosse meglio dividere il prelievo in più tranche dilazionate di qualche mese, ma lui doveva assolutamente andare a Dresda con quella cifra o avrebbe perso il libro. Quando è tornato, è comparso quel volume, venerato come una reliquia. Che era di Shakespeare lo so perché sulla prima pagina c'era il suo ritratto».

«Lancio sul tavolo un'ipotesi: dato che quel testo aveva un così alto valore, potrebbe aver trovato una buona occasione per venderlo».

«Mio padre non vendeva, comprava e basta», obietta.

«Hai mai sentito parlare del *First Folio*?»

«Mi è familiare».

«Il *First Folio* è la prima stampa delle opere teatrali scritte da Shakespeare», spiego. «Venne pubblicato nel 1623, circa sette anni dopo la sua morte, grazie ai due attori Heminges e Condell, che facevano parte della Compagnia del Ciambellano, per cui Shakespeare scriveva e recitava. I due raccolsero trentasei tragedie, commedie e drammi usati per le messe in scena. Senza il *First Folio* quasi tutti i componimenti shakespeariani sarebbero andati perduti e non ne avremmo mai avuto testimonianza. È stato infatti il destino di *Pene d'amor vinte* e *Cardenio*, di cui conosciamo l'esistenza, ma non sono sopravvissuti i testi».

«Quasi sicuramente era quello», dichiara lui. «E quanto può valere oggi?»

«Purtroppo dipende dalla copia. Dei duecentotrentacinque esemplari esistenti, solo cinquantasei copie sono complete. Molte mancano di pagine, strappate e smarrite nei secoli, altre sono state smazzate e rilegate insieme per creare un'unica copia completa; poi dipende dalle condizioni di conservazione: se il testo è pulito o annotato, se la rilegatura è originale o rinnovata negli anni successivi».

«La rilegatura originale com'è?»

«In realtà nel Seicento i libri venivano comunemente stampati e venduti come fogli sciolti o con solo il dorso cucito. Tuttavia, acquistare un volume rilegato era come ordinare un'auto di lusso e i più benestanti – l'aristocrazia – amavano personalizzare il volume nei minimi dettagli per tramandarlo come parte del patrimonio. C'era chi sceglieva un particolare tipo di pelle, chi vi faceva incidere il proprio stemma... La difficoltà nel dare una valutazione accurata di un *First Folio* sta proprio nel fatto che non ne esistono due uguali».

«Conoscendo la scrupolosità di mio padre, avrà sicuramente cercato il meglio che il mercato aveva da offrire. Ma la biblioteca era il suo santuario e non capisco perché non c'è».

«Potrebbe averlo portato in un'altra stanza?», suggerisco. Roberto non è l'unico a voler sapere dove si trova quel *First Folio*.

«Non mi sembra plausibile».

«Forse, per non esporlo a rischi, lo ha messo in custodia in una cassetta di sicurezza o in qualche camera blindata. Avrebbe senso», ritento. Se è così, il mio lavoro è finito ancor prima di cominciare.

Il disappunto prende possesso del viso di Roberto. «No, quando a mio padre hanno detto che non avrebbe più avuto chance di guarire, per mettere "in ordine" le formalità mi ha dato la delega su tutti i conti e su tutte le cassette di sicurezza. Posso assicurarti che non c'è nulla». Sbuffa, scocciato. «Quel *First Folio* dev'essere qui da qualche parte».

Lo spero bene, altrimenti per me sono due pessime notizie: Lockridge non sarà contento di saperlo, e non verrò pagato per il mio lavoro.

Se da una parte l'inconsapevolezza di Roberto Marchi mi avrebbe fatto gioco e facilitato la "confisca" del *First Folio*, ora mi trovo davanti alla nefasta possibilità di restare a mani vuote.

«Posso continuare a cercare nel resto degli scaffali, se mi autorizzi».

«Certo, rivolta questo posto da cima a fondo», annuisce lui nervoso. «Io ora devo andare dai miei avvocati, non rientrerò per cena ma ho disposto con Ignazio di servirtela in veranda».

«Non c'è problema, pensavo di uscire e andare in paese a comprare un paio di abiti un po' più leggeri. Posso cenare fuori senza dare disturbo».

«Nessun disturbo, la cucina è a disposizione. Ricordati solo di rientrare entro mezzanotte perché poi Ignazio va alla dépendance quindi chiude la villa e attiva gli allarmi».

«Terrò d'occhio l'ora».

Da una delle finestre guardo Roberto lasciare la villa a bordo del suo motoscafo e io resto solo nella biblioteca, con un senso di sconforto che mi si addensa nel petto.

"Se fosse facile, non chiederebbero aiuto a noi", mi diceva Farias.

Gli ultimi sviluppi mi pongono davanti alla prospettiva realistica di fallire la mia prima missione, la prova del nove, risultando agli occhi di tutti coloro che mi hanno aiutato un inadeguato inconcludente.

Decido di uscire per provare a schiarirmi le idee, ma quando varco i cancelli della villa, noto che sul solito muretto c'è sempre Angelica, sdraiata, la borsa di pelle sformata usata come cuscino.

Non demorde proprio.

La ignoro e passo oltre.

Armarola è un paesino che si gira in mezz'ora di passeggiata, ma salta subito all'occhio come le sue vie pittoresche siano culla di ristoranti di alta cucina, caffetterie eleganti, atelier di arredi di design e boutique di lusso. Ordine e pulizia regnano incontrastati e perfino i fiori nelle aiuole sono stati piantati secondo una regola cromatica precisa.

Gli stranieri sono tanti quanti gli italiani e infatti, nel negozio in cui entro, vengo salutato dai commessi sia in italiano che in inglese.

La scelta tra gli abiti da uomo è solo tra capi firmati e selezionati dai cataloghi delle più prestigiose case di moda e assecondare i consigli del commesso non mi riesce così difficile: acquisto due completi di lino, uno beige e uno blu, e quattro camicie a una cifra che fingo di non vedere e che va a ingrossare il mio debito nei confronti del lascito di Farias.

Per un attimo valuto di prendere anche un panama bianco ma desisto, pensando che prima di concedermi premi me li devo guadagnare.

Il caldo umido, intanto, si fa sentire. Sulla via del ritorno mi fermo in un bar a bere un bicchier d'acqua poi, prima di pagare, ci ripenso e prendo anche una bottiglietta.

Davanti alla villa, l'ombra degli alberi ha cambiato direzione e il muretto dove è appostata Angelica è battuto dal sole: seduta a terra, con la schiena appoggiata ai mattoni, prova a recuperare una lingua d'ombra.

Mi avvicino e le tendo la bottiglietta. «Tieni», le dico.

Angelica alza il viso verso di me, una mano davanti agli occhi per ripararsi dalla luce. «Chi sei?»

«L'unica risposta giusta, al momento, è: uno che ti sta offrendo da bere».

Lei mi scruta con sospetto.

«È sigillata», la rassicuro.

Angelica espira pesantemente e afferra la bottiglietta. Con un solo sorso ne svuota più di metà. «Grazie».

«Prego», rispondo. «Che fai qui fuori? Non ce l'hai un posto dove stare?»

«Sto aspettando Roberto. Se non mi riceve in casa, e io non posso entrare, lui almeno dovrà uscire prima o poi».

«Sono desolato di distruggere il tuo piano così ben congegnato, ma Roberto lascia la villa via lago, dalla sua darsena privata. Puoi aspettarlo qui in eterno, non lo incrocerai mai».

«Vigliacco».

«Prendi i soldi», le dico, lapidario.

«Che soldi?»

«Quelli che ti ha offerto. Diecimila euro sono meglio di niente».

Angelica balza in piedi, animata dalla furia. «A me spettano i libri antichi di papà, lo dice il testamento».

«Certo, ma se anche un giudice ti desse ragione, ci arriverai tra molti anni e sfinita dalle spese legali».

Lei scuote il capo, stizzita, un sorriso nervoso le tende le labbra. «Grazie del consiglio inutile».

«Ti assicuro che non lo è. Non incaponirti su quei libri, credimi, potresti avere una brutta sorpresa».

«Cioè?»

«Là dentro non c'è niente che valga anni di faide in tribunale».

«Questo non è vero».

«L'ho visto con i miei occhi. Sono venuto apposta qui, dall'Inghilterra, per valutare i volumi antichi e ti dico che è così. Al tuo posto prenderei i soldi, pochi, maledetti e subito».

«Ma chi ti dice che m'interessino i soldi?».

La borsa di pelle è consumata in più punti e le sue scarpe da ginnastica sono logore. «Non è così?»

«No», risponde di getto. «Non solo, comunque. Papà mi parlava delle sue collezioni, quello che dici non ha senso».

Le sue parole mi colgono alla sprovvista. «Dunque tu hai conosciuto Arrigo quando era in vita? Lo hai... frequentato?»

«Certo che sì».

Noto che dalla borsa le sbuca la confezione vuota di un tramezzino. «Hai mangiato solo quello oggi?»

«Non ho fame, e comunque non sono affari tuoi».

«Volevo chiederti se ti andava di unirti a me per un piatto di pasta, ma me lo mangerò da solo». Non dovrei farlo, ma la mia curiosità di sapere cos'ha da raccontare Angelica su suo padre mi stuzzica.

Lei però rimane lì impalata, senza rispondere.

«Ok». Faccio spallucce e mi volto per tornare in paese. «Divertiti ad attendere Roberto».

«Aspetta!», mi urla dietro, raggiungendomi di corsa. «Vengo anche io».

18

Passato

«Non entri in acqua?», mi domanda Mary Agnes mentre scende nel laghetto, proprio come ieri.

Io resto a osservarla dalla riva. «No», rispondo dal sasso su cui sono seduto.

«Perché?»

«Non ti permetterò di manipolarmi anche oggi».

Sorride tra sé e sé, allungandosi in una bracciata nella mia direzione. «Non ti ho manipolato».

«Tu dici?»

«Che aspettative avevi?»

«Nessuna».

«Bugiardo».

«Hai ragione. Non per questo starò di nuovo al tuo gioco».

«Non ti è piaciuto?», mi chiede fermandosi davanti al mio sasso. Vi si ancora con le mani, il mento appoggiato sui dorsi.

«Non mi è piaciuto come è finito».

«Non era finito».

«Te l'ho detto, sei una ninfa spietata».

«È l'unico modo che ho per difendermi».

«Da chi? Da me?»

«No, da me».

«Che pericolo rappresenti per te stessa?».

Lei si lecca le labbra, poi le stringe, con aria riflessiva. «C'è una parte di me di cui non mi fido. Quella che continua a spingermi a cercarti, quella incuriosita da te, quella che mi istiga alla debolezza».

«Mi sembri tutto fuorché debole», le dico.

«La carne lo è».

«La mia, di sicuro», scherzo.

«Chi sei?», mi domanda.

«Non hai detto che sai tutto di me?»

«So perché eri in carcere, so come ne sei uscito, so che progetti ha per te la Superiora, so chi ti protegge, ma chi è Nicholas?»

«Non credo che importi, dato che tra pochi giorni sarò un'altra persona».

«Sai amare?»

«Non c'è una domanda più facile?».

Mary Agnes abbandona la roccia, slanciandosi all'indietro. «Allora la risposta è no».

Mi levo la maglietta e mi tuffo anche io, raggiungendola. «Perché, tu sai amare invece?»

«No, io non so amare. Però mi piacerebbe che qualcuno mi spiegasse cosa significa».

«Sono la persona sbagliata».

«Vorrei imparare ad amare me stessa. Se mi amassi, forse sarei capace di amare incondizionatamente anche Dio. E non provare più alcun bisogno se non quello di servirlo con devozione per sempre».

«Adesso che bisogno hai?». I nostri volti sono vicini al punto che posso vedere piccole efelidi appena accennate sul suo naso.

«Se lo dicessi, sarebbe già peccato».

«Ma il peccato è solo un passo sulla strada verso Dio, senza peccato non ci sarebbe perdono e senza perdono non ci sarebbe l'amore divino che cerchi».

«Quindi il tuo suggerimento sarebbe quello di cedere all'istinto carnale».

«Mi sembra una soluzione valida».

Io e Mary Agnes ci giriamo intorno, in un cerchio che si stringe sempre di più.

Prima o poi, uno dei due farà quel passo in più oltre il punto di non ritorno.

Il dilemma è: chi sarà dei due?

«Non vedo l'ora che tu parta, Nicholas, ma mancano ancora cinque giorni», sospira.

«*Solo* cinque giorni», la correggo.

«Lunghi, se pensi che ogni minuto lotto con me stessa per...».

«Per?», la incalzo.

Lei abbassa il viso, per non guardarmi. «Lo sai».

«No, che non lo so», mento. Le sono così vicino che la sua veste mi solletica le gambe.

«Credevo di essere riuscita ad annichilire il desiderio e vivere senza più provarlo».

«E invece?»

«Invece sei arrivato tu e da allora non sento altro», mormora rivolta all'acqua.

Le porto l'indice sotto il mento, per sollevare il suo viso verso di me. «L'unico modo per spegnere il desiderio è soddisfarlo».

«E se invece di spegnersi s'incendiasse?»

«Per scoprirlo dovremmo bruciarci».

Chino il capo per accostarmi al suo volto, le mie labbra tese a sfiorare le sue, che mi accarezzano morbide e calde.

I nostri corpi aderiscono uno all'altro, separati dal sottile strato di cotone della sua sottoveste.

Sto per allungare le mani e cingerle la vita quando lei si sottrae alla mia presa indietreggiando. «Non posso», sussurra. «Non devo».

E nuota verso la riva opposta, svelta, per poi afferrare i suoi vestiti e correre via.

Stringo le labbra e vi passo sopra la lingua, per cercare il ricordo del suo sapore, ma il bacio è durato troppo poco. Forse è stato addirittura uno scherzo della mia immaginazione.

Più Mary Agnes scappa, più voglio prenderla, mi chiedo se lei lo sappia.

19

Presente

Quanto a ristoranti, ad Armarola non c'è che l'imbarazzo della scelta, forse superano perfino il numero degli abitanti, perciò entro nel primo che incontriamo.

All'ingresso, mentre attendiamo che il direttore di sala ci accolga, mi cade l'occhio sul guest book, aperto sulla pagina firmata da George Clooney che si complimenta per il pranzo che ha gustato.

Anche senza prenotazione, ci sono sufficienti tavoli liberi per accoglierci ma non mi sfugge lo sguardo perplesso che il maître riserva all'aspetto "sportivo" di Angelica.

Probabilmente la fanno sedere perché è accompagnata da me che sono vestito come gli avventori cui sono abituati.

Veniamo scortati a un tavolo che affaccia direttamente sull'acqua, un branco di papere pattuglia i clienti in attesa di ricevere briciole. Solo dopo un po' mi rendo conto che è uno di quelli più in disparte.

«Mentre consultate i menù, posso portarvi da bere? Nella prima pagina trovate le proposte del giorno dello chef», ci informa il cameriere. «Consiglio la tartare di lavarello aromatizzata al tartufo».

Ci lascia soli e sento che Angelica, barricata dietro il suo menù, borbotta: «Cazzo», a denti stretti.

«Tutto bene?», domando senza guardarla.
«Mhmm... ehm... sì».
«Posso prendere il vostro ordine?», domanda il cameriere, di ritorno poco dopo.
«Per me la tartare di lavarello e zucchine alla scapece. Angelica?».
Lei indugia ancora sulla pagina, poi chiude il menù con aria arresa. «A me bastano le verdure grigliate».
«È una porzione piuttosto contenuta, trattandosi di un contorno», fa notare lui con discrezione. «La gradisce più abbondante?»
«Va bene così, grazie», risponde Angelica.
«Aggiunga anche un bis di primi a scelta dello chef», gli dico.
«Molto bene». Lui si appunta l'ordine e se ne va.
«Sei mia ospite, non preoccuparti dei prezzi», la rassicuro.
«È che davvero...», mugugna con la bocca già piena di pane, «non ho fame».
«Si vede».
«Adesso me lo dici chi sei?», mi domanda.
«Nick Montecristo, sono un esperto di libri antichi e rari. Roberto mi ha convocato per valutare la collezione libraria di Arrigo».
«Quella che spetta a me, secondo il testamento», sottolinea.
«So anche questo e, riguardo a quanto ti ho detto prima sui soldi che ti offre Roberto, penso che sia meglio per te accettarli. Ti conviene sia in termini temporali sia in termini economici».
«Ho capito», sbuffa con una mezza risatina sarcastica. «Ti ha mandato lui, da me, per convincermi: farai un po' il carino, mi offrirai la cena per ammorbidirmi e mi manipolerai per facilitargli l'eredità».
«No, è solo che sono una persona estremamente cortese».

«E disinteressata, scommetto».

«Cosa fai nella vita, Angelica? Oltre a piantonare il cancello di Villa Augustina, s'intende. Lavori? Studi?»

«Frequento il conservatorio di Como, suono l'arpa».

«Inusuale», commento colpito.

«Sono cresciuta con la musica, mia madre era un soprano».

«Era». Il verbo al passato non mi sfugge. «Non c'è più?»

«È morta tre anni fa, una malattia neurodegenerativa trascurata, sottovalutata e diagnosticata troppo tardi. Una settimana dopo il suo funerale mi sono trasferita da Londra in Italia, grazie a papà».

Arrivano i nostri piatti e Angelica si tuffa sui primi con ingordigia.

«Ti strozzerai. Vacci piano, non te li ruba nessuno», le faccio notare.

«Sono buonissimi», replica raccogliendo un enorme boccone di risotto.

Per quanto i suoi modi siano precipitosi, non tolgono nulla alla sua avvenenza. È senza dubbio il tipo di ragazza a cui non esiterei a rivolgere la parola, se la incontrassi in un bar.

Il top giallo mette in risalto la sua pelle abbronzata e una scollatura sfrontata espone le rotondità di due seni non enormi ma prepotentemente sodi, nel cui incavo pende una collanina dorata che mi obbligo a non guardare.

Chissà che ciondolo vi è appeso.

«Tu, Nick, non ne vuoi neanche un assaggio?», domanda, prendendo un altro generoso boccone.

«Sono a posto con ciò che ho ordinato. Dunque tu e Arrigo vi conoscevate già da tempo?», chiedo sorpreso. «Non è stata una riconciliazione recente?».

Lei scuote il capo, impegnata a inghiottire ora un tortello di trota. «Mia madre è sempre stata molto sincera con me, fin da quando ho cominciato a chiederle chi fosse mio padre: mi ha detto che aveva un'altra famiglia e che viveva lontano. Per sua scelta non ha mai cercato contatti con lui, finché la malattia non l'ha costretta. Non sapeva quanto tempo le restava ma non voleva lasciare una figlia diciassettenne orfana, così ha tentato, senza particolari speranze, di rintracciare papà e informarlo della situazione. Inaspettatamente si è presentato da noi due giorni dopo e non so descriverti la gioia genuina che ho visto nel suo sguardo quando mi ha incontrata». Ora, il suo tono ha abbandonato il piglio guerriero e furioso di prima e si è fatto morbido e dolce. Ha una bella voce, melodiosa ma graffiata, e appena roca, che la rende sensuale.

«Ammirevole». In effetti sono colpito; quando Roberto mi ha raccontato del testamento, ho pensato che il gesto di Arrigo di includerla fosse stato un tentativo estremo di fare ammenda.

«Per sei mesi ha fatto avanti e indietro da Londra ogni settimana. Mi portava a teatro, alle mostre, voleva condividere con me le sue passioni. Ho abbandonato il liceo quando mi mancavano due anni al diploma, cosa che a papà è dispiaciuta molto. Non ero una gran studiosa e i miei voti erano piuttosto scarsi, ma la musica mi piaceva, era l'unica materia in cui riuscivo e così mi ha spronata a investire lì le mie energie. Non voleva sradicarmi da casa mia, nella speranza che mamma vivesse a lungo, così mi ha fatto fare domanda alla Royal Academy e alla Guildhall. Purtroppo, però, mia madre è peggiorata in fretta. Quando mi ha proposto di valutare un conservatorio in Italia, non ci ho pensato due volte».

«Non avevi altri parenti, là? Zii o zie?»

«Sì, ma non avevamo rapporti tali da poter chiedere loro di occuparsi di me. Papà si è offerto di pagare tutto: studi, vitto e alloggio. Inoltre, la vicinanza tra Armarola e il conservatorio di Como ci avrebbe permesso di incontrarci spesso».

Arrigo non mi sembra poi così male. Sicuramente non una persona bidimensionale. «Ogni quanto vi vedevate?»

«Tutte le settimane. Organizzava sempre qualcosa d'interessante: mi portava alla Pinacoteca di Brera, alla Scala, all'Arena di Verona, oppure trascorrevamo dei tranquilli pomeriggi in veranda a chiacchierare».

«Quindi sei stata nella villa?!». Le cose cominciano a farsi interessanti, forse ci ho preso a invitarla a cena.

«Certo, avevo anche una camera mia! Roberto non c'era mai, stava a Milano. Papà invece detestava la città, vi si recava solo se costretto». Mi colpisce il modo in cui pronuncia la parola "papà", con affetto e spontaneità, come se lo facesse da sempre. Per Roberto, invece, Arrigo è sempre e solo suo "padre".

«Quindi eravate tu e lui».

«Era sempre solo, a parte la governante. Si lamentava del fatto che suo figlio non volesse condividere nulla con lui. Papà aveva dei problemi al menisco, perciò non poteva certo seguirlo nelle sue arrampicate o pedalate in montagna. Io suonavo l'arpa per lui oppure giocavamo a scacchi. Mi ha insegnato tutte le sue strategie e le sue piccole manie mi facevano impazzire. Era un cavaliere nato: lasciava i bianchi all'avversario perché avesse il privilegio della prima mossa e, all'inizio della partita, baciava sempre la sua regina».

«Baciava la regina?», ripeto colpito. Non so perché, ma è un gesto che ha del fascino.

«La regina si muove dove vuole», replica lei, ripetendo le parole del padre con un sorriso. Un gran bel sorriso, devo riconoscerlo.

«Non si può certo dire che non avesse personalità». Ammetto che il ritratto di Arrigo fattomi da Roberto mi aveva interessato ma anche condizionato; quello di Angelica mi fa dispiacere di non averlo conosciuto.

«I signori desiderano un dessert?».

Io sono a posto, ma Angelica mi guarda, esitando a rispondere. Ha gli occhi di chi potrebbe morire di crepacuore se dicessi "no". «Quali avete?», chiedo.

«Panna cotta con frutti di bosco, cheesecake ai tre cioccolati, meringa caramellata, éclair ripieno di chantilly e granella di nocciole...», elenca a memoria.

Angelica lo scruta indecisa. «Ehm... Qual era il primo?»

«Facciamo due piatti con un assaggio di tutta la selezione?», domando.

«Scelta eccellente».

«Quindi sei decisa? Vuoi portare la questione davanti a un giudice?», le chiedo, versandole un bicchiere d'acqua.

«Non vedo alternative. Sono la figlia di Arrigo Martinis, mi ha riconosciuta, il suo testamento e il mio lascito sono validi». Lei pesca la sua borsa da terra, e da essa sfodera un foglio piegato in tre, che mi tende. «Guarda qui, se non mi credi, scritto di suo pugno».

È una fotocopia un po' sgualcita e strappata del testamento di Arrigo. Il suo è un corsivo svolazzante, che sa di antico anche se tracciato con una normalissima penna a sfera. È inclinato appena in avanti, "L" e "T" lunghe, "P" e "B" panciute, la mano ferma e chiara che non mostra esitazioni. Vorrei conoscere l'italiano per capire cosa c'è scritto. «Non ho mai messo in dubbio le tue parole», dico restituendole il foglio.

«Tienilo o buttalo, tanto ne ho mille, di copie».

«Più che delle mille copie, avresti bisogno di un test del DNA che dimostri la vostra parentela, potrebbe far accelerare l'iter. Presumo che, nel proprio interesse, Roberto si rifiuterà con ogni mezzo di sottoporsi alla verifica genetica».

«Ci avevo già pensato», afferma concisa. «Quando papà si è aggravato, Roberto si è stabilito alla villa e non mi ha più permesso di fargli visita».

«Quindi Roberto sapeva già di te? Non ti ha incontrata a sorpresa all'apertura del testamento?».

Lei mi fissa con sguardo sorpreso e stranito, alla mia domanda. «Certo. Roberto ha saputo di me fin dall'inizio».

«Non è ciò che ha detto a me».

20

Passato

Speravo di rivedere Mary Agnes al lago, sempre alla stessa ora, ma il giorno dopo non è venuta.

E nemmeno quello successivo.

Ho cercato stratagemmi, sotterfugi, scuse per trovarla, ma non sono riuscito a vederla da nessuna parte.

Come se fosse sparita.

E tutto per un bacio. Ma neanche! Le nostre bocche si sono a malapena sfiorate… questione di secondi.

Oggi è il mio ultimo giorno qui, domani me ne andrò.

Subito dopo cena, la Superiora mi convoca nel suo ufficio, dove mi attende con la sigaretta tra le dita come sempre.

«Eccoci al dunque», esordisce facendo cenno di sedermi di fronte a lei. «Ascolta bene tutto quello che ti dirò stasera».

«Il piano di fuga?».

Lei appoggia la sigaretta sul portacenere e apre un cassetto da cui preleva un passaporto. «Nick Montecristo, come da tua richiesta», dice aprendolo.

«Avevo ragione, suonava bene. Anche per iscritto ha un bell'aspetto».

«Domani partirai con il gruppo di una missione diretta in Angola».

«Angola?», ripeto dubbioso.

«Non sei qui per discutere il piano. Angola», ribadisce dura. «Partirai da qui con un pullman di nostri missionari: un'équipe di ecclesiastici che operano in ospedali e orfanotrofi, tu sarai inserito tra i volontari deputati all'insegnamento e votati alla campagna di alfabetizzazione che stiamo portando avanti. L'obiettivo è alzare la soglia della popolazione alfabetizzata all'ottanta per cento. Atterrerai a Luanda», mi spiega.

«E quanto tempo devo restare in missione?»

«Resterai in Angola solo una notte, ma era per darti il quadro generale qualora qualcuno del gruppo ti facesse domande, così da non sembrare spaesato. Il mattino dopo indosserai abiti civili e prenderai un volo per l'Europa. Mi sento di dirti che ovunque tu vada, non avrai guai, se ti comporterai con la dovuta prudenza. Tuttavia, ti suggerisco di abbassare la soglia di allerta solo quando ti troverai nei territori del principato di Monaco, Andorra, Liechtenstein, Malta e Lussemburgo».

«Città del Vaticano?»

«Se non l'ho nominata, la risposta è no».

«Monaco, Andorra, Liechtenstein, Malta e Lussemburgo. Memorizzato. C'è solo un piccolo problema», mi permetto d'interromperla. «Al momento non dispongo di mezzi economici per spostarmi o sostentarmi».

«Stavo arrivando giusto a questo. In Lussemburgo c'è una persona che ti aspetta. Si chiama Giles Fouquet, ecco il suo indirizzo», dice passandomi un biglietto su cui non vi è indicato altro che una via e un civico. «Ti metterà nelle condizioni di ricominciare la tua vita, in maniera dignitosa».

«E cosa devo dirgli?»

«Nulla. Devi dargli questo». La Superiora pesca ancora un altro oggetto: si tratta di un orologio Patek Philippe con cassa in oro bianco, calendario solare, fasi lunari e cinturino in pelle di coccodrillo.

«Una scelta di classe», osservo accarezzando il vetro lucido.

Sto per regolarlo per infilarlo al polso quando la Superiora mi picchia la mano con uno schiaffetto. «Non cambiare l'ora», mi ammonisce.

«E come faccio a usarlo?»

«Non devi usarlo, è un messaggio di José Farias per Fouquet. Cambia l'ora e puoi scordarti il suo aiuto».

«C'è bisogno di tutta questa segretezza?»

«Sei un evaso ricercato dall'Interpol e protetto da un controsistema religioso: tu che dici? Credi di non averne bisogno?»

«Colpa mia, sono stato precipitoso. Dunque: documenti, trasferta, contatto, direi che ho tutto. Altri consigli?», chiedo alzandomi.

«Sì, viaggia leggero».

Allargo le braccia per poi farle ricadere sui fianchi. «Non ho nulla. Sono arrivato qui con addosso solo un camice ospedaliero. Più leggero di così è impossibile».

«Non portare mai con te niente che non stia nel tuo trolley. Fai sempre in modo di poter chiudere la valigia e sparire da dove ti trovi in massimo cinque minuti. Niente spiegazioni, niente saluti».

«Sono d'accordo».

«E con "viaggiare leggeri" non mi riferisco solo agli indumenti», mi gela sull'uscio, il suo sguardo che mi perfora la schiena.

Sta aspettando di capire se l'ho intesa. Mi volto verso di lei che mi scruta con aria indagatrice, ma non ho il coraggio di ribattere.

«Non lasciare mai che il tuo cuore diventi troppo grande da non poterlo infilare in valigia. E non dimenticare qui effetti personali. A prescindere dalla loro importanza, non li riavrai».

«Sarà fatto».

So che si stava riferendo a Mary Agnes, non c'è bisogno di ribadirlo. Ha ragione, non sono nella posizione di potermi permettere coinvolgimenti emotivi.

Torno nella mia stanza, accompagnato dalla suora che, puntuale come un secondino, alle nove mi chiude dentro a chiave.

In un trolley comparso nel mio armadio raccolgo i pochi oggetti che mi hanno appena messo a disposizione: tre cambi, un rasoio elettrico, pettine, dentifricio e spazzolino, e lo chiudo ancora semivuoto.

Sdraiato sul letto, cerco di prendere sonno sfogliando un libro che però continuo a leggere senza che le parole mi entrino in testa.

È mezzanotte quando sto per spegnere la luce dell'abat-jour e provare a dormire. All'improvviso, sento scattare la serratura della mia porta.

21

Presente

«Comparsa all'apertura del testamento? Che idiozia», borbotta Angelica. Irrigidita, afferra il bicchiere con piglio nervoso, lo svuota e lo ripianta sul tavolo con una rabbia tale da far vibrare il cristallo. «Ma certo che non è andata come ti ha raccontato Roberto».

«Sembrava piuttosto sicuro della sua versione».

«Papà non mi nascondeva! Anzi. È stato lui a farci incontrare, anche se ho capito dal primo istante che non ci sarebbe stata reciproca simpatia tra noi. E negli ultimi mesi della sua malattia, Roberto mi ha impedito di vederlo, tranne quella volta in cui lo ha accompagnato dal suo medico curante. Il dottor Sarti mi conosceva e mi ha fatta entrare insieme a lui. Da allora, Roberto ha fatto svolgere le visite solo a domicilio così che non avessimo alcun contatto e quando papà è morto… non ho potuto nemmeno salutarlo». La sua voce s'infrange, mentre gli occhi le si annebbiano dietro un'onda di lacrime.

Non nota nemmeno l'arrivo dei dessert.

«Mi dispiace», le dico maledicendomi per la mia scelta di cenare con lei e parlarci. Non dovrei entrare nei problemi familiari dei clienti e invece mi ci sono tuffato di testa.

«Non è colpa tua, non devi dispiacerti. Però capirai che, dopo aver subito questi soprusi, io non voglia chinare la testa, accettare un assegno e andarmene come se nulla fosse accaduto. Inoltre, Roberto prenderebbe la mia resa come la conferma del suo sospetto che io girassi intorno a papà solo per mettere le mani sul denaro». Si serve la panna cotta con un colpo secco che stride sul piatto. «Proseguirò per vie legali, non mi serve Roberto per il test del DNA».

«Prelevare un campione da Arrigo significa richiederne la riesumazione, è molto difficile ottenere il permesso da un giudice», le faccio notare.

Lei scuote il capo, con la massa nera di capelli che le ondeggia sulle spalle. «È stato cremato. Il giorno successivo alla sua morte è stata allestita la camera ardente. Ventiquattro ore esatte dopo che ha chiuso gli occhi per l'ultima volta, la sua salma viaggiava verso il crematorio, senza uno straccio di funerale».

«Quanta fretta», osservo.

«Roberto non vedeva l'ora di archiviare la pratica. Non che mio padre fosse religioso praticante, anzi, ma un estremo saluto dignitoso non sarebbe stato chissà che impegno. Pensa che lo stronzo non mi ha neanche detto in che cimitero ha fatto depositare l'urna». L'appetito di Angelica è tornato e ora sta finendo una miniporzione dopo l'altra, così le allungo il mio piatto ancora intonso. «Non li mangi?», mi domanda.

«Li ho ordinati per te».

«Grazie. A ogni modo, non servirà il DNA di mio padre perché ho già un campione biologico. Mi hanno permesso di visitare la camera ardente – evidentemente Roberto era convinto che, da morto, papà non avrebbe potuto dirmi nulla d'importante –, e in un attimo, non vista, sono riuscita a tagliargli una ciocca di capelli con le forbicine del mio kit da manicure. Ora devo solo farla analizzare per estrapolare il DNA e confrontarlo con il mio».

«Detesto dover dare brutte notizie ma temo che il tuo piano non funzionerà», intervengo.

«E perché, scusa?»

«Perché il DNA non si estrae dal fusto, ma dal bulbo. I capelli che hai tagliato sono privi di bulbo, quindi quel campione non ti serve a nulla».

L'espressione sul suo viso si scioglie in una maschera di delusione.

E io, ancora, mi maledico perché mi sto infilando in questioni che non mi riguardano. Ho solo un lavoro da portare a termine: rubare quel maledetto *First Folio*. Perché le sto dando queste informazioni?

«E non posso farci nulla, allora?»

«Cosa non ti è chiaro di "no bulbo, no DNA"?»

«Ma posso comunque farli analizzare?»

«Sì, ma a che scopo? Cioè, se vuoi buttare soldi preziosi, affari tuoi. Però, scusami, non hai un avvocato che ti segue?», sbotto stupito.

«Non ancora».

«Perdona la franchezza, Angelica, ma sarebbe il caso che ne trovassi uno».

«Lo so, è che ora non ho più davvero idea di che cosa fare».

«Non posso dirtelo io, mi spiace». Poi, mosso da pietà, prendo l'agenda di Farias che mi ha affidato Giles e scarabocchio un indirizzo su un foglietto che mi faccio portare dal cameriere. «Tieni, è un laboratorio chimico in Svizzera, fai il mio nome, magari possono aiutarti in qualche modo».

«Devo fidarmi?»

«Hai alternative?», la sfido. Riappoggio il tovagliolo sul tavolo e mi alzo, e lei mi imita. «Resta pure, finisci i dolci, del conto mi occupo io».

Angelica mi raggiunge poco dopo, e lasciamo il ristorante.

«In che hotel alloggi?», le chiedo.

«Hotel, qui?», ribatte lei, sarcastica. «E con che soldi pago? No, sono in affitto in una camera, qualche strada più in là. Una signora anziana un po' dura d'orecchi non ama stare sola la notte perché ha paura di non accorgersi di eventuali ladri. Costa poco ma c'è quel che mi serve. E poi, se mi esercito con l'arpa, non mi sente».

«Ti accompagno?»

«Non serve».

«Non lo faccio per cavalleria, è per accertarmi che non mi seguirai alla villa così da entrare di straforo».

«Eri quasi riuscito a starmi simpatico, Nick».

«Sopravviverò».

Ci incamminiamo per le stradine del paesino, il pavé lucido scintilla sotto le lucine dei lampioni.

«Tu invece chi sei? Che fai? Ti ho detto tutto di me, sgancia qualcosa di tuo, Nick».

«Non c'è molto da dire».

«Magari puoi cominciare col dirmi da dove vieni, o quanti anni hai?»

«Londra. Trenta», rispondo succinto. Tanto non avrà mai modo di verificare la verità.

«Non hai un gran talento per la conversazione».

«Tu, invece, ne hai troppo».

«E hai sempre fatto il… spiegami bene quello che fai».

«Sono un consulente specializzato in valutazione di libri antichi e rari, sia per privati che per diverse case d'asta».

«E si guadagna bene? Per questo lavoro quanto ti pagano?»

Lockridge mi darà un milione di sterline. «Ci si vive, diciamo».

«Sposato? Fidanzato? C'è una lei speciale?… O un lui?», continua il suo interrogatorio.

«Né mogli, né fidanzate, né lei o lui speciali».

«Non hai l'aria del topo di biblioteca, comunque», decreta.

«Neanche tu hai l'aria della studentessa di conservatorio, se è per questo», ribatto.
«E da cosa ce l'avrei?»
«Mi sembri più da palco del Festival di Glastonbury, che da teatro. Senza offesa, ci hanno suonato i migliori a Glastonbury».
Lei s'infila una ciocca dietro l'orecchio, con aria compiaciuta. «Magari un giorno ci suonerò davvero a Glastonbury».
«L'arpa?», chiedo scettico.
«Sto sperimentando quella elettrica», ribatte convinta. «Tu non vuoi sapere cosa sembri?»
«La curiosità non mi sta esattamente uccidendo», ammetto. «Con il dovuto rispetto».
«Te lo dico lo stesso: un pilota».
La sua affermazione mi strappa una risata sorpresa.
«Un pilota?», domando stranito.
«Mica di charter, eh, un pilota di linea extralusso, di quelle che volano tra Singapore e Dubai».
«Sei molto specifica».
«Sì, sai, hai una sicurezza di te vagamente arrogante, sembra che tu abbia i minuti contati e debba ripartire da un momento all'altro. Sei un pilota fuori servizio, al momento, ma ti starebbe bene la divisa. A noi donne piacciono», aggiunge con tono ammiccante.
«Cosa, i piloti o le divise?»
«Entrambi».
«In ogni caso non sono un pilota e non posseggo divise. Spiacente».
Ci fermiamo davanti al cancelletto di un'abitazione di due piani, in fondo a una strada chiusa. «Sono arrivata», annuncia indicando la casa. «Io alloggio qui».
«Non sembra male», commento guardando l'intonaco giallo pallido scrostato in alcuni punti in prossimità dei pluviali, gli scuretti verde salvia accostati e i vasi ricolmi di gerani che traboccano dai davanzali. «Intima».

«Tu dormi alla villa, allora?»
«Mi ospita Roberto», confermo.
«Uno stronzo cortese».
«Mi ha riservato una delle stanze con la vista sul lago. La camera della ninfa».
«Era la mia», dice Angelica. «Dormivo in quella stanza quando trascorrevo i fine settimana da papà».
«È molto bella».
«Lo so. L'aveva fatta arredare apposta per me».
Ecco perché, tre anni fa, Arrigo ha voluto che il Tiziano tornasse a Villa Augustina. Per lei.
«Buonanotte, Angelica», le dico. È ora di congedarmi, ho speso con lei fin troppo tempo e troppe parole. «Grazie per la compagnia».
«Buonanotte, Nick».
Angelica infila la mano tra il cancello e la colonnetta di mattoni, facendo scattare la serratura dopo aver intercettato un interruttore nascosto.
Aspetto che varchi la soglia e le volto le spalle, diretto alla villa.
Non ho capito se Angelica mi piaccia o meno. A livello estetico nulla da eccepire, ma il carattere sanguigno e fumantino fa di lei un flacone di nitroglicerina: se agitata, potrebbe esplodermi in faccia, motivo per cui m'impongo di essere saggio ed evitarla.
«Merda!», sento urlare. Sono quasi in fondo alla via, ma riconosco la voce di Angelica. «Merda, merda, merda!», ripete ancor più feroce.
Nick, non ti voltare. Non sa che sei ancora nei paraggi. Nick, continua a camminare verso la villa.
«Problemi?». Quanto vorrei essermi morso la lingua.

22

Passato

Afferro la biro che tengo sotto il cuscino e che Farias mi ha insegnato a usare come pugnale, all'occorrenza, e nel giro di un secondo scatto in piedi per piazzarmi dietro la porta.

L'uscio si apre con un leggero cigolio ma, prima che possa balzare in avanti e difendermi, mi trovo faccia a faccia con Mary Agnes.

«Controllare sempre l'angolo morto per primo», sussurra. «Ti hanno istruita bene».

«Grazie, anche a te», ribatte accennando alla biro che ancora stringo tra le dita.

Ritraggo la punta e la appoggio sul piano della scrivania. «Come hai trovato la chiave?»

«So dove sono le copie di riserva».

«Sei sparita», le dico.

«Ma ora sono qui».

Le nostre voci sono poco più che respiri, eppure mi sembra che rimbombino in tutto il convento.

«Sei venuta a salutarmi?»

«Sono venuta perché voglio mostrarti una cosa».

Immobile, a mezzo metro di distanza da lei, la guardo portarsi le mani alla fronte e sfilarsi il velo. Dopodiché, sgancia le due forcine che le tengono fissata la solita cuffietta bianca e leva anche quella.

Una cascata di capelli ricci e dorati le ricade sulle spalle, i riflessi aranciati accesi dall'aura dell'abat-jour. Sono come metallo fuso.

«Sei bellissima», le dico.

«Vuoi toccarli?»

«Posso?»

«Sì».

Mi avvicino a Mary Agnes e con l'indice catturo un ricciolo che arrotolo attorno al dito.

«Sono come li immaginavi?», mi domanda.

«Meglio».

Stavolta è lei a fare un passo verso di me, siamo divisi da pochi centimetri di aria elettrica. Si alza in punta di piedi e tende le labbra per baciarmi.

Colgo il bacio, frustrato per come mi ha lasciato dopo quel primo contatto nel lago.

«Avevo ragione», dice staccandosi appena.

«Su cosa?»

«Sul fatto che il desiderio, anziché spegnersi, si è acceso». Arretra appena e lascia cadere le vesti in una pozza celeste sul pavimento. Sotto non indossa nulla e a me non sembra vero di vederla senza la tunica bianca che usava per fare il bagno. «Brucio da sola o bruci con me?»

«Bruciamo insieme».

E il secondo dopo le sono addosso, il mio corpo che ha la meglio su ogni mia risposta razionale.

La sollevo in braccio come fosse fatta d'aria e la faccio sdraiare sul letto minuscolo, sulla cui testiera pende un crocifisso.

Perdonaci, Padre, perché peccheremo molto.

Le sue mani mi spogliano veloci, finché non ci ritroviamo entrambi nudi, avvinghiati e ansimanti.

Non tocco una donna da quattro anni, potrebbe essere una catastrofe senza precedenti.

«Non dobbiamo fare rumore», le dico spostandomi nello spazio tra le sue cosce.

«Sei il primo uomo che mi sfiora da quando sono entrata qui», mi risponde.

Sto per affondare dentro di lei quando un treno di pensieri mi attraversa la mente in una frazione di secondo. «No», replico deciso.

«No?».

Pur dovendo ricorrere a una quantità di forza fisica e mentale enorme, mi ritraggo. «Mi avresti concesso tutto quello che hai riconquistato, ma anche se mi ribolle il sangue nelle vene e forse me ne pentirò per sempre, non prenderò quello che mi offri». E per essere ancora più chiaro, sollevo il lenzuolo appallottolato in un angolo e lo tiro su per coprirla.

«Non vuoi più, dopo tutti questi giorni passati a giocare al tiro alla fune?»

«Uno dei due la deve mollare prima di finire nel fosso e non voglio che a cadere sia tu».

«Mi stai rifiutando?»

«Ti sto rispettando».

Mary Agnes socchiude le palpebre, come a voler nascondere l'imbarazzo. «Devo sembrarti stupida».

«Per niente».

«Quante bugie racconti?!».

«Dimmi dove sei stata tutti questi giorni: non sei più venuta al lago e in giro per il convento non sono mai riuscito a incrociarti».

«Dopo il nostro ultimo incontro, ho sentito che avrei dovuto fare tutto il possibile per evitarti, per scordarti», mi spiega con un filo di voce. «Ho chiesto alla Superiora di assegnarmi dei compiti che mi tenessero impegnata il più possibile fuori dal convento. Sono stata al rifugio dei senzatetto a gestire la distribuzione dei pasti e le pulizie».

«Non sembra che il tuo piano abbia funzionato», ribatto sdraiandomi accanto a lei, su un fianco, la testa appoggiata alla mano.

«Ogni mattina mi alzavo con la speranza che la voglia di te

si dissolvesse, invece arrivavo alla sera sentendola, se possibile, ancora di più. Fino a stasera, quando l'idea che da domani non ti avrei più rivisto mi ha spinta a correre da te e infrangere ogni regola».

«Quando sei entrata nella mia stanza, per un attimo ho temuto di avere le allucinazioni e che forse ti avevo pensata tanto da riuscire a farti manifestare di persona».

«Tuttavia non mi vuoi», rimarca.

«Ti voglio eccome, ma non basta volere qualcosa per prenderselo. Anche se volessi la luna, non potrei legarla con una corda e tirarla giù dal cielo».

«Un poeta mancato», mi prende in giro.

«Ci tenevo comunque a vederti un'ultima volta prima di partire. Non tornerò mai più qui, un addio come si deve lo meritavi».

«L'idea con cui ero venuta era quella». Mary Agnes si solleva a sedere e, allungando il piede, recupera la matassa dei suoi abiti dal pavimento. «Una parte di me ti è grata di avermi risparmiato questa trasgressione. L'altra, invece, spera che ti pentirai di questa rinuncia per tutta la vita».

«Non mi sento di escluderlo».

La guardo rivestirsi e tornare la suor Mary Agnes che ho sempre visto: tonaca, grembiule, velo. «Grazie», le dico.

«Di che?»

«Di avermi mostrato i tuoi capelli. A quelli ci tenevo».

Si china sul letto, dove sono semisdraiato, e mi bacia ancora una volta. Un bacio d'addio. «Non li vedrà mai più nessun altro, te lo prometto».

23

Presente

Erieccomi lì, dall'altra parte del cancello a guardare Angelica, furibonda, che bussa alla porta senza ricevere risposta. «Merda».

«Problemi?»

«Ho dimenticato le chiavi in camera e la signora dev'essersi già tolta l'apparecchio acustico e non mi sente». Pesta un piede a terra, sbuffando scocciata.

«Be', la colpa non è della signora», sottolineo.

«Lo so, è mia. Sei tornato apposta per stare a guardarmi e sfottermi?»

«In realtà no, ma ora che me lo suggerisci potrei anche farlo».

«Sono così stanca», sospira. «Io non mi scordo le cose di solito, ma questa storia mi sta assorbendo tutte le energie».

Imitando il suo gesto di poco prima, cerco l'interruttore nascosto nella colonnetta e mi apro il cancello. Risalgo il vialetto e raggiungo la porta, di cui esamino la serratura.

«Che fai?», mi domanda Angelica.

«Provo ad aprirla».

Estraggo dal taschino della giacca una scatolina piatta in alluminio, fregiata con il logo VISA e un numero di serie.

«E come? Con una carta di credito?».

Dalla scatolina faccio scattare un comparto nascosto che

contiene un set di grimaldelli sottili. Prelevo quello con la testa dentellata e lo infilo nella serratura. Scatta due volte e la porta si apre.

«Prego».

Angelica mi guarda interdetta. «L'hai… l'hai scassinata?»

«Il blocco della serratura è integro, quindi tecnicamente no».

«Ed è una cosa che fai d'abitudine, questa?»

«Fammi un'altra domanda e richiudo la porta, dopodiché l'unica alternativa che ti resterà sarà dormire sulla palladiana».

Angelica alza le mani e fila dentro. «D'accordo, basta domande».

«Un "grazie" è sufficiente».

«Sai, credo che la padrona non sarebbe contenta di sapere cosa hai fatto».

«Buonanotte, Angelica».

«Buonanotte, Nick».

Richiude la porta, dopodiché accende una fioca luce nell'ingresso che filtra dai vetri opachi. Posso distinguere la sua silhouette in controluce che sale le scale a piccoli passi per non fare rumore. Cautela inutile.

La seguo finché non scompare al piano di sopra.

Infilo di nuovo il mio kit nel taschino interno della giacca e faccio per uscire dal giardino.

«Grazie, Nick», mi dice Angelica, quando sono con un piede fuori e uno dentro.

«Prego».

È affacciata alla finestra della sua stanza, al primo piano, i gomiti appoggiati al davanzale, e mentirei se dicessi che il mio sguardo non è attirato dalla sua scollatura, messa ancor più in risalto dalla posizione.

E la maledetta catenina dorata è ancora lì a ciondolare avanti e indietro come a ipnotizzarmi, illuminata dal bagliore dei lampioni.

«Emme», dico.
«Cosa?», chiede lei senza capire.
«Appesa alla tua collana c'è la lettera "M"», spiego.
«Ah, questa». L'afferra guardandola come se la vedesse per la prima volta. «Miranda».
«Miranda era tua madre?», le chiedo.
Sorride, scuotendo il capo. «No, Miranda sono io. Papà mi chiamava così, questa è un suo regalo. Diceva che aveva sempre desiderato avere una figlia e, se l'avesse avuta, l'avrebbe chiamata Miranda».
«Gerundivo del verbo latino *mirare*, cioè "da ammirare"», dico. E mi trovo perfettamente d'accordo con Arrigo: Angelica è da ammirare.
«Sai il latino?»
«Me lo ha insegnato il mio mentore». Tra le altre cose che ho appreso da Farias.
Lei se la rinfila nello scollo. «Non l'hai ancora trovato, vero?».
Stavolta è lei a lasciarmi sconcertato. «Tu come fai a sapere che sto cercando qualcosa?»
«Non lo sapevo», ribatte compiaciuta. «Ma adesso lo so».
«E sai anche cosa sto cercando?»
«No. Ma lo saprò quando lo avrai trovato».
Che piccola stronza. «Cosa te ne dà la certezza?».
Lei, però, afferra gli scuretti della finestra e li tira a sé, per chiuderli. «Buonanotte, Nick».

24

Passato

La mattina successiva mi preparo a lasciare il convento, in abito talare come previsto nel mio piano di espatrio.

«Pronto?», mi domanda suor Helena mentre, sulla soglia del portone, attendiamo l'arrivo del pullman della missione diretto all'aeroporto.

«Pronto».

«Lì fuori c'è la tua libertà», soffia le parole insieme al fumo della sua Lucky Strike. «Respira piano quando oltrepasserai il cancello, tutto quell'ossigeno in una volta potrebbe farti venire un capogiro».

Vediamo una corriera blu e grigia fermarsi davanti alla cancellata e il conducente suona il clacson.

«Non hai lasciato nulla, vero?», mi domanda prima che io mi avvii verso il mezzo.

«Ho tutto nel trolley: viaggio leggero come ha detto».

In realtà, ho trascorso tutto il resto della notte a pensare al no che ho detto a Mary Agnes alternando pensieri contrastanti: "Decisione giusta"; "Coglione rammollito"; "Ho fatto bene a rifiutarla"; "Ho fatto una follia a respingerla".

«Un saluto ti è concesso». Con il capo accenna all'atrio nella cui penombra scovo la testa di Mary Agnes che sbuca da dietro una colonna. «Veloce».

Lascio il trolley sui gradini del portone e la raggiungo

in due falcate. «Non credevo che saresti venuta a salutarmi».

«Volevo solo assicurarmi che tu andassi via davvero», ribatte con un'ironia incerta.

«Chi è la bugiarda stavolta?»

«Vuoi che sia sincera? Anche con la tonaca non sembri un prete».

«Tu non sembri una suora, perciò...», ribatto. «Dai, salutiamoci bene».

«Buona fortuna, Nicholas».

«Nick. Sono Nick Montecristo, ora».

«Mi piace».

«Anche a me». Noto che sulla tempia ha il solito riccio ribelle, così glielo aggiusto sotto il velo, ancora una volta. «Tiziano».

«Sei ossessionato dai miei capelli, eh?»

«Sono ossessionato da tutto ciò che non posso avere».

«Stanotte avresti potuto», mi ricorda con un lampo malizioso nello sguardo.

«Credo che andarmene insoddisfatto mi darà il giusto slancio per ripartire. In fondo, è l'insoddisfazione il motore dell'animo umano. Le più grandi scoperte e le più grandi invenzioni sono nate dal bisogno di avere di più».

«Tu cosa vuoi, Nick?»

«Tutto».

«Confermo, non sarai mai un prete».

«Vieni con me», le dico di getto.

«Cosa?»

«Vieni con me in Europa. Non è una proposta indecente di diventare la mia amante, credimi», metto subito le mani avanti. «Vieni con me e ricomincia anche tu, libera. Le ninfe muoiono quando muore l'entità naturale che le ospita. Se il lago si prosciuga, ti prosciugherai con lui».

«Non sono una vera ninfa», mi prende in giro.

«Hai capito cosa intendo. Vieni con me», insisto.

«Nick!», mi chiama la Superiora. «Il pullman sta aspettando».

«Il mio posto è qui», risponde con fermezza, non un'ombra di dubbio le appanna lo sguardo. «Sento di appartenere a questo luogo, di avere uno scopo, ci sono delle persone che tengono a me e alla mia sicurezza. A te è stata data una seconda opportunità, traine il massimo».

«Addio, Mary Agnes», la saluto.

«Angel. Il mio nome di battesimo è Angel».

«Lo sapevo che non era Mary Agnes».

«Che gusto ci sarebbe stato a dirtelo subito?». Al sorrisetto canzonatorio si sostituisce subito un'espressione di velata malinconia. «È ora. Vai a prenderti tutto, Nick Montecristo».

Il nostro ultimo saluto è uno scambio di sguardi, da lontano, io ormai fuori dal convento, lei ancora dentro, nella penombra.

Suor Helena mi aspetta accanto al portellone aperto del pullman.

«Complimenti», mi dice mentre salgo sul predellino.

«Per cosa? Per aver completato il programma di Uta o per la precisione balistica della mia mira? Merito della mia insegnante».

«No, perché hai superato la prova».

«Quale prova?», domando incerto.

«Mary Agnes».

25

Presente

Guardo la stanza della ninfa con occhi diversi, la osservo cercando tracce della presenza di Angelica.

Non ve n'è nessuna evidente, eppure sento che dovrebbe esserci.

Il letto è quello in cui dormiva lei, anche se il materasso aveva lenzuola diverse, il cuscino quello su cui poggiava la testa, i folti capelli scuri sparsi intorno.

Farias mi prenderebbe a calci. Mi sembra quasi di sentirlo: «Sei distratto».

Sì, lo sono, lo accetto mio malgrado, ma qualcosa di Angelica ha fatto breccia nella mia fantasia.

Mi sfida. E le sfide mi seducono senza condizioni.

Mi alzo di scatto, tanto il sonno non si è nemmeno fatto sfiorare, e accendo l'abat-jour che illumina la stanza di una fioca luce rosata. Apro l'armadio in cui ho appeso i miei abiti, e dall'ultimo cassetto recupero gli spartiti che vi avevo trovato. Li osservo meglio.

Sui fogli pentagrammati i pallini neri delle note saltellano su e giù, tracciati a matita da una mano frettolosa, la melodia interrotta da qualche cancellatura.

Era Angelica che stava scrivendo questo componimento?

Sfoglio le pagine, alcune riportano a margine note sul ritmo, altre indicazioni sull'interpretazione.

La mia mente si lancia nel tentativo di immaginare Angelica che suona l'arpa, china sullo strumento, il collo sottile reclinato mentre le mani accarezzano le corde e i capelli le scivolano giù dalla spalla.

La collanina con la "M" le pende tra i seni.

"Sei distratto", mi richiama la voce fantasma di Farias.

«Hai ragione», rispondo come se fosse qui.

Ripesco dalla tasca della giacca la fotocopia del testamento tutta stropicciata, nella speranza di trovare qualche indizio. Ma è scritta in italiano e io non lo capisco.

«Lascio a mia figlia Angelica Goodwin Martinis la mia biblioteca nella sua interezza». Rileggo sottovoce la riga del lascito che la riguarda, come se verbalizzare la frase mi servisse a comprenderla meglio. Devo entrare nella testa di Arrigo.

Nella quiete notturna e protetto dal buio, esco dalla mia stanza diretto in biblioteca, facendomi luce con la torcia del cellulare.

Devo trovare quel maledetto *First Folio*. Ne va di tutta la fatica che Farias e i suoi hanno fatto per liberarmi e proteggermi.

Questa prima missione altro non è che la mia unità di misura personale e sono sulla strada sbagliata.

Apro le porte con la massima delicatezza perché non cigolino e raggiungo il mio purgatorio: i volumi che ho controllato sono ancora sparsi sul tappeto, dove li ho lasciati. Probabilmente Arrigo mi odierà.

Scorro tutti gli scaffali a uno a uno, perfino quelli che contengono libri freschi di stampa e che nulla avrebbero a che vedere con Shakespeare.

La biblioteca però non mi parla.

Siedo sulla poltrona di velluto della scrivania e rifletto sulle poche e frammentarie informazioni che ho.

I libri sono l'eredità destinata ad Angelica e, se Arrigo amava tanto la figlia ritrovata, le avrà lasciato qualcosa di davvero importante, di significativo, altrimenti avrebbe di certo avuto più senso donarle del denaro. E lei sa che qui c'è qualcosa d'importante, ma non mi ha detto cosa e non so se sia perché proprio non ne ha idea o per prendersi gioco di me.

Forse ero veramente troppo concentrato sulla sua scollatura e sulla sua catenina per ascoltare sul serio le sue parole.

In *extrema ratio*, con il cellulare traduco in inglese pezzi del testamento.

Quel "Lascio a mia figlia Angelica Goodwin Martinis la mia biblioteca nella sua interezza" diventa "*I leave to my daughter Angelica Goodwin Martinis my library in its entirety*".

Non sono convinto però che la traduzione sia esatta quindi riprovo con almeno altri cinque siti specializzati, eppure il risultato è il medesimo.

Non si parla specificamente di "libri" o di "collezione", ma di "biblioteca".

In questo momento mi rimprovero di non essere così agile con le lingue straniere, perché ora conoscere le basi dell'italiano mi servirebbe proprio.

Farias mi diceva sempre di non avere fretta, ma mi fa innervosire non capire cosa sto facendo e dove sto andando, e il pensiero di non essere adeguato a questo lavoro si sta condensando in fretta.

Di fronte a me, Arrigo mi osserva, dalla sua cornice argentata.

Guarda in camera con un mezzo sorriso divertito, un ciuffo di capelli sale e pepe gli ricade sugli occhi, come se avesse appena alzato lo sguardo dalla scacchiera che ha davanti – la stessa che c'è sulla scrivania – mentre meditava sulla mossa successiva, l'indice appoggiato alle labbra in segno di riflessione.

Era contento di star giocando con quella persona. Lo

sguardo è affettuoso, caldo, nessun cenno di malizia o aria di sfida.

Lo sguardo di un papà.

Afferro la cornice e ne sgancio il supporto che la chiude. Con mio stupore, mi rendo conto che sul retro della fotografia, a pennarello, c'è disegnato un cuore accompagnato da una "M."

"M" di Miranda.

Come sospettavo, quello sguardo innamorato era rivolto a sua figlia. Di sicuro il barone non sarebbe contento di sapere che le ho sbirciato la scollatura. «Scusa, Arrigo», gli dico, «non l'ho fatto apposta».

Provo a immaginarli in questa stanza, impegnati in una partita a scacchi. Scommetto che ogni tanto lasciava vincere Angelica.

Magari sedeva proprio in quella poltroncina davanti alla scrivania, i piedi scalzi e le gambe piegate sotto il sedere, scomposta.

«Miranda», mi ripeto a bassa voce, giocherellando con la pesante scacchiera poggiata sulla scrivania. È un pezzo lavorato da un ebanista, le pedine, metà bianche e metà rosse, ricordano le statuette di un presepe, ciascuna con il proprio volto.

Sembrano una corte reale cinquecentesca.

Perfino ogni pedone ha un aspetto diverso da quello accanto, non è un anonimo esercito di replicanti.

Rigiro la pesante scacchiera sul piano, osservando i dettagli minuziosi, gli intagli sui bordi spessi alternati a inserti in ottone incastonati che richiamano la corona dorata delle regine – sarà oro vero? –, la cornice modanata. Anche solo per le ore di lavorazione, questa scacchiera vale quasi più dei libri antichi della collezione di Arrigo. Conveniva che lasciasse questa ad Angelica.

Arreso e senza idee, abbandono la poltrona per andare a letto.

Risistemo la foto nella cornice, riappoggio le pedine sul piano di gioco, ciascuna sulla propria casella, e spengo le luci.

Ma è quando mi chiudo la porta alle spalle che la parola "*entirety*" mi colpisce in testa come una martellata. Interezza.

I leave to my daughter Angelica Goodwin Martinis my library in its entirety.

Arrigo ha lasciato la biblioteca "nella sua interezza" ad Angelica.

E se con interezza intendeva la biblioteca e tutto il suo contenuto, comprensivo di mobili e soprammobili?

Riapro la porta e rientro nella stanza. E se tutto questo fosse di Angelica?

Il quadro di Lucy Madox Brown, quello che ritrae la scena della *Tempesta* di Shakespeare con Miranda e Ferdinando che giocano a scacchi, vale da solo più di diecimila euro.

Miranda e Ferdinando. Miranda.

Più osservo il quadro, con Miranda che fa scacco matto all'avversario, più ho il sospetto che abbia un significato. I due giocatori usano pedine rosse e bianche come quelle della scacchiera di Arrigo.

Miranda ha le bianche, e Arrigo lasciava sempre il bianco all'avversario.

Miranda era il nome con cui lui chiamava Angelica.

Miranda *è* Angelica.

Se il testamento significasse ciò che penso, vuol dire che pure il quadro è suo, e la scacchiera anche.

E se Arrigo avesse nascosto il *First Folio* per proteggerlo da Roberto, sicuro che, una volta entrato in possesso dell'eredità, la sua prima mossa sarebbe stata di venderlo insieme a tutti gli altri libri antichi?

Miranda, quadro, scacchi, pedine bianche... Miranda, quadro, scacchi, pedine bianche...

Torno alla scrivania e la fisso, spostando lo sguardo dalla scacchiera alla foto di Arrigo, avanti e indietro.

«Miranda, quadro, scacchi, pedine bianche...», ripeto a fior di labbra, quasi gli stessi chiedendo una conferma, un suggerimento.

"All'inizio della partita baciava sempre la sua regina", mi tornano alla mente le parole di Angelica.

Raccolgo la regina bianca e la guardo, me la rigiro tra le mani, la studio: il volto, i capelli, la coroncina.

La coroncina somiglia a quella dorata intarsiata sul lato della base del piano di gioco, sopra l'intaglio della cornicetta.

E se fosse... E se fosse una chiave?

Inclino la regina in orizzontale e provo a incastrare la sua corona d'oro proprio nell'intarsio.

Ma non succede nulla.

E mi sento pure stupido ad aver formulato una simile catena di ragionamenti. La disperazione per le sabbie mobili in cui sono finito sta plagiando la mia fantasia fino a farmi immaginare l'assurdo.

Perché è assurdo, giusto?

Ruoto la regina bianca tra le dita in un misto di sconforto e delusione, perché per quei brevi ma intensi dieci secondi avevo creduto che fosse l'intuizione giusta.

La regina di Angelica non serve a niente.

Un momento! Ma se Miranda ha i bianchi e Angelica è Miranda, significa che Ferdinando, che ha i rossi, è Arrigo. Quindi Arrigo non baciava la regina bianca ma la rossa.

Prendo la regina rossa dalla scacchiera e decido di tentare di nuovo, ma stavolta mi dico che tanto non funzionerà.

Me ne convinco per ammortizzare meglio la delusione quando arriverà.

Ma coroncina e intarsio coincidono alla perfezione, una chiave e la sua serratura.

La ruoto a destra e nel silenzio della biblioteca risuona un *click*.

La base della scacchiera scatta in avanti e si apre come un cassetto.

26

Passato

Attonito, fisso suor Helena. In che senso Mary Agnes era una prova?

«Quello di stanotte era un test per misurare la tua capacità di autocontrollo».

Le sue parole mi tramortiscono, come una serie di mazzate. «Lei sa di stanotte?»

«Era tutto organizzato, Nick. Dopo che Mary Agnes ha lasciato la tua stanza, è venuta a riferirmi il tuo comportamento e, considerato come stava andando, non nutrivo molte speranze nella tua capacità di resisterle. Mi hai positivamente stupita».

«Mi sta dicendo che il flirt con Mary Agnes era tutto costruito?»

«Fin dall'inizio», conferma in tono ovvio.

«Assurdo», bisbiglio tra me e me, scrollando il capo.

«Credevi di essere il cacciatore, invece eri la preda. Ma sei stato bravo a non farti prendere».

Con la mente ripercorro tutte le nostre interazioni, guardandole alla luce di ciò che mi ha appena detto suor Helena, e mi sento stupido.

Ora mi è chiaro che Mary Agnes appariva e scompariva in maniera calcolata, non certo per timidezza; mi attirava e mi respingeva, ma non per timore di trasgredire le regole.

«L'avete usata», constato.

«Qui siamo tutte religiose fedeli ai nostri voti, ma come avrai capito non siamo solo questo. Vale per me, vale per Uta e vale anche per Mary Agnes», mi spiega. «Ti accorgerai che non solo pistole e coltelli sono armi. Anche le persone possono esserlo e tu devi diventare abbastanza bravo da capire quando te ne trovi davanti una».

«E se invece stanotte io avessi fatto sesso con Mary Agnes?»

«Non saresti stato pronto. Semplice».

«E cosa sarebbe successo?»

«Non ti riguarda, dato che sei stato promosso. Ora fila, ogni secondo che passi qui negli Stati Uniti fuori dal nostro convento è un secondo in più che ha la polizia per riprenderti».

Se sono pronto non lo so, ma di certo ho capito che chi frega per primo frega due volte.

27

Presente

Il mio battito accelera al punto che me lo sento pulsare anche nelle orecchie.

Si è aperta.

La scacchiera si è aperta.

Sfilo appena il cassetto, diviso tra la paura di romperlo e quella di vedere cosa contiene.

Sempre che contenga qualcosa.
Non sono pronto ad accusare la delusione se fosse vuoto.
Chiudo gli occhi e lo apro del tutto, poi conto fino a dieci prima di decidermi a guardare.
Al suo interno vi è un oggetto rettangolare avvolto in una fodera di seta ocra, legata da un nastro marrone.
Sciolgo il nastro e dalla fodera sfilo un volume rilegato in una pelle spessa, consumata in più punti e che una volta doveva essere di un lucido color borgogna. Impresso sulla copertina vi è uno stemma araldico: è uno scudo coronato in cui sono inscritti tre insetti – non so dire se siano mosche o altro, la superficie è piuttosto consumata – e un albero.

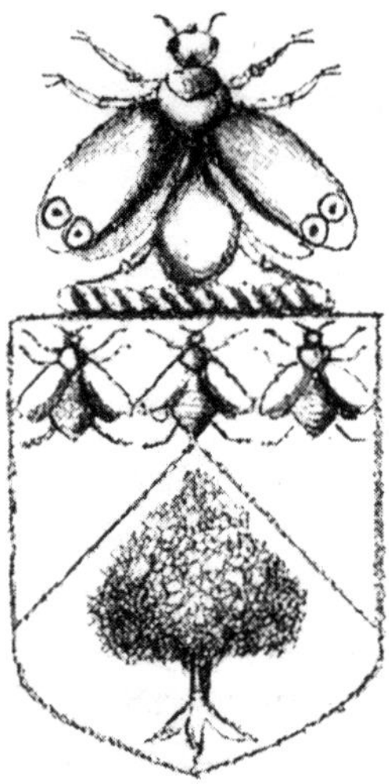

La legatura non dà altre informazioni.
Sollevo la copertina, sfoglio il risguardo e l'occhiello, e mi trovo faccia a faccia con il ritratto di William Shakespeare.
Nella facciata di sinistra, la dedica:

To the Reader.

This Figure, that thou here seest put,
It was for gentle Shakespeare cut;
Wherein the Grauer had a strife
with Nature, to out-doo the life:
O, could he but haue drawne his wit
As well in brasse, as he hath hit
His face; the Print would then surpasse
All, that was euer writ in brasse.
But, since he cannot, Reader, looke
Not on his Picture, but his Booke.

B.I.

Ben Johnson, amico di Shakespeare, loda la bravura dell'artista nel ritrarre il drammaturgo nonostante le condizioni difficili in cui si è trovato a realizzarlo – Shakespeare era sul letto di morte, suggeriscono alcune fonti – ma tuttavia ciò che non poteva in alcun modo riportare nel disegno era il suo ingegno. Quello, il lettore non dovrà cercarlo nel ritratto, ma nel libro.

Mi manca il fiato.

Non riesco a credere ai miei occhi.

Infatti li chiudo per un attimo e li riapro, quasi aspettandomi che il libro sia solo un'illusione ottica frutto della mia stanchezza. Invece è ancora lì, aperto, davanti a me, con l'effigie di Shakespeare che mi fissa.

Ho trovato il *First Folio*. Ho. Il. *First. Folio.* Fino a cinque minuti fa ero lontanissimo dall'obiettivo della missione, ora invece sono a metà.

Lo sfoglio ancora e alla pagina dell'indice trovo dei fogli

protocollo, uno in bianco e uno fitto di appunti vergati nella stessa grafia del testamento.

Arrigo ha compilato una tabella. La prima colonna elenca i titoli delle opere, le altre riportano in testa una serie di tematiche:

- Associazioni con il conte di Southampton
- Affermazioni anticristiane
- Associazioni alla Compagnia del Ciambellano
- Nozioni di falconeria
- Istanze femministe
- Riferimenti all'ebraismo
- Nozioni di lingua italiana
- Nozioni di geografia italiana
- Conoscenze musicali
- Nozioni di cultura danese
- Cultura e vita di corte
- Nozioni legali e giuridiche
- Conoscenze di tessitura della seta
- Nozioni di marineria
- Conoscenze di botanica.

Seguendo la riga corrispondente al titolo dell'opera teatrale, vi sono delle X posizionate nella colonna relativa alle tematiche presenti.

È come se Arrigo avesse fatto un censimento del contenuto di ogni dramma di Shakespeare.

Certo, ognuno spende il proprio tempo libero come vuole, ma per farlo avrà impiegato anni.

Continuo a sfogliare il libro per saggiarne l'integrità e, tra l'ultima pagina di *Pene d'amor perdute* e la prima di *Sogno d'una notte di mezza estate*, trovo un altro foglio, in cui sempre Arrigo ha scritto "1/3".

Un terzo di cosa?!

La soddisfazione che provavo fino a un secondo fa si è già spenta, schiacciata da un fastidioso senso di frustrazione perché io detesto non capire le cose.

“Non ti riguarda”, mi sembra di sentire Farias. “Cosa ci facesse Arrigo con il *First Folio* sono fatti suoi”.

Lo richiudo e lo infilo di nuovo all’interno del cassetto segreto nella scacchiera, poi torno nella mia stanza elencando mentalmente i prossimi passi per portare a termine il piano.

Mi rendo conto che non sono il solo mattiniero, anche Roberto è già in piedi dall’alba.

Lo incrocio a colazione, alle sette, reduce da nuoto, stretching e meditazione. Questo mi fa sentire in colpa perché, da quando sono stato convocato da Lockridge a oggi, ho trascurato i miei allenamenti, che al convento mi avevano inculcato come un automatismo.

«Devo assolutamente recarmi a Milano», mi comunica, conciso.

«Gli americani?», tiro a indovinare io, inforchettando l’omelette di albumi e tacchino arrosto che ha fatto preparare per entrambi.

«Tenere acceso il loro interesse per l’affare è ogni giorno più difficile, si distraggono alla svelta, è per questo che ho fretta. Ignazio sarà a disposizione per le tue necessità di soggiorno, tranne stasera che è la sua serata libera».

«A parte i pasti non ho motivo di disturbarlo».

«Notizie del *First Folio*? Trovato tracce, indizi?», m’interroga.

«Non ancora, ma non demordo», mento. Finché non sa del *First Folio*, posso proseguire indisturbato con il mio piano.

Almeno, così penso finché non esco dal cancello, diretto alla mia meta, e mi ritrovo di nuovo Angelica lì in attesa.

«Ancora qui?», le domando appena lei mi si affianca.

«E dove se no?»

«Sprechi il tuo tempo». Accelero il passo ma lei mi sta incollata. Oggi il top giallo è stato sostituito da uno verde, sempre svolazzante e sempre scollato.

«Dove vai?»

«Non sono affari tuoi».

«Stavo pensando che potresti darmi una mano, visto che sei stato così disponibile, ieri sera».

«Non era disponibilità, era pietà: eri sfatta e disidratata dopo un giorno intero sotto il sole».

«Disponibilità o pietà non m'interessa a questo punto, però la tua mano mi serve comunque... Vai alla stazione dei treni? Per fare che?!», domanda facendo caso ai cartelli che sto seguendo.

«Tu che dici? A prendere un treno, no?»

«La tua borsa a tracolla sembra pesante... te ne stai andando?»

«No».

«Allora, cosa ci hai messo dentro?».

Mi fermo di scatto, fissandola in viso. «Basta domande».

«Io smetto con le domande se tu mi aiuti», ribatte lei, convintissima.

«Stasera», cedo alla mia coscienza che mi punzecchia dentro, ricordandomi che se ho il *First Folio* è solo grazie alle informazioni che lei, inconsapevolmente, mi ha fornito.

«Adesso», rilancia.

«Adesso ho da fare».

«Vengo con te».

«Neanche per idea».

«Io non posso buttare un'altra giornata», protesta.

«Nemmeno io». M'infilo spedito nella piccola stazione locale con il mio treno già al binario. Ci salto al volo, Angelica ancora dietro di me, sulla banchina.

«Posso farti compagnia», rilancia.

«Io. Odio. La. Compagnia», decreto prima di voltarle le spalle e trovarmi un posto.

28

Passato

Sul pullman gremito di ecclesiastici, prendo posto in un sedile vuoto verso il fondo, accanto al finestrino. Di fianco a me, un reverendo sui cinquanta mi saluta con un cenno del capo e riprende a leggere il suo breviario.

Sul mezzo regna il silenzio, ciascuno raccolto nelle proprie letture o nelle proprie contemplazioni, il che mi solleva da conversazioni che al momento non sono in grado di affrontare.

Fisso la strada e un cartello indica lo svincolo per l'aeroporto di Boston. Avevo ragione, siamo in New England.

Anestetizzato, ripercorro le immagini mentali di stanotte: Mary Agnes che viene in camera mia, si spoglia, mi lascia toccare i suoi capelli e il suo corpo, pronta ad abbandonarsi a me.

E io mi sono tirato indietro non certo perché non sono pronto – qualunque cosa significhi –. Non so cosa mi abbia frenato, ma di sicuro non è stata la razionalità.

Provo perfino imbarazzo nel pensare a cosa Mary Agnes abbia detto o non detto alla Superiora.

L'unica certezza rimastami è che l'innocenza e la purezza che vedevo in lei non esistevano, adesso so che erano solo gelida e calcolata finzione, frutto di una capacità recitativa che non credevo qualcuno potesse possedere.

Non sono pronto, ma ora più che mai capisco il monito di Farias circa il non fidarsi delle donne, che sono ladre a prescindere. Mary Agnes ha rubato il poco di fiducia che mi era rimasto nell'amore e dato che suor Helena ha detto che qualunque cosa io abbia lasciato lì non la riavrò indietro, sono pronto a farne a meno.

29

Presente

Alla stazione centrale di Milano mi sbrigo a prendere la mia coincidenza, che è a dieci binari di distanza. Ringrazio tutti i chilometri di corsa con i pesi in spalla a cui mi ha sottoposto suor Uta, e m'impongo di riprendere al più presto la sua routine.

Salgo sul secondo treno e mi accomodo al mio posto, che mi sono assicurato di prendere nella carrozza "silenzio".

Immerso nei miei pensieri, guardo il paesaggio italiano scorrere dal finestrino, quando mi sento picchiettare sulla spalla.

Mi volto, pronto a mostrare al controllore il mio biglietto, ma rimango spiazzato. «Angelica».

«Ti ho cercato in tutte le carrozze», ansima.

«Come diamine hai fatto a raggiungermi?», sibilo mentre lei si siede accanto a me, senza che io la inviti ad accomodarsi.

«Oh, credevi che me ne fossi andata?», ribatte in tono canzonatorio. «Sono saltata sul tuo treno ad Armarola, nell'ultimo vagone. Mi sono solo chiusa in bagno giusto il tempo che passasse il controllore».

«Fammi indovinare: non hai il biglietto neanche ora».

«Certo che no, non sapevo dove stessimo andando».

«Stessi, *io*», la correggo. «*Io* sto andando, non *noi*».

«Troppo tardi».
«Shhh». Una signora, infastidita, ci intima di tacere.
Io lancio un'occhiata in tralice ad Angelica e lei sussurra un "Va bene" a denti stretti, mentre si strofina le mani sulle braccia, strette sotto il seno. Anche oggi, reggiseno assente.
«Che freddo del cazzo», mugugna. «Non si può chiedere di spegnere l'aria condizionata?»
«Tieni, per Dio!». Mi sfilo la giacca di lino e lei la indossa al contrario, come una coperta con le maniche, tirandosela il più possibile sulle cosce nude.
«Grazie».
«Meglio?»
«Comunque». Angelica ignora la mia domanda. «Ho qui una cosa che vorrei mostrarti».
«Il concetto di "stasera" non ti è chiaro, vedo», osservo mentre lei armeggia con la sua borsa.
«Poteva essere una balla».
«Mantengo la mia parola».
«Non ti conosco abbastanza per fidarmi della tua parola, Nick».
«Ma abbastanza per seguirmi ovunque io stia andando», la contraddico.
«Questo», dice lei appoggiando sul tavolino di fronte a noi un volume antico, rilegato in pelle. È immune al mio fastidio e alla mia reticenza, ormai è chiaro che ciò che vuole da me lo otterrà.
«Un libro».
«Che intuito, Sherlock!».
«Se vuoi il mio aiuto, non prendermi per il culo».
«Ok, scusa», abbassa il tono. «Ti spiego».
«Sarà meglio».
«Questo libro me lo ha donato papà, lo ha comprato da un antiquario a Vienna, dove eravamo andati insieme per il concerto di Capodanno. Ora, se non fossi al verde e con Roberto che vuole sottrarmi ogni minima possibilità di ot-

tenere il lascito che mi è stato concesso, non mi passerebbe nemmeno per la testa di venderlo. Ma stamattina sono stata al laboratorio chimico che mi hai indicato e dovrò pagare le analisi una volta avuti i risultati».

«Credevi che lavorassero gratis?»

«No, ma ci speravo. A proposito, sicuro che quel laboratorio sia attendibile? Cioè... mi è sembrato un po' strano».

«Diciamo che è un laboratorio "alternativo", ma se non ti convince puoi sempre trovarne un altro».

«Va benissimo quello. E poi, come hai detto tu ieri sera, ho bisogno di un avvocato e nessuno mi darà mai appuntamento se non posso pagare neppure la consulenza. Tu valuti libri antichi, no? Se facessi una stima per me e mi dessi qualche dritta per trovare un acquirente, te ne sarei grata». Angelica accarezza la rilegatura consunta e abbassa lo sguardo. «Non ho altro, non so più che fare».

Farias mi direbbe di non farmi intenerire, ma in questo caso l'aiuto glielo devo, in cambio di quello che inconsapevolmente ha dato a me.

Inspiro ed espiro con forza, allungo una mano e afferro il testo. «Vediamo».

«Grazie!!!», trilla lei con voce squillante, gettandomi le braccia al collo. La signora di prima ci trafigge con lo sguardo scocciata.

«Non abbracciarmi, per favore», la allontano.

«Scusa. Ma perché indossi dei guanti?»

«I treni sono sporchi».

Angelica sfoglia il libro aprendolo al frontespizio. «*Historia novellamente ritrovata di due nobili amanti*», legge. «Con la loro pietosa morte intervenuta già nella città di Verona nel tempo del signor Bartolomeo...».

«Della Scala», concludo io. Bastava che si fermasse a *Historia novellamente ritrovata*.

«Lo conosci?»

«Sì, e tu?»

«Non l'ho mai letto, in realtà, perché è scritto in un italiano antico, è troppo difficile per me».

«L'autore, Luigi Da Porto, racconta di due giovani appartenenti a famiglie nemiche – i Montecchi, sostenitori dei ghibellini, e i Cappelletti, di parte guelfa –, che s'incontrano a una festa. S'innamorano, ma le famiglie si oppongono al loro matrimonio causando la morte dei due sfortunati amanti, travolti da un ciclo di avvenimenti», spiego.

«Ma sono Giulietta e Romeo!», esclama.

«Romeo e Giulietta», correggo l'ordine dei nomi.

«E io che ho detto? Quindi questa è una brutta copia di Shakespeare?»

«Ebbene, in realtà è il contrario: l'*Historia* di Da Porto precede di ben sessant'anni la stesura della tragedia shakespeariana. Benché non faccia piacere a noi inglesi, è ormai accertato che la storia d'amore più famosa di sempre non sia farina del sacco del buon vecchio Will, ma la rielaborazione di una leggenda italiana già largamente popolare. Vale anche per Da Porto stesso, che ha attinto da *Mariotto e Ganozza*, un racconto di Masuccio Salernitano del 1476. Stessa trama, stesse dinamiche, ma ambientata a Siena».

Angelica mi guarda sbattendo le palpebre. «Come fai a sapere tutte queste cose?»

«Saperle è il mio lavoro».

«Questo libro allora avrà un discreto valore».

«Se fosse la prima edizione stampata a Venezia attorno al 1530, assolutamente sì; purtroppo però si tratta di una ristampa del 1795, con la legatura di sicuro rifatta a metà Novecento», indico le informazioni a piè di pagina. «Se l'esemplare è completo parliamo di circa tremila euro».

Angelica mi fissa con i suoi grandi occhi scuri e liquidi, abbattuta. «Questo libro è tutto ciò che ho».

«Se ti fidi a lasciarmelo, stasera lo studio meglio». Mi pento della mia frase il secondo dopo averla pronunciata. Mai fare più del lavoro per cui si è stati pagati.

«Biglietti!», ci interrompe il controllore.

Io mostro il mio, ma Angelica traccheggia, chiaramente a mani vuote.

«La signorina ha avuto un piccolo contrattempo», provo a spiegare.

«Siete insieme?», ci domanda lui.

«Sì, lei è…». Non ero pronto.

«Sono la sua assistente!», esclama lei.

Il controllore ci scruta scettico, spostando lo sguardo da lei a me.

«Stagista», preciso.

«Una volta saliti mi sono resa conto di aver acquistato solo un biglietto e non due… maledetto sito», continua lei.

«Strano, mi pare di averla incrociata poco fa e non mi ha fermato per regolarizzare», obietta quello.

«Chi, io?!», Angelica sgrana gli occhi. «No, io stavo cercando il… il…».

«Bagno», concludo. «Soffre di mal di treno. Le scossettine e il *tu-dum tu-dum* le provocano una nausea tremenda».

«Mal di treno?», ripete il controllore picchiettando la penna sul tablet.

«Già! A me, come metto il piede su un treno, si rivolta lo stomaco».

«Sai che sei verdognola?», le domando guardandola. «Ti senti bene?»

«Non molto». Lei comincia a inspirare ed espirare in fretta, facendosi aria con le mani. «Lo sapevo che non dovevo fare colazione. Credo di star per vomitare».

Il controllore fa un passetto indietro. «Qui? Ora?»

«Al mal di treno non importa il dove o il quando», ribatto. «Non è che per caso ha con lei un sacchetto?»

«Accidenti, vada in bagno!», sbraita quello, schifato, con

Angelica che si tuffa nel corridoio con la mano premuta sulla bocca.

«Controllo che sia tutto ok», dico seguendola. La aspetto fuori dal bagno tenendo d'occhio il controllore per accertarmi che non torni indietro.

Schivato il pericolo, scendiamo dal treno appena si ferma, Angelica accanto a me che sposta il peso da un piede all'altro, quasi in imbarazzo.

«Scusa, mi spiace aver interrotto il tuo viaggio», mormora. «Non pretendevo certo che scendessi per me».

«Ma io non sono sceso per te, sono sceso per me».

Lei legge il cartello con il nome dalla stazione e poi mi fissa corrucciata. «A Padova?»

«Cerco un taxi», dichiaro incamminandomi all'uscita, dove intercetto una coda di vetture bianche, sempre con Angelica alle calcagna.

«Credevo arrivassi al capolinea, a Venezia».

«Credevi male. E poi, scusa, perché Venezia?». Salgo sulla prima auto libera, e lei mi imita.

«Le sedi delle case d'asta. Tu non lavori per le case d'asta?».

Passo all'autista un biglietto su cui ho scritto istituzione e indirizzo, per non sbagliare. «Hai tirato la conclusione errata», dico poi rivolto a lei.

«Sei strano», borbotta incrociando le gambe sul sedile.

«Da te è un complimento».

«Potresti almeno dirmi dove siamo diretti. Non c'è bisogno di essere così criptico».

«Non eri prevista in questa trasferta».

«Be', ora ci sono, quindi…».

«Ti ricordo che lavoro sempre per tuo fratello».

«Mio fratello non ti piace», decreta con piglio sicuro.

«I committenti non devono piacermi, mica devo uscirci a cena».

«Allora io ti piaccio», ribatte con le labbra che si tendono in un sorriso furbo. «Con me a cena sei uscito».

«Senti...».

«Arrivati», ci annuncia il tassista fermando l'auto.

Angelica è la prima a smontare, mentre io ho ancora la carta di credito sul lettore. Non so se Giles stia controllando il conto che ho ereditato da Farias, ma sono abbastanza certo che si stia augurando che incassi la mia commissione.

«La biblioteca universitaria?!», domanda indicando la targa appesa davanti all'ingresso.

«Vedo che sai leggere», replico procedendo all'interno, lei subito dietro di me. «Ho un appuntamento, aspettami qui».

«Non ci penso neanche. E dai! Mostrami un po' di riconoscenza per averti fatto compagnia durante il viaggio».

«Riconosc... Credimi, se c'è qualcuno che non cerca compagnia, quello sono io. Mi stai facendo perdere tempo». Lei distoglie lo sguardo dal mio, il viso basso e l'aria ferita, e la mia coscienza mi rimprovera per i miei modi diretti. «Promettimi solo una cosa».

«Cosa?»

«Starai in silenzio, non farai domande, e una volta usciti di qui scorderai tutto ciò che hai visto o sentito».

«Ci sto».

A riceverci al banco delle consultazioni c'è una ricercatrice, lo si capisce dal tesserino che ha appeso alla giacca: "Dott.ssa Costanza Valenti". È giovane, anche se non saprei darle un'età precisa; i capelli castani raccolti in uno chignon le conferiscono un'aria seria, insieme alla camicia abbottonata fino al mento, i pantaloni con la riga e le ballerine nere.

«Ho un appuntamento per una consultazione», le dico. «Nick Montecristo».

«Per quale testo?», mi domanda in un inglese quasi perfetto.

«Il *First Folio* di Shakespeare».

Alla ricercatrice sfugge uno sbuffo divertito. «Non è disponibile alla consultazione. Fa parte dei testi rari ed è patrimonio protetto. È una richiesta che va indirizzata formalmente al Consiglio accademico e motivata con solide argomentazioni».

«Non ho dubbi, ma io ho bisogno di vederlo ora e non resterò tutto il tempo necessario a una valutazione del Consiglio accademico».

«La dottoressa Clemence Nigel si occupa di visionare le richieste dei testi rari», mi spiega.

«Perfetto, posso parlare con la dottoressa Nigel?»

«Sta tenendo una lezione su Aldo Manuzio per un master in Editoria proprio in questo istante, non credo sia opportuno scomodarla. E comunque, come le ho detto, servono solide motivazioni per consultare il *First Folio*. Parliamo dell'unica copia esistente in Italia e...».

«L'unica copia esistente in Italia...», ripeto posando sul bancone la mia valigetta di cuoio, per poi aprirla. «Fino a oggi», concludo mostrandole il volume.

Alla dottoressa Valenti quasi cade la mandibola a terra. «Ah».

30

Passato

Pensavo che su un volo di dieci ore mi sarei addormentato, invece sono rimasto all'erta, gli occhi spalancati e le orecchie tese.

Ogni volta che mi si avvicinava una hostess, m'irrigidivo, nel timore che potesse dire: "Tu sei un evaso ricercato dalla polizia internazionale".

Non è successo, e all'arrivo a Luanda sono mezzo morto di sonno. Non sono lucido e questo è un pessimo inizio per la mia nuova carriera.

La libertà spaventa quando ti è mancata per anni.

Seguo la delegazione di preti e suore missionari nell'albergo in cui alloggeranno prima di essere smistati ciascuno verso la propria destinazione e neanche la notte che trascorro lì mi concede un sonno sereno.

Nel letto dormo vestito, con tanto di scarpe ai piedi, orecchio rivolto alla porta. Sento ogni passo, valigia trascinata, il cigolio degli altri letti, gli sciacquoni dei bagni.

Sfiancato dal riposo mancato, all'alba lascio l'albergo per tornare in aeroporto, ma stavolta in abiti civili: una camicia bianca anonima e un paio di jeans che saranno una taglia in più della mia.

Una volta lì, vado alla caffetteria e ordino due caffè ma sono così annacquati che non ne traggo il minimo beneficio.

Davanti a me ho altre undici ore di volo con scalo a Francoforte, e l'idea di farmele tutte da sveglio mi atterrisce.

Per un attimo mi sfiora perfino il pensiero: "Chi me lo ha fatto fare? Si stava meglio dietro le sbarre".

Mi sento tutti gli occhi addosso eppure nessuno sta facendo caso a me.

Anche il secondo volo si rivela una tortura senza fine, così cerco una via di fuga tra i ricordi piacevoli che ho: Mary Agnes è il più recente.

Nonostante sia stato tutto finto, una prova di abilità, la mia mente si autoinganna fino all'atterraggio indugiando sui nostri momenti nel lago, nell'orto o mentre la ascoltavo cantare.

Mi ha dato proprio una bella lezione.

Spietata ma utile.

A Francoforte succede una piccola magia. È uno degli scali più importanti e trafficati al mondo, con i massimi livelli di controllo, il mio istinto mi dice di chiudermi in bagno e restarci nascosto fino alla chiamata del mio volo, ma il bisogno di caffeina mi spinge verso un bar dei gate.

Su un tavolo è buttato un quotidiano sportivo inglese e gli do una sfogliata mentre bevo il mio caffè.

«Fan dell'Arsenal?», mi domanda una voce maschile. Alzo gli occhi dal giornale e vedo che dal lato opposto del tavolino si è appoggiato uno degli agenti della sicurezza, che stringe un bretzel tra le mani.

Stai al gioco, Nick.

«Campionato sprecato. Speriamo nell'anno prossimo», dico accennando al paginone dedicato al Manchester City che festeggia il primo posto.

«Io tifo Bayern, ma tra le squadre inglesi simpatizzo per l'Arsenal. Secondo me la meritavate voi la coppa, quest'anno».

«Speriamo che la dirigenza voglia investire nel mercato.

Non mi dispiacerebbe riavere una punta come Thierry Henry», butto lì.
«Chi non lo vorrebbe un altro Thierry Henry!», mugugna masticando il bretzel.
Questo agente sta parlando con un ricercato e non lo sa. La vera domanda è: sono bravo io o è scarso lui? Tra le due, preferisco pensare di essere io l'abile dissimulatore e la mia vanità mi prega di continuare la conversazione per mettere in mostra il mio talento; la prudenza mi chiede discrezione e decido di dar retta alla seconda.
Ci salutiamo da tifosi di calcio, lui libero dal minimo sospetto, io diretto al mio volo finale.
La tratta è breve e, arrivato in Lussemburgo, la sensazione di ansia mi abbandona. Sono in terra amica.
Do al tassista l'indirizzo sul biglietto datomi da suor Helena e vengo lasciato davanti a un grattacielo vetrato di recente costruzione.
Un po' come Londra, anche Lussemburgo città ha il suo cuore storico caratterizzato da palazzi antichi e il distretto finanziario contraddistinto da altezza, tecnologia e innovazione.
Al terzo piano, mi presento a una receptionist chiedendo di Giles Fouquet, ma essendo senza appuntamento e non avendo altre istruzioni su cosa dire o meno, vengo fatto accomodare in sala d'attesa su una poltroncina scomodissima disegnata da Le Corbusier e lì attendo oltre un'ora.
«Nick Montecristo?», mi domanda un uomo sulla cinquantina, abbigliato, pettinato e sbarbato alla perfezione.
«Sono io», rispondo scattando in piedi. «Giles Fouquet?».
Lui mi scruta con un sopracciglio inarcato e uno sguardo scettico. «Come posso aiutarla?».
Io tiro su il polsino della camicia, mi slaccio l'orologio di Farias e glielo tendo. «Speravo potesse dirmelo lei».

Nell'attimo in cui stringe tra le dita il Patek Philippe, l'espressione sul suo viso cambia.

Da fredda e quasi infastidita, diventa accogliente e benevola. «Mi chiedevo quando sarebbe giunto questo giorno. Vieni, Nick, ti stavo aspettando».

31

Presente

«Quello dove lo ha...?», mi domanda la dottoressa, interdetta.

«Proviene da un antico fondo di un collezionista. Devo fare un'analisi comparata per accertarmi della sua autenticità, al fine di stimarne il valore», spiego.

«Ca-ca-capisco», boccheggia.

«Questo cambia le cose, dottoressa Valenti?».

Annuisce con espressione nervosa. «Sarà uno strappo alla regola di cui non si dovrà sapere. Procediamo alla consultazione». Poi il suo sguardo si posa su Angelica. «L'appuntamento per l'accesso è per una persona sola».

«Angelica Goodwin», si presenta lei, tendendo la mano. «Stagista di Mr Montecristo».

«Dobbiamo registrare anche i suoi documenti».

Per un attimo prego che, come altre cose, non li abbia, ma invece lei rovescia a terra il contenuto di tutta la sua borsa per pescare il portafogli e tende il tesserino d'identità.

«Nella sala di consultazione di manoscritti e opere rare è proibito introdurre borse e cartelle, effettuare chiamate, usare penne. L'unico strumento consentito per prendere appunti è la matita», la informa la dottoressa, avviandosi nel corridoio.

«Ah, no, non devo prendere appunti», risponde lei, in ginocchio sul pavimento, impegnata a ributtare tutto nella borsa.

«Seguitemi», ordina la Valenti.

«Questa è una stronza», mi sibila Angelica, a denti stretti. «Tra un po' ci perquisisce. Neanche fossimo dei terroristi!».

«Nel caso non lo avessi capito, ci stanno facendo un favore, quindi sorridi e non attaccare briga», la ammonisco.

La stanza di consultazione è piccola e riservata, la giornata dev'essere tranquilla perché nessuno dei sei posti disponibili è occupato.

«Arrivo con il *First Folio*, accomodatevi». Davanti alle postazioni che ci indica sono posizionati un blocco di fogli, una matita, due paia di guanti e una lente d'ingrandimento.

«Ma dimmi di più di questo *First Folio*... l'hai trovato nella biblioteca di papà?», mi domanda Angelica, stranamente colpita.

«Sì, perché? Non sapevi che ci fosse?». Quello stupito ora sono io.

«No!», esclama. «Cioè, so cos'è ovviamente il *First Folio*, ogni inglese lo sa, ma non credevo che papà ne possedesse addirittura uno».

«Ma ieri sera, allora, perché mi hai chiesto se non lo avessi ancora trovato?».

Lei fa spallucce. «Bluffavo! Che ne so io di tutto ciò che ha collezionato papà? Sapevo che aveva testi di valore, ma non avevo idea di quali».

«Non te lo ha mai mostrato? Sicura?», le chiedo spingendoglielo sotto il naso. «Guardalo bene».

Lei agita il capo con decisione. «È la prima volta che lo vedo in vita mia. Ho visto solo quello della mostra alla British Library a cui ci hanno portato alle medie».

La dottoressa Valenti rientra nella stanza stringendo al petto il volume gemello del "mio".

«La prima cosa che dovete sapere, per un'analisi comparata, è che il *First Folio* padovano è in condizioni di conservazione molto buone e pressoché completo, eccetto le pagine del frontespizio che sono state sostituite con dei fac-simile probabilmente derivati dal *Second Folio*», dice la dottoressa, aprendolo accanto alla copia di Arrigo. «In generale, l'ordine dei contenuti paratestuali varia di esemplare in esemplare poiché in origine le pagine erano vendute sfuse, quindi la vostra copia potrebbe differire».

Angelica fa per toccare il testo della biblioteca ma la dottoressa allontana il libro dalle sue mani nude.

«E come ci sarebbe arrivato questo *First Folio* proprio a Padova?», chiede lei, impermalosita.

«Fu trovato nel 1895 in una cassa assieme ad altri volumi, tutti recanti la medesima catalogazione riconducibile al patrimonio librario del monastero benedettino di Santa Giustina. Nel 1810, Napoleone impose la soppressione degli ordini religiosi, e con lo svuotamento degli edifici sacri tutto ciò che Bonaparte non portò in Francia con sé venne lasciato alle istituzioni pubbliche. La biblioteca universitaria acquisì i fondi di oltre quaranta fondazioni religiose, più altri tredicimila durante l'unificazione d'Italia, rendendo l'opera di catalogazione un lavoro infinito. Questo spiegherebbe gli anni trascorsi fino al ritrovamento. Su come invece sia arrivato al monastero vi sono diverse teorie: la più accreditata è che il libro facesse parte del corredo di una nobildonna inglese, Lady Mary Wortley Montagu, moglie di un diplomatico di stanza a Venezia, e che sia stato lasciato insieme ad altri suoi beni in eredità alle religiose. Le porte per altre ipotesi restano aperte».

«È annotato», osservo io indicando un appunto scritto a mano nell'indice dei contenuti.

«Dalle grafie si sono riscontrate almeno due mani differenti. Per lo più si tratta di indicazioni di regia circa l'entrata in scena o il tono della recitazione, segno del fatto che questo *First Folio* è stato in possesso di qualche compagnia teatrale. Questo volume ha avuto il ruolo fondamentale di stabilire il canone shakespeariano, non solo facendo giungere fino a noi opere che sarebbero andate perdute, ma rappresentando all'epoca anche una fonte preziosa per i teatranti che altrimenti non avrebbero saputo come recitarlo. Anche il vostro è annotato, vedo», sottolinea la dottoressa.

«Sì, ci sono svariati appunti ai margini delle pagine», confermo girando il testo aperto nella sua direzione.

Lei afferra la lente e lo illumina da vicino con una piccola torcia. «Queste sembrano più note redazionali: correzioni di refusi, suggerimenti d'impaginazione, interventi di correzione sulle frasi in francese», continua lei sfogliandolo con cura. «Esaurite le copie del *First Folio* – all'epoca, per un'opera così costosa il "sold-out" in nove anni era ritenuto un successo – si palesò la necessità di una seconda edizione, il *Second Folio*, appunto, che rispetto al primo riporta oltre millesettecento modifiche. Per quanto fosse un'impresa ambiziosa, il *First Folio* non fu così curato e non ebbe neanche una correzione di bozze, dunque andò in stampa in una veste piuttosto sciatta. Perfino l'indice manca di elencare *Troilo e Cressida*, tragedia presente dopo l'*Enrico* VIII e prima di *Coriolano*».

«Quindi questa è una copia fallata?», chiede Angelica.

«Ovviamente no». La dottoressa alza gli occhi al cielo, davanti all'ingenuità di Angelica. «L'importanza del *First Folio* è insuperabile da qualunque edizione successiva. Di certo queste note potrebbero essere riconducibili a qualcuno di vicino a Heminges e Condell, i due attori della compagnia di Shakespeare che diedero il via al progetto, o a un collaboratore di Jaggard, lo stampatore, o Blount, l'editore. Questo, anzi, ne aumenterebbe il valore».

«Che cosa mi sa dire della rilegatura?», domando. «Quella del *Folio* padovano mi sembra recente, speravo di compararla».

«Purtroppo è stato ri-rilegato negli anni Sessanta e la copertina ottocentesca originale non è stata conservata», conferma.

«La copia in nostro possesso invece credo abbia una rilegatura compatibile con quelle seicentesche. Solo le famiglie aristocratiche potevano permettersi un lusso come la pelle incisa, tuttavia lo stemma marchiato sul cuoio non richiama nessuna famiglia nobile», dico.

«Una famiglia *davvero* nobile avrebbe fatto decorare la copertina con foglia d'oro. Qui, anche considerando il decadimento dovuto allo scorrere del tempo, non ne vedo traccia».

«È comunque una copia autentica, completa e con copertina originale», ribatto. «Conferma?»

«Confermo». Lockridge sarà molto contento di questa notizia. «Il che colloca il suo valore molto in alto».

«Mi risulta che l'ultima copia intatta del *First Folio* sia stata battuta all'asta da Christie's a sei milioni di dollari, nel 2001», replico. Ho fatto le mie ricerche. «Quindi oggi, quello sarebbe il valore di partenza».

La dottoressa annuisce. «Ha detto bene, partenza. Un *First Folio* intonso che compare dopo quasi un ventennio può arrivare anche a dieci».

Angelica mi fissa deglutendo sconvolta. «Dic-dieci milioni? Abbiamo tra le mani un libro da dieci milioni di dollari?»

«Noi qui abbiamo finito», concludo alzandomi. «Farò delle ricerche araldiche per approfondire l'origine dello stemma impresso sulla copertina».

«Non servirà», s'intromette una nuova voce, femminile e matura, in inglese. Alle nostre spalle, nella stanza è entrata una signora dall'aria elegante e posata. «Conosco bene quell'insegna».

«Professoressa», la saluta la dottoressa Valenti, perdendo quel cipiglio presuntuoso.

«Mi chiamo Clemence Nigel, dirigo il corso di Studi rinascimentali del dipartimento di Lettere. Sono arrivata appena possibile, dopo che Costanza mi ha avvisata. Non credevo che avrei rivisto il *First Folio* di Arrigo una seconda volta».

Io e Angelica ci guardiamo, ed entrambi pensiamo la stessa cosa: *in che senso, una seconda volta?*

32

Passato

Giles mi fa accomodare nel suo ufficio rivestito di boiserie lucida, con due divani Chesterfield in pelle verde bottiglia.

«Hai sete? Fame?», mi domanda sedendosi di fronte a me. «Chiedo a Denise di ordinarci un po' di dolce e un po' di salato».

Si slaccia la giacca del completo e noto che all'interno del bavero ha appuntato la spilletta con il simbolo dell'ordine gesuita: il sole con al centro le lettere IHS. Lo stesso che aveva tatuato Farias sotto il braccio.

«Non c'è bisogno, grazie. Piuttosto, mi è stato detto che qui mi avreste messo nelle condizioni di "ricominciare"». Non dormo bene da due giorni, non credo di avere le forze per un altro minuetto di convenevoli e sottintesi. «Sono al verde, *monsieur* Fouquet».

«Senza offesa, ragazzo, ma si vede», ridacchia lui. «Giles, per te».

«Può darmi un lavoro?»

«Auspicabilmente anche più d'uno».

«Perché siete tutti così enigmatici?», chiedo spazientito.

«Impara a esserlo anche tu, non sai mai chi hai davanti», mi redarguisce. «Ma dato che mi sembri impaziente, andiamo al dunque: non hai spostato queste lancette, vero?»

«Sono ferme alle dodici e venticinque, esattamente come quando l'orologio mi è stato consegnato», confermo. «Cosa succede a quell'ora, me lo può dire?»

«Dodici e venticinque non è un orario», ribatte. «È un codice».

«Un codice per cosa?».

Giles si alza in piedi, passa il pollice su un lettore d'impronte digitali sulla sua scrivania e la porzione di libreria alle sue spalle scorre rivelando una porta blindata. La spalanca mostrandomi una stanza asettica dalle pareti rivestite di armadi con sportellini metallici, ciascuno con una tastiera. «Per aprire una cassetta di sicurezza», risponde.

«È un caveau?»

«Se ti piace, puoi chiamarlo così». Davanti a uno degli sportellini digita la sequenza 1225, segue un *bip* e la serratura scatta. Giles sfila dall'interno una cassetta di metallo e me la porge. «Aprila».

«Posso?»

«Devi».

Sollevo il coperchio e all'interno c'è un cartoncino con le credenziali di un conto bancario e un token, insieme a una piccola agenda. «Niente mazzette, eh?»

«Questo è meglio».

«Quindi lei è una specie di banca?»

«No, la banca è una normale banca, io ero il fiduciario di José. Ho tutelato il suo conto fino a oggi e ora è tuo. Prima che tu pensi a una pioggia d'oro, sappi che qui troverai la somma necessaria a vivere – più che dignitosamente, s'intende – e ad avere la tua autonomia finché non avrai cominciato a guadagnare coi tuoi lavori. Mi attiverò subito per informare la lista che c'è un nuovo Farias a loro disposizione».

«Lista?»

«Collezionisti, esperti d'arte, chiunque necessiti dei tuoi servigi. José ti ha istruito, no?»

«In tutto».
«Se non altro il tuo tempismo è stato impeccabile. Farias ne sarebbe stato orgoglioso».
«In che senso, ne sarebbe stato?», domando, stranito ancora una volta per averlo sentito parlare di Farias al passato.
Giles si trasfigura in volto. «Non lo hai saputo?»
«Sono in viaggio da due giorni, non ho contatti con nessuno, cosa dovrei sapere?»
«Oh, diamine, non immaginavo che sarei stato io a comunicartelo. Farias è morto in carcere ieri notte».

33

Presente

«La figlia di Arrigo?», domanda la professoressa Nigel dopo che ci siamo presentati. «Non sapevo ne avesse una».

«Scoperta recente», comunica lei.

«Io e tuo padre ci siamo incontrati per la prima volta... Cielo! Venticinque anni fa! Quanto tempo è passato! È venuto a una delle primissime conferenze che ho tenuto riguardo a Shakespeare. Lui era un grande estimatore del Bardo».

«Aveva una passione smisurata per il teatro, mi ci portava a ogni occasione», conferma Angelica. «E se sapesse che l'ho disturbata durante una sua lezione mi rimprovererebbe».

«Ho lasciato i gutemberghiani a digerire il fatto che a dare forma alla tipografia moderna siano state le innovazioni di Aldo Manuzio: formato tascabile, corsivo, punteggiatura... Avranno da lambiccarsi per un po'».

La conversazione per me ha un interesse pressoché nullo, ho il mio *First Folio* e so che è autentico, il mio lavoro è finito, tuttavia ignorare una professoressa di studi rinascimentali che ha interrotto una lezione apposta per noi mi sembra di una scortesia incomparabile.

«Che rapporti aveva con il barone Martinis?», le chiedo. Noti ormai i vizi di Arrigo, il mio sospetto è che abbiano avuto una relazione.

«Ehm, ehm», la professoressa si schiarisce la voce e sospira. «Temo sia stata una spirale discendente verso la follia. Inizialmente voleva che lo aiutassi a trovare un *First Folio*, ma il suo interesse da lì è virato verso altro. Voleva approfondire le teorie emerse circa la vera identità di Shakespeare», risponde accennando al ritratto del drammaturgo che campeggia sul frontespizio del *First Folio*.

«Vera identità?», ripete Angelica stordita. «Cioè Shakespeare non sarebbe esistito?»

La professoressa Nigel sorride scuotendo il capo. «Senz'ombra di dubbio è vissuto un uomo di nome William Shakespeare che ha recitato nella Compagnia del Ciambellano impersonando Brabantio o il Fantasma di Amleto, ma non è la persona che ha effettivamente scritto queste opere», risponde picchiettando sul volume.

«Furto di idee?», ipotizza Angelica. «Al conservatorio ci esercitiamo anche a scrivere musica e regolarmente qualche studente sostiene che la propria composizione sia stata plagiata».

«La teoria si basa sul fatto che per scrivere una tale mole di componimenti, dalle tematiche così variegate, fossero necessarie competenze e conoscenze che il figlio di un guantaio di Stratford-upon-Avon non poteva avere», espone la professoressa. «L'Inghilterra di metà Cinquecento aveva una società estremamente rigida, in cui l'accesso all'istruzione era controllato dall'élite. William ha avuto la possibilità di frequentare la *grammar school* locale – era un figlio maschio, dopotutto – ma, sebbene dignitosamente alfabetizzato, sarebbe stato ben lontano dal possedere le nozioni che mostra di avere attraverso tutta la sua opera. Sono conoscenze di livello universitario, o apprese da qualcuno che viveva a corte, in un ambiente ricco e vivace. Senza contare la contaminazione culturale necessaria per trattare di politica danese, scozzese, italiana, francese. Un melting pot che la provincia non offriva».

«Magari leggeva», butta lì Angelica.
«I libri erano beni rari e costosi, infatti era uso tramandarli ai posteri alla propria morte in quanto proprietà di valore ma, ironia della sorte, il più grande scrittore inglese non ne possedeva. Almeno, nel suo testamento, che peraltro è una delle pochissime testimonianze scritte di suo pugno a noi giunte, non ne lascia. Questo, per esempio, è un altro dei punti che screditano l'ipotesi che sia l'autore delle opere da lui firmate».
«Quindi avrebbe fatto sostanzialmente da prestanome per qualcun altro?», domando io. «Perché mai?»
«Scrivere per il teatro non era ritenuta un'attività prestigiosa per la propria reputazione, specie per le personalità di alto profilo».
«E dunque Arrigo era affascinato da queste teorie. Cosa ha acceso la sua curiosità?», indago ancora.
«Avete mai sentito parlare di Emilia Lanier?».
Io e Angelica ci guardiamo dubbiosi. «No».
La professoressa si alza e bisbiglia qualcosa alla dottoressa Valenti. Quest'ultima se ne va per tornare quasi subito con un volumetto, sempre antico.
«Questo è il *Salve Deus Rex Judaeorum*, prima e unica opera poetica pubblicata da Emilia Lanier», dice sedendosi di nuovo davanti a noi.
«È di valore? Come il *First Folio*?», chiede Angelica con la voce carica di speranza.
«È un testo che ha la sua importanza. Emilia Lanier è stata la prima poetessa pubblicata d'Inghilterra, la prima riconosciuta a titolo professionale, ma non si avvicina minimamente al *First Folio*. Il *First Folio* rappresenta il testo in inglese moderno per eccellenza, un po' come la *Comedìa* di Dante Alighieri per la lingua italiana. Questa copia del *Salve Deus* ci è giunta in prestito dalla Biblioteca Bodleiana per una nostra tesista, ma è molto interessante perché riporta le note scritte a mano dalla stessa autrice».

«E cosa avrebbe a che fare con noi?», chiedo io.

«Perché lo stemma impresso sul *First Folio* acquistato da Arrigo, l'albero con le falene del baco da seta, appartiene alla famiglia Bassano. Lanier è il cognome da sposata, ma Emilia nasce Bassano».

«E cosa la lega al *First Folio*?», la incalzo solleticato da un'inopportuna curiosità, anche se probabilmente sto perdendo tempo prezioso.

«Qui si aprono molte ipotesi. Quello che di certo si sa è che Emilia è stata, fin da giovane e per lunga parte della sua vita, amante di molti uomini di potere. Qui, in Italia, l'avrebbero chiamata "cortigiana onesta", come Veronica Franco».

«Una specie di prostituta», riassume Angelica.

La professoressa Nigel si spinge gli occhiali sul naso, le labbra arricciate con disappunto. «Le cortigiane oneste, nonostante si mantenessero mediante favori sessuali, erano donne di immensa cultura e fascino. Non di rado sono state consigliere dei leader con cui condividevano il letto. Erano le donne più colte in assoluto della loro epoca», puntualizza la professoressa. «Perfino più di molti uomini».

«Non intendevo essere offensiva», si scusa.

«In ogni caso, diversi indizi suggeriscono che Emilia Lanier abbia avuto una relazione anche con Shakespeare, di cui era pressoché coetanea e con cui aveva in comune diverse conoscenze. Una valida ipotesi è che questo *First Folio* le sia stato donato dagli attori della sua compagnia teatrale».

«Quanto è andata avanti la sua collaborazione con Arrigo?», le domando.

«Era ossessionato dall'idea di possedere il *First Folio* dell'amante di Shakespeare e voleva approfondire la sua storia. Era convinto che uno dei suoi amanti fosse il vero Shakespeare: Christopher Marlowe, Ben Johnson, il conte di Southampton... Ecco, Henry Wriothesley di Southampton potrebbe essere la risposta che Arrigo cercava, ma io non avevo il tempo per assecondare le sue richieste. Eravamo arrivati al punto che mi telefonava perfino di notte, ma il mio percorso accademico stava decollando, non potevo seguirlo nei viaggi che voleva fare. Si era lasciato un po' prendere la mano, se mi concedete di dirlo».

«Mio padre si buttava a capofitto nelle sue passioni».

«Be', "passione" è un termine riduttivo, "ossessione" è più adatto. Quando ha cominciato a presentarsi durante le mie lezioni, costandomi richiami dal rettore, ho deciso di tagliare i rapporti. Ho indirizzato Arrigo verso Pierluigi Royer, un accademico milanese molto esperto in materia shakespeariana ma che si è sempre dedicato più che altro a salotti e cenacoli. Poteva e può ancora permetterselo», scherza. «Gli piace tenere simposi settimanali al Savini, in Galleria. M'invita sempre, ma chi ha tempo di andare?! Stasera credo parli delle donne attrici, che recitavano nei teatri nonostante fosse loro vietato».

«Come in *Shakespeare in Love*?», chiede Angelica.

«Più o meno». La professoressa Nigel si alza, liscia le pieghe della gonna e ci tende la mano in segno di saluto. «Spero che abbiate trovato il consulto esaustivo; ora devo tornare ai miei impegni, è stato un piacere parlare con voi. Abbiate cura del *First Folio*».

«Quindi adesso cosa facciamo?», m'incalza Angelica una volta tornati in stazione per riprendere la via di Armarola. Stavolta ha fatto il biglietto anche lei, contando le monetine una per una sul bancone. Quando mi sono stufato di vederla ammucchiare centesimi, ho coperto io la somma mancante.

«Niente, perché? Cosa vorresti fare?»

«Be', non vorrai mica restare così, a metà».

«A metà di cosa? Io ho tutto quello che mi serve: il *First Folio* e l'autenticazione», rimarco.

«E delle ricerche di mio padre non t'interessa?»

«Onestamente no. Come hai detto tu, erano le ricerche di tuo padre», le faccio presente mentre saliamo sul vagone. «Se però tu vuoi continuare, sei liberissima di farlo».

«Allora, non mi aiuterai?»

«Non ti ho già aiutato abbastanza?»

«Fino a prova contraria quel *First Folio* è mio, nel testamento viene lasciato a me... Roberto sa che l'hai trovato?»

«Tu non hai nemmeno idea di dove fosse?», le chiedo.

«No. Perché? Dov'era?»

«Indovina?», la sfido.

Angelica si stringe nelle spalle. «Nella vetrinetta con gli altri libri? Altrimenti, non saprei».

«Miranda», dico.

«Che c'entra Miranda ora?»

«Il quadro appeso sul camino dello studio: c'è Miranda che gioca a scacchi e utilizza i pezzi bianchi, l'avversario quelli rossi».

Lei solleva gli occhi, come a ricostruire l'immagine nella sua mente. «Sì!».

«La scacchiera sulla scrivania ha le pedine bianche e rosse. Tuo padre giocava con le rosse, giusto?»

«I bianchi all'avversario, sempre», conferma.

«La scacchiera è uno scrigno e, nascosta nell'intarsio, c'è una serratura in cui la corona della regina rossa s'incastra alla perfezione. Facendola ruotare, la base della scacchiera si è aperta e dentro vi era il *First Folio*», le spiego.

Lei sbatte le palpebre stupita. «Lo aveva nascosto?! Perché? Come pensava che lo trovassi? Roberto non mi fa nemmeno entrare in casa».

«Credo che sia tu che Roberto abbiate letto male il testamento: con "biblioteca" non si riferiva ai libri, ma a tutto il contenuto della stanza, mobili e soprammobili».

Una sveglia però ci interrompe: proviene dal cellulare di Angelica.

«È il mio orario», sbuffa. Apre la borsa e sul tavolino apparecchia una bottiglia d'acqua e una fila di scatole di farmaci. «Odio le pillole, ho sempre il terrore di restarci strozzata. Guarda quanto è grossa questa!», dice mostrandomi il palmo aperto dopo aver schiacciato fuori la compressa dal primo blister.

«Pastiglie per…?», le chiedo.

«Cardiopatia. Ho una patologia congenita che mi hanno diagnosticato quando ero alle elementari: non riuscivo a fare ginnastica come gli altri bambini, mi bastava fare mezzo giro di campo di corsa per sentirmi male», spiega sommariamente prima di buttare giù sei pastiglie una dopo l'altra, tra grossi respiri ed espressioni truci.

«È grave?»

«È da tenere sotto controllo, diciamo».

«È grave», concludo.

«Se può consolarti, sappi che stiamo tutti morendo. Qualcuno più velocemente di altri, ma stiamo andando tutti dalla stessa parte, quindi non farmi il funerale qui e ora, grazie».

«Ho una teoria», dico. «Credo che Arrigo volesse dirti qualcosa: nel *First Folio* – che, se tutto fosse andato secondo i suoi piani, avresti dovuto trovare tu – c'era un biglietto con scritto "1/3"».

«Uno di tre di cosa?»

«Non posso saperlo, sei tu sua figlia. Pensaci».

«Uno di tre», sussurra a fior di labbra.

«Tieni». Le porgo la giacca, per coprirsi, ricordando che all'andata l'aria condizionata l'ha fatta rabbrividire.

«Grazie». Se la butta addosso, mentre con lo sguardo rivolto al finestrino, ripete tra sé «Uno di tre», finché non si addormenta.

Angelica resta appisolata per tutto il viaggio, con la testa appoggiata alla mia spalla, i suoi capelli che mi sfiorano il collo.

Angelica è incasinata e casinista, dolce ma tenace, un po' cucciolo di daino e un po' gatto nero, affascinante e irritante allo stesso tempo.

La mia parte razionale vorrebbe levarsela di torno per finire il lavoro in pace e godermi la libertà che mi sono insperabilmente riconquistato, eppure la mia parte più istintiva mi spinge a seguirla su un terreno accidentato.

«Dobbiamo cambiare treno», le dico, destandola.

«Mhmm», mugugna trascinandosi dietro di me nella nebbia del sonno, in cui ripiomba sul secondo treno. Stavolta, con i sedili più stretti, mi si accartoccia letteralmente addosso e per sorreggerla le cingo le spalle con il braccio.

Il calore del suo corpo penetra attraverso la stoffa della mia camicia, mentre il suo profumo – una miscela di incensi e legni esotici – mi riempie le narici. È una fragranza selvaggia e sensuale, che mi ritrovo a inspirare con un'inaspettata avidità.

Quando il viaggio finisce, stavolta mi spiace svegliarla.

«Siamo già arrivati?», biascica sfregandosi gli occhi.

«Sì. Riesci a camminare da sola o ti devo prendere in braccio?»

«È un'offerta seria?»

«No». Credo.

Lasciamo la stazione a rilento e ci incamminiamo per le viuzze di Armarola in direzione del suo alloggio.

«Stai bene?», le chiedo stranito. «Prima eri perfettamente sveglia, poi sei crollata».

«Tutto ok», risponde lei sfregandosi gli occhi, con il solo risultato di spalmarsi il mascara su tutta la palpebra. «Credo solo di aver confuso le scatole delle medicine. Il dottor Sarti me ne ha data una nuova che mi fa venire sonno, e di solito la prendo prima di andare a dormire. Mi dico sempre che dovrei fare un segno sulle confezioni con il pennarello, ma mi scordo. In ogni caso, la buona notizia è che stasera non dormirò e dunque possiamo andare a Milano».

«A Milano?», ripeto interdetto.

«Al Savini, dal professor Royer», risponde in tono ovvio.

«Perché mai?»

«Per scoprire quali altre ricerche hanno fatto lui e mio padre».

«Uno: non mi riguarda. Due: non ho intenzione di tornare a Milano. È da stamattina che sono in giro e ho di meglio da fare».

Ci troviamo alla biforcazione che porta lei alla sua camera in affitto e me alla villa. È qui che le nostre strade devono separarsi. Ora e per sempre.

Angelica incrocia le braccia al petto e mi fissa con aria di sfida. «Magari lui sa cosa significa quel biglietto con scritto "1/3" che hai trovato nel *Folio*. Non sei curioso?»

«No», mento. Certo che sono curioso, è da ieri notte che mi ci scervello.

Lei fa un passo verso di me, poi un altro, fino a trovarci faccia a faccia. Mi guarda di sottinsù, un sorriso provocatorio teso sulle labbra. «Roberto sa che hai trovato il *First Folio*?»

«No».

«Forse è meglio che non lo sappia, allora», insinua con tono malefico.

«Hai un abito da sera?»

«Tu non preoccuparti di cosa indosserò, presentati da me alle otto».

«Sette e mezza», ribatto. «E se fai tardi, non ti aspetterò».

34

Passato

«Sono malato».

Durante l'ora d'aria di ieri, José ha avuto un mancamento, ha perso conoscenza e lo hanno ricoverato in infermeria. Mi è stato concesso di fargli visita solo perché ha chiesto di me e, quando lui chiede qualcosa, di solito la ottiene.

Sono il suo protetto da tre anni eppure di lui so poco o nulla.

Mi è sempre sembrato più vecchio dei suoi sessant'anni, ma avevo dato la colpa al carcere: nessuno qui dentro può pensare di portar bene i propri anni.

«Di cosa soffre?», gli domando.

«Un tumore al fegato. È troppo grosso per tentare di operarlo».

«Non si può ridurlo con la chemioterapia?»

«A che scopo? Sono realista: non uscirò mai di qui e non perché non ne sia capace. Sai, Nicholas, ci sono prigionieri che vengono tenuti dietro le sbarre per proteggere il mondo dalla loro pericolosità; altri invece per essere protetti dalla pericolosità del mondo. Morirò tra queste mura, quando sarà il momento, ma non voglio appesantire il tempo che mi resta con cure che allungherebbero solo la mia agonia. Sono convinto che un essere umano debba poter scegliere come morire».

«Non è una credenza molto cattolica, questa», noto.
«Ti stupirebbe la quota di scetticismo che nutro verso i dogmi della Chiesa», ribatte lui.
«Da chi deve proteggersi?».
José rigira il cucchiaino di plastica nel vasetto del frullato di mela, come se la risposta fosse lì dentro. «Se ti dico "papa nero", ti suona familiare?»
Lo guardo accigliato. «In realtà non molto».
«La massima autorità che guida la Compagnia di Gesù è il preposito generale. Quando viene eletto, rimane tale a vita, proprio come il papa. Con "nero" ci si riferisce al colore degli abiti dei gesuiti. Quando Ignazio di Loyola, ex militare e studioso, fondò l'ordine a Parigi nel 1534, aggiunse ai voti di povertà, castità e obbedienza, quello di eseguire senza riserve gli ordini del papa».
«Allora è vero ciò che si dice? Che i gesuiti sono le spie del Vaticano?»
«Si dirà sempre qualcosa e ci sarà sempre qualcuno che ci crederà», risponde lui, senza confermare o smentire. «La Chiesa cattolica è come un mare, ad agitare le sue acque ci sono correnti contrastanti: quelle conservatrici e quelle progressiste. A ogni modo, i gesuiti, tra gli ecclesiastici più colti e preparati, guadagnarono nel tempo molta influenza politica all'interno delle corti d'Europa e, dietro forti pressioni diplomatiche, la Compagnia di Gesù fu soppressa e dissolta nel 1773 da papa Clemente XIV. Rimase frammentata e clandestina fino alla sua ricostituzione, una quarantina di anni dopo, grazie a papa Pio VII», mi racconta. «A oggi si contano circa sedicimila gesuiti nel mondo e io sono stato uno dei più vicini al papa nero. Durante uno dei miei incarichi – il recupero di alcuni documenti antichi in Vaticano – sono entrato in possesso di informazioni compromettenti riguardo ad alcune personalità che erano e sono tuttora molto potenti. Un complotto. Se avessi divulgato ciò che ero venuto a scoprire, le sorti di diversi Paesi avreb-

bero subito ribaltamenti. Sono stato incastrato dall'unica persona di cui mi fidavo, che ha pensato di consegnarmi agli interessati per mettermi a tacere. La scelta è stata tra lasciarmi arrestare o vivere in perenne fuga. Qui, almeno, se è vero che nessuno può uscire senza permesso, allo stesso modo, nessuno può entrare».

«Perciò questa per lei non è una prigione, è un rifugio», realizzo.

«Non preoccuparti, Nicholas, il mio posto qui me lo sono...», s'interrompe per tossire, affaticato dalla conversazione. «Guadagnato. Tuttavia, posso ancora servire, tra queste mura».

«Io non voglio diventare un prete», gli dico.

«Non lo diventerai. Ho fatto tante cose nella mia vita, forse non tutte belle, ma tante sì. E so che di quelle puoi continuare a occuparti tu».

«Le hanno detto quanto tempo le rimane?».

Lui alza gli occhi al soffitto. «Un anno. Forse un anno e mezzo».

«Non è un'eternità, ma non è neanche poco».

«È pochissimo, per insegnarti tutto ciò che so».

35

Presente

Alle sette e mezza sono all'imbocco della stradina in cui sta Angelica.

Guardo l'orologio in attesa di vederla sbucare dal cancelletto ma i minuti passano e lei non si manifesta. Dopo un quarto d'ora, mi domando cosa lei stia facendo, dopo mezz'ora mi domando cosa io stia facendo, e dopo quarantacinque minuti decido di andare via, ma proprio nell'istante in cui giro la chiave nel quadro, Angelica esce di casa.

Corre verso di me avvolta in un abito di seta grigio dalle spalline sottili e lo scollo di pizzo. Appesa alla spalla ha la sua solita borsa, e tiene la gonna lunga e svolazzante raccolta in una mano mentre nell'altra regge… dei sandali col tacco.

Infatti noto che è scalza.

«Sei in ritardo», le faccio notare.

«E tu mi hai aspettata».

Touché. «Sali prima che cambi idea».

«E questa? Mi sa che la conosco», mi domanda mentre metto in moto la Aston Martin cabrio che ho "prelevato" dal garage di Arrigo. Con la casa vuota, mi sono concesso un piccolo sfizio. Tornerà al suo posto prima che qualcuno se ne accorga. «È una delle "bambine" di mio padre».

«Meritava di farsi un giro», dico.

«Se è per questo anche io». Fa una piroetta per mettersi in mostra. «Come sto?»
«La borsa non è molto adatta al vestito che hai messo». Non le darò soddisfazione.
«È l'unica che ho, ma se vuoi comprarmene una non dirò certo di no. Il vestito, invece, l'avevo portato per il funerale, ma non è servito. È quello che uso per i concerti».
«Non è un po' sexy per i concerti?»
«Di solito ho un bolerino, sopra, ma stasera fa caldo. Comunque, grazie».
«E di che?»
«Per il "sexy"».
«Mi riferivo all'abito, Angelica».
«Sarà come dici tu».
«Meglio se andiamo».

Più ci avviciniamo a Milano, più il traffico aumenta. Tra una partita di calcio e un grosso concerto, la città è congestionata e ci muoviamo a passo d'uomo; quando raggiungiamo il centro, sono le dieci passate.
«È molto lontano il caffè?», mi domanda Angelica infilandosi i sandali, una volta parcheggiato.
«Più centrale di così non c'è nulla, ma due passi tocca farli».
Regolo la mia andatura con quella di Angelica: la sua falcata scattante stasera è lenta e precaria, con i tacchi a spillo che le si incastrano dappertutto.
«Reggiti», le dico porgendole il braccio.
«Che galante».
«Non è galanteria, è che a questa velocità rischiamo di arrivare domattina. Già siamo fuori tempo massimo».
La piazza del Duomo è gremita, complice la serata dal clima perfetto, dunque a ostacolarci non ci sono solo i sandali altissimi di Angelica, ma anche tutti i capannelli di persone

che riempiono ogni spazio disponibile e fanno sembrare la Galleria lontana chilometri.

«Ci siamo quasi», ripeto come un disco rotto.

«Lo hai detto anche cinque minuti fa».

«Sì, è che negli ultimi cinque minuti avremo fatto in tutto sei metri».

«Sei metri, percepiti sei chilometri. Meno male che ero io a rallentarci».

Il motivo della folla è presto spiegato. C'è una troupe che sta girando la scena di un film e tutti i curiosi sono assiepati a guardare.

«Non ci credo!». Angelica mi strattona, fermandosi a sua volta. «Quello è Royce DeShawn! È stupendo».

«Chi?», chiedo.

«L'attore! Non lo vedi?!», indica un punto vago. «Negli ultimi tre anni è letteralmente esploso. Ma dove hai vissuto fino a ora?».

La risposta potrebbe essere complicata. «Mi piacciono i vecchi film».

«A me piacerebbe tanto comporre per il cinema», sospira.

«Va bene, passiamo alle cattive». Senza troppi preamboli, sollevo Angelica caricandomela in spalla di peso.

«Nick! Accidenti! Sei impazzito?»

«Sono venuto a Milano per incontrare Royer per *te*, e adesso ci andiamo. Permesso, devo passare».

Non è elegante agire di prepotenza, ma quando ci vuole, ci vuole.

Punto all'ingresso della galleria Vittorio Emanuele, anch'essa gremita, e raggiungo l'antica caffetteria con le insegne nere con su scritto "SAVINI" a caratteri dorati.

Lì, finalmente, riappoggio a terra Angelica e vado dal responsabile di sala. «Buonasera, siamo qui per il simposio di Pierluigi Royer», dico.

«Temo siate in forte ritardo, il simposio è ormai giunto al termine. Inoltre, dalla lista degli invitati non manca nessuno, dunque chiunque fosse previsto si è regolarmente presentato».

«Forse possiamo comunque avere un tavolo nelle vicinanze del loro?», butta lì Angelica.

«Gli incontri si svolgono nella sala delle prime, è riservata in esclusiva», risponde impassibile lui.

«Potrebbe dirgli che ci manda la professoressa Nigel, dell'Università di Padova?», suggerisco. «Si conoscono».

«Farò un tentativo. Attendete un istante».

«Ehi, Nick, guarda qui!», esclama Angelica esaltata indicando un papiro incorniciato. «In questo caffè venivano a cenare Verdi, Puccini, Mascagni, Toscanini... Maria Callas! Io li ho studiati!».

«Speriamo di non restare sulla soglia, allora».

Il responsabile di sala torna da noi, scuotendo il capo. «Spiacente. La professoressa Nigel non ha confermato la sua presenza e comunque gli inviti non sono cedibili».

«E se dicesse a Royer che c'è la figlia del barone Arrigo Martinis?»

Quello sospira e alza gli occhi al cielo. «Non mi sembra il caso».

«Ma lo conosce, mi creda».

«E come ho già detto, il simposio è ormai terminato».

«Scommetto che se sapesse che sono stata qui ma nessuno glielo ha detto, se ne avrebbe molto a male», insiste Angelica con piglio strafottente.

«Non vorrà certo mettere a rischio un evento fisso così prestigioso?», la seguo a ruota.

«Ascoltate, a meno che voi non contattiate Pierluigi Royer in persona e lo facciate dire a lui che siete ammessi al simposio, io non sono assolutamente autorizzato a farvi salire. Non è una questione di scortesia, ma come tutti i locali abbiamo delle regole. Sono certo che se prenderete accordi, e lui ha tanto a cuore la conoscenza col barone Martinis...».

«Barone Martinis? Arrigo Martinis?», chiede una terza voce. Dalla scala è appena sceso un uomo anziano e distinto, altissimo e magro, con un paio di occhialini sottili e dorati calati sulla punta del naso.

«Dottor Royer, sono spiacente, ho già spiegato che la sua serata è a numero chiuso e…».

Dunque Pierluigi Royer in persona è davanti a noi. Si avvicina e scruta prima me e poi Angelica.

«Tu devi essere Roberto, allora? Sono anni che non sento più tuo padre. Come sta Arrigo?», domanda tendendomi la mano.

«Arrigo in realtà è mio padre», interviene Angelica. «Ed è morto di recente».

«Le mie umili scuse e le mie più sentite condoglianze. Abbiamo condiviso molto tempo insieme», la saluta con un piccolo inchino.

«Io sono Nick Montecristo, consulente di case d'asta, lei è Angelica Goodwin Martinis».

«È un piacere conoscervi, ma stavo andando via… magari vediamoci in un'altra occasione».

«Con noi c'è anche un'altra ospite». E così dicendo, sfilo dalla mia tracolla il *Salve Deus* di Emilia Lanier. Angelica mi guarda sbalordita. «Che dice, dottor Royer, la facciamo accomodare? Sa, la signora ha una certa età».

Royer fa segno di seguirlo. «Paolo, ti rubo la sala per un altro po', non ti dispiace, vero? Solo per stasera. E magari ci porti un po' di pralineria assortita».

Il responsabile di sala sospira e cede alla richiesta.

«Di sopra», dice facendoci strada.

«Chiedo scusa, Royer è un cognome di origine francese, giusto?»

«Sì, della Normandia, ma arrivato in Inghilterra con Guglielmo I. Mio padre era di Pevensey ma aveva un debole per le donne italiane».

«Grazie per averci ricevuto», dice Angelica.

«Il fantasma di Arrigo sarebbe venuto a infestarmi la

casa», ridacchia. «Piuttosto, posso chiedere come mai siete qui? Conoscete Clemence Nigel, se ho capito bene».

«Sì. Siamo stati a Padova da lei a confrontare il *First Folio* di Arrigo con quello conservato alla biblioteca dell'università per accertare che sia autentico», spiego.

«Lo è senza ombra di dubbio», commenta lui con uno sbuffo divertito.

Mentre saliamo, Angelica si accosta a me. «Hai rubato il *Salve Deus*!», mi accusa sottovoce. «Sei impazzito?! Vuoi farci denunciare?!».

«Non l'ho rubato, l'ho preso in prestito. Lo restituirò prima che si accorgano che è sparito».

«Fai come vuoi ma lasciami fuori da questi traffici, ho già abbastanza casini di mio».

«Tutto bene?», ci chiede Royer, stranito.

«A meraviglia», rispondiamo io e Angelica all'unisono.

Entriamo in una sala dalle tappezzerie eleganti e sediamo intorno a un grande tavolo dove, davanti alle sedie vuote, giacciono abbandonati i resti della cena, dessert avanzati e bicchieri mezzi vuoti.

«Ditemi tutto», inizia Royer dopo che ci siamo accomodati.

«Vorremmo sapere da lei che ricerche ha fatto con mio padre. Sul *First Folio* che ha acquistato è impresso lo stemma dei Bassano, la famiglia di Emilia Lanier. La professoressa Nigel ci ha detto che la poetessa potrebbe essere stata la famosa "dark lady", l'amante di Shakespeare, ma poi non ha approfondito oltre».

«È qui che la professoressa Nigel sbaglia. Emilia Bassano Lanier non era l'amante di Shakespeare». Royer scuote il capo, lasciandosi sfuggire un lungo sospiro. «Emilia Bassano Lanier era Shakespeare».

«Cosa?!», domandiamo io e Angelica.

«Spero non siate di fretta e che abbiate voglia di sentire una storia».

36

Passato

«Questo è tuo», mi dice Giles riconsegnandomi l'orologio, dopo aver regolato l'ora. «A Farias avrebbe fatto piacere che tu lo usassi».

«Una curiosità. Quel codice, 1225, aveva un significato?», chiedo riallacciandolo al polso.

«Venticinque è venticinque. Dodici sta per dicembre».

«Natale, il giorno della nascita di Gesù», collego. Ora mi sembra così ovvio.

«Andiamo, adesso che hai il denaro è il momento di rimetterti in sesto. Non te ne puoi andare in giro conciato così».

«Così come?»

«Con dei vestiti che sembra ti siano caduti addosso per sbaglio».

Giles mi accompagna a fare il check-in in un albergo – non uno qualsiasi, un quattro stelle superior con gli uscieri in divisa – dopodiché, senza neanche darmi il tempo di sistemarmi in camera, mi trascina dal barbiere.

«Taglia», ordina. «Aspetto ordinato, pulito, preciso».

«I capelli non mi piacciono troppo corti», obietto.

«Imparerai a farteli piacere», ribatte. «Anche la barba: fattela ogni mattina. E alla sera, se vieni invitato a eventi formali».

«C'è questa possibilità?», chiedo scettico.

«Sì, altrimenti non te lo direi». Mentre sono appoggiato al

lavatesta, Giles mi afferra il polso sinistro ed esamina le mie mani. «Serve una manicure, qui».

«Posso scegliere il colore dello smalto?»

«Spiritoso. Le mani sono un biglietto da visita, devono essere sempre impeccabili».

«Ma è necessario tutto questo?»

«I tuoi lavori ti metteranno a stretto contatto con le persone più facoltose d'Europa, la prima impressione è determinante e, sulla base di essa, decideranno come porsi nei tuoi riguardi. Ogni dettaglio fa la differenza».

Al salone di bellezza, anche Giles si fa limare le unghie nella postazione accanto alla mia, disinvolto come fosse un'abitudine.

«Sarto, hai il disperato bisogno di un sarto», decreta. «Non credo avremo il tempo di farti cucire dei completi su misura, ma per cominciare basteranno dei preconfezionati».

«Spenderò una follia», protesto seguendolo per le strade del granducato.

«Investi sulla tua immagine, ne sarai ripagato».

Giles è di casa anche alla sartoria dove il proprietario, Jean-Marc, chiude addirittura il negozio al pubblico per noi.

«*Sacré Dieu*!», sbuffa guardandomi. «*Qu'est-ce que c'est*?». Tasta la consistenza della camicia e ritrae subito le dita, disgustato. «Poliestere. Questa è buona per accendere il camino».

«Gli servono sette completi tre pezzi, uno per giorno; uno smoking; tre spaiati informali. Scarpe abbinate», ordina Giles.

«Corredo standard». Jean-Marc annuisce. Potrebbe tranquillamente ritirarsi in pensione ma vedo da come si accendono i suoi occhi alla richiesta di Giles che lui esalerà il suo ultimo fiato qui dentro. «Mettiti sul piedistallo, giovane, ti prendo le misure così da preparare tutto della taglia giusta. Da oggi non indosserai altro al di fuori della lana d'inverno, e del lino d'estate, camicie di cotone, cravatte di seta e giacche di cachemire. Chiaro?»

«Chiaro», confermo.

«Sai farti il nodo Windsor?», mi domanda in tono d'esame.

«Non ne ho mai avuto bisogno».

Lui prende una cravatta azzurra e me la porge. «Tieni, impara. Allenati finché non sarai in grado di annodarla a occhi chiusi». Poi guarda Giles. «Fermacravatta e gemelli glieli diamo?»

«Il kit completo, Jean-Marc», decreta lui.

«Allora, prendo anche le pochette da taschino».

Jean-Marc sparisce nel retro e Giles si piazza davanti a me e mi mostra la sequenza di gesti per legare la cravatta.

«Non è un tantino eccessivo tutto questo?», gli chiedo, per poi abbassare la voce. «Anche perché, diciamoci la verità, dopotutto si parla di fare il ladro».

«Ma tu non sei un ladro che entra dalla finestra, sei un ladro che passa dalla porta principale e a cui verrà offerto anche il caffè».

«Per quanto denaro mi abbia lasciato Farias, credo che tra alberghi di lusso e sartoria, non basterà a lungo».

«È qui che sta l'errore: Farias non ti ha lasciato proprio nulla, se non l'orologio. Il denaro è un prestito. Senza interessi, certo, ma un prestito. Restituirai quanto da te speso con i tuoi guadagni. Con calma, non c'è fretta e comunque ti rimarrà abbastanza da avere presto dei soldi tuoi, al netto della mia commissione».

«Commissione?». Questa informazione mi mancava.

«Il trenta per cento dei tuoi compensi».

«Quanto?!»

«Se ti sembra molto, puoi cercarti gli incarichi da solo, Nick». Giles stringe il nodo fino quasi a levarmi il respiro.

«È che non so come funziona il sistema».

«Io proteggo i tuoi interessi economici e procaccio gli ingaggi».

«Quindi lei è tipo il mio agente?»

«Se ti piace l'idea, vedila così. E, in questa veste, ti do un consiglio prezioso: non fare mai più di quanto pattuito con il cliente. Si stabilisce cosa devi "recuperare", si concorda la cifra e più di quello tu non fai. Altrimenti succedono due cose. Primo: i committenti si abituano a ricevere un servizio gratis che col tempo considereranno un diritto acquisito. Secondo: abbassi il tuo valore di mercato, perché significa che ciò che fai dietro retribuzione in realtà potresti farlo per nulla».

«Niente extra, ricevuto».

«Ora fammi vedere se hai imparato a fare il nodo».

Il primo tentativo è un fallimento, il secondo passabile, il terzo è un Windsor perfetto.

Non so che fine facciano i vestiti con cui sono arrivato, ma non li rivedo più. Quando il sarto dà gli ultimi ritocchi al completo blu che indosso, facendo cadere spalle della giacca e riga dei pantaloni esattamente a piombo, quello che vedo nello specchio mi lascia sconvolto.

Io posso essere *questo*?!

«Ricordati», esordisce Giles affiancandomi, un'espressione soddisfatta in volto. «Chi dice che l'abito non fa il monaco non è mai stato a Monaco».

«E io ci andrò?»

«Ci puoi giurare, che ci andrai».

Stiamo per uscire diretti a cena, quando l'occhio mi cade sulla vetrinetta del bancone di Jean-Marc e su un paio di guanti bianchi con le cuciture sul dorso a tre punti, con spacco sul palmo e chiusi da un bottone d'argento. «Prendo anche quelli», dico. «Due paia».

«Mi hai preso sul serio, eh, riguardo a Monaco?», commenta Giles in tono ironico. «La famiglia reale però non rientra tra i nostri clienti».

«Non è per la famiglia reale», ribatto indossando un guanto per provarlo. «È per viaggiare. Non mi piace toccare i mezzi pubblici».

37

Presente

Uno dei camerieri posa sul tavolo un portagioie. Aprendolo, rivela al suo interno una selezione di piccola pasticceria che normalmente farebbe commuovere Angelica, tuttavia la sua attenzione è tutta su Royer.

«Come fa una prost… una cortigiana onesta», si corregge subito, memore della bacchettata presa dalla professoressa Nigel, «a *essere* Shakespeare?»

«Bisogna cominciare dalla sua nascita. La famiglia di Emilia era originaria di Bassano del Grappa; lì era conosciuta come Piva, e i suoi erano costruttori di strumenti musicali e compositori. Di fede ebraica, i familiari di Emilia furono costretti a lasciare la città nel 1524 perché i residenti votarono a favore dell'espulsione di tutti gli ebrei. Si trasferirono nella più vivace Venezia, dove però si trovarono di fronte a un problema: abitare nel ghetto li avrebbe obbligati a rispettare il coprifuoco, impedendo loro di uscire durante le ore serali».

«Ed essendo musicisti, avrebbero perso guadagni, senza poter suonare alle feste», osservo io.

«Infatti», conferma Royer. «Decisero dunque di stabilirsi a Est, appena fuori da esso, così da poter lavorare, tuttavia stare fuori dal ghetto significava non poter seguire la propria fede e dunque si convertirono – anche se molto probabilmente, come altri, continuarono a praticare l'ebraismo in segreto – e cambiarono il loro nome in Bassano, dalla loro città di provenienza».

«Anche le donne Bassano erano musiciste?», chiede Angelica.

«Le donne no. Bassano, a quel tempo, era uno dei maggiori centri europei di produzione della seta, di una qualità tale da essere leader nelle esportazioni. Se gli uomini della famiglia lavoravano nel settore musicale, le donne invece erano impiegate in quello manifatturiero della seta e a Venezia la loro abilità ed esperienza erano preziose. È probabilmente per questo motivo che la famiglia consolida i primi legami con la corte inglese, che periodicamente acquista grandi quantità di seta per soddisfare i fabbisogni di dame e regine».

«E trattandosi della corte di Enrico VIII, parliamo di un sacco di dame e un sacco di regine», ribatto io.

«Quindi con un forte fabbisogno di seta e intrattenimento», continua Royer. «Re Enrico nel 1539 recluta l'intera famiglia Bassano perché si stabilisca a Londra. Dunque i sei fratelli – Antonio, Giacomo, Alvise, Gaspare, Giovanni e Battista – lasciano l'Italia per diventare i suoi musici di palazzo».

«Emilia non è ancora nata?», chiede Angelica.

«Nasce nel 1569, sotto il regno di Elisabetta I, e cresce nel borgo di Spitalfields, dove la famiglia ha preso casa. Forse non il quartiere più adatto per una bambina, ma di sicuro stimolante poiché si trova a pochi passi da almeno sei teatri».

«E dunque anche da taverne e prostitute», aggiungo.

«Ambiente discutibile ma fondamentale per il prosieguo dell'attività di famiglia. Emilia cresce a pane, musica e teatro e senz'altro viene istruita nella lavorazione della seta perché comunque è una femmina, il mondo dello spettacolo non rappresenta un'alternativa per lei».

«Ovvio», sbuffa Angelica a bocca piena, dato che finalmente ha dato l'assalto allo scrigno dei dessert.

«Un mestiere pratico era ciò che serviva, dato che l'attività musicale era sempre meno fiorente e che Spitalfields era denso di manifatture tessili. Emilia ha sette anni quando il padre muore e tocca decidere del suo futuro: tessitura o istruzione? Per fortuna della letteratura e del mondo intero, sua madre è benvoluta dai fratelli Vaughan, proprietari del setificio per cui lavora, che suggeriscono di affidare Emilia alle cure e all'istruzione di una loro cara amica e cliente: Susan Bertie, la contessa di Kent».

«Cioè, già è orfana di padre e l'allontanano pure dalla madre?!». Angelica è indignata.

«Nel sedicesimo secolo era costume mandare i figli fuori casa proprio a quell'età. L'offerta del patrocinio di una contessa dev'essere parsa un miracolo alla madre di Emilia». A Royer piace parlare e sembra che gli piaccia ancora di più quando gli pongono domande. «Susan Bertie ha ventidue anni, vedova da tre, e vive insieme alla madre, la duchessa di Suffolk, una studiosa e fervente attivista protestante. Per farvi capire il calibro della rete sociale in cui stava per inserirsi Emilia, la duchessa di Suffolk è stata l'ultima moglie di Charles Brandon, amico fraterno di re Enrico VIII. Qualunque madre avrebbe dato il braccio destro per assicurare alla propria figlia una tutela così prestigiosa».

«Messa così, anche io provo una certa invidia», commento.

«Dalla contessa di Kent, Emilia riceve un'istruzione riservata alla più ristretta élite: storia, matematica, geografia, latino, greco, retorica, letteratura, e ha a disposizione una ricca biblioteca. Accompagna spesso a corte Susan Bertie, dato che la regina Elisabetta teneva vicine a sé le giovani vedove titolate al fine di concludere matrimoni vantaggiosi per loro e per la Corona, dunque la nostra eroina studia anche etichetta di corte».

«Per quanti anni Emilia rimane sotto la tutela della contessa?», domando.

«Fino al 1582, quando questa si risposa, dunque ha i propri doveri coniugali di cui occuparsi; inoltre, Emilia ha tredici anni, quindi è considerata maggiorenne per l'epoca. Accade dunque che il fratello della contessa debba recarsi in missione diplomatica alla corte di Danimarca e decida di aggiungere la giovane protetta al suo seguito; ciò dà la possibilità a Emilia sia di espandere ulteriormente i propri orizzonti – alla corte danese, peraltro, risiede anche l'astronomo Tycho Brahe – sia di posticipare le decisioni circa il suo futuro. Quando però sua madre muore, Emilia, diciottenne, non può più tergiversare…».

«Desiderate un caffè?», ci domanda un cameriere, notando che Angelica ha spazzolato tutti i pasticcini.

«Ce ne porti tre, il mio corretto, come sempre», ordina Royer, senza attendere le nostre risposte. «Dicevamo: Emilia ha un'istruzione aristocratica ma è priva di titoli e, cosa più grave, di una dote. Morale: è troppo in alto per sposare un *commoner*, ma troppo in basso per sposare un nobile. I tempi però offrivano un'alternativa alle donne come lei».

«Diventare cortigiana onesta», dico citando la professoressa Nigel.

«E non di un uomo qualsiasi, bensì di quello più vicino alla Corona: Lord Henry Carey, primo barone di Hunsdon, il cugino-fratellastro della regina Elisabetta I. Oh, grazie». Royer s'interrompe per bere il suo caffè, mentre il mio lo prende Angelica, che se ne scola due.

«Enrico VIII è stato un re dalle tante mogli e pure dalle tante amanti. Quando il suo matrimonio con Caterina d'Aragona giunge ai ferri corti, posa gli occhi su Maria Carey Bolena, che insieme alla sorella Anna fa da dama di compagnia alla regina».

«Oh, sì!», esclama Angelica. «Ho visto *I Tudor*. Enrico e Maria restano amanti per alcuni anni, complice anche la famiglia Bolena che, con una figlia nel letto del re, ambisce ad accumulare potere e denaro. Maria resta incinta e durante la gravidanza che la confina a letto, Enrico s'innamora dell'affascinante e inaccessibile Anna che, a differenza della sorella sposata, è ancora vergine, e per lei la famiglia punta a un matrimonio di rango», recita tutto d'un fiato, orgogliosa.

Royer sorride compiaciuto. «E il bambino nato da quella relazione clandestina, terminata poi in fretta per il subitaneo invaghimento di Enrico per Anna, viene battezzato sì col cognome Carey, ma come tutti i bastardi reali sarà sempre tenuto vicino al trono, anche perché i figli maschi, seppur illegittimi, sono la dimostrazione che il re può avere eredi. Enrico poi sposa Anna e dalla loro unione nasce la futura Elisabetta I, che manterrà sempre al suo fianco quello che è sia un cugino che un fratellastro, attribuendogli la carica di Lord Ciambellano e barone di Hunsdon».

«Ma se non sbaglio i calcoli, Hunsdon è nato prima del 1530 ed Emilia nel 1569, dunque avevano quasi quarant'anni di differenza», intervengo dubbioso.

«Quindi lei ha vent'anni e lui sessanta?», mi fa eco Angelica disgustata.

Royer alza il palmo verso l'alto. «Oggi forse farebbe scalpore, ma ricordiamoci che parliamo di cinque secoli fa. Giudicare quei tempi con i criteri odierni non porterebbe a nulla. In ogni caso, per Emilia accettare di accompagnarsi a Hunsdon è vantaggioso tanto quanto lo è stato per Maria Bolena con Enrico. Hunsdon è sposato, ma lui e la moglie vivono in case separate. Era consuetudine dividere il tetto con l'amante, e a Emilia non saranno mancati agi e privilegi».

«Praticamente il suo sugar daddy», ridacchia Angelica, guadagnandosi un'occhiataccia di Royer. «Scherzo».

«Hunsdon, inoltre, è il mecenate della compagnia teatrale di corte, la Compagnia del Ciambellano, appunto». Royer ora ci guarda come se ci invitasse a unire i puntini. «Il trampolino perfetto per chi desidera scrivere opere teatrali».

«E lui non si fa troppi problemi ad assecondare l'amante con aspirazioni da drammaturga», concludo.

«Hunsdon è appassionato di falconeria, di botanica, lavora come ambasciatore, ed è plausibile che trasferisca a Emilia alcune delle sue nozioni. Del grado di felicità di questa relazione non è dato sapere, ma alla fine del 1592 Emilia rimane incinta e, poiché sarebbe uno scandalo tremendo se un lord già sposato convivesse con l'amante gravida, si decide di farle contrarre un matrimonio di facciata. Per Emilia viene scelto Alfonso Lanier, un suo cugino…».

«Tutto in famiglia», mormora Angelica, ma per fortuna Royer non la sente.

«Hunsdon provvede economicamente a Emilia, anche se purtroppo il marito ha le mani bucate e, complice lo stile di vita stravagante, i due sono quasi sempre al verde».

Angelica sbatte le palpebre stupita. «Ma come è possibile?»

«Vivere di scrittura era difficile tanto all'epoca quanto lo è oggi. Inoltre, al tempo le donne nemmeno potevano pubblicare, motivo per cui le entrate di Emilia, dato che il marito è un incapace, dipendono ancora dalla generosità dei suoi amanti. Uno di questi è il conte di Southampton, Henry Wriothesley».

«Quello che secondo la professoressa Nigel potrebbe essere il vero autore delle opere di Shakespeare», noto.

«Sono state fatte molte ipotesi su chi fosse davvero Shakespeare: alcuni sostengono che fosse lo stesso Christopher Marlowe, come se non avesse avuto già una sua carriera e non fosse morto molto prima che tante opere di Shakespeare vedessero la luce; altri sono convinti che fosse Edward de Vere, conte di Oxford; altri ancora pensano che fosse Henry Wriothesley, conte di Southampton; qualcuno perfino la regina Elisabetta stessa. Sebbene tutti loro disponessero della cultura necessaria per scrivere l'opera del Bardo, erano persone prive del tempo per dedicarsi a una così sterminata produzione. Emilia, invece, aveva entrambi, inoltre, cultura a parte, era l'unica che poteva provare un così spiccato attaccamento all'Italia. Ben tredici opere sono ambientate nel Bel Paese. Pensate a questi titoli e ditemi cos'hanno in comune: *Romeo e Giulietta*, *I due gentiluomini di Verona*, *La bisbetica domata*, *Il mercante di Venezia* e *Otello*». Royer ci guarda in attesa.

«Verona, Padova, Venezia», elenco le città in cui si svolgono le storie.

«Si trovano tutte in Veneto», mi fa seguito Angelica.

«Che è la terra d'origine di Emilia», annuisce lui soddisfatto. «Né Wriothesley, né de Vere, né Marlowe, pur con tutte le loro conoscenze, avrebbero potuto maneggiare tali contesti senza un'esperienza di prima mano. Nel Cinquecento non avevano internet, le informazioni non erano a portata di clic; certe cose o le sapevi o non le sapevi. Se la prima regola di un autore è scrivere di ciò che conosce, basta unire i puntini: Emilia riceve una formazione classica, e nella produzione shakespeariana troviamo *Giulio Cesare*, *Antonio e Cleopatra*, *Tito Andronico*. Poi, passa lunga parte della sua giovinezza con il fratellastro della regina, un Tudor. È un caso forse che i drammi storici ricostruiscano l'ascesa al trono della dinastia da *Enrico* IV, V, VI, *Riccardo* III fino a *Enrico* VIII? Infine l'Italia, tanta Italia e tanto Veneto. Emilia è l'unica che può conciliare ogni aspetto».

«Emilia Bassano», mormoro cogitabondo. «Emilia, come la moglie di Iago in *Otello*. Bassano, come il nobile Bassanio de *Il mercante di Venezia*. Potrebbe aver messo sè stessa sotto traccia nelle opere?».

Royer mi strizza l'occhio. «Vedo che stai iniziando ad accendere le luci».

«Ma se il *Salve Deus* riesce a pubblicarlo a suo nome, perché non farlo anche con le opere teatrali?», chiede Angelica indicando il volume posato tra noi come se volessimo evocare lo spirito della stessa Emilia.

«Le opere di carattere sacro e religioso erano le uniche concesse alle donne. Il teatro era ancora ritenuto immorale, per loro».

«Ma che fine fa, dopo?», chiedo, ormai rapito dalla sua teoria.

«Nel 1613 Emilia rimane vedova e, guarda caso, è anche lo stesso anno in cui vanno in scena gli ultimi due lavori di Shakespeare. È una donna sola, senza mezzi economici e piena di debiti lasciati dal marito. A quarantaquattro anni non ha più nemmeno l'età per attrarre ricchi amanti dunque fa quello che, allora come oggi, fanno tanti autori per vivere: apre una scuola. Purtroppo è sempre indietro con l'affitto e per morosità viene addirittura arrestata due volte, e la scuola chiude nel 1619. Qualcuno sospetta che l'idea di pubblicare il *First Folio* sia motivata dalla necessità di racimolare denaro in un momento di forte bisogno».

«Saggio», commenta Angelica. «Figurarsi se avesse saputo quanto vale oggi quel *First Folio*».

«In seguito, il figlio la rende nonna di due bambini, per poi morire nel 1633, lasciando alla nostra ex poetessa sessantaquattrenne la tutela dei due nipoti. Da qui in poi ne perdiamo le tracce fino all'estremo saluto nel 1645, quando muore in povertà e viene seppellita nella chiesa di St James, a Clerkenwell, in una tomba senza nome».

«Se tutto questo è vero, significa che Shakespeare è una… truffa?», chiede Angelica. «Era questo che mio padre voleva dimostrare?»

«Inizialmente sì, ma poi si è messo in testa di ritrovare le due opere mancanti, di cui oggi noi conosciamo l'esistenza ma che sono andate perdute: *Cardenio* e *Pene d'amor vinte*».

«Perché non sono nel *First Folio*? Emilia era viva quando è stato composto, avrà avuto una copia delle sue opere!», esclama Angelica.

«Questione di diritti, forse non era riuscita a riscattarne il possesso. È accaduto anche per *Troilo e Cressida*: il titolo non figura nell'indice perché quella pagina è stata stampata quando ancora non se ne possedevano i diritti; quando poi sono stati riottenuti, la tragedia è stata inserita senza aggiornare l'indice. Troppo costoso».

«E come ha aiutato Arrigo, esattamente?», chiedo io.

«Tramite una catena di conoscenze sono riuscito a rintracciare una persona in cerca di collezionisti a cui vendere degli antichi manoscritti. Walter Bancroft svuotava case e negli anni ha riportato alla luce ogni tipo di tesoro, lo chiamavano "l'Indiana Jones delle soffitte". È stato lui a indirizzarci verso una giovane musicista sprovveduta di Gravesend che gli aveva dato libero accesso alla casa di famiglia, dato che sarebbe stata venduta dopo che erano morti i suoi...».

«Scusi», lo ferma Angelica, all'improvviso. «Sa il nome di questa musicista di Gravesend?».

Royer si stringe nelle spalle, sbuffando. «Mah, così su due piedi non ricordo. Era una cantante d'opera, i libri che aveva erano quasi tutti a tema lirica e storia della musica».

«Un soprano?», lo incalza lei, insistente.

«Non ne ho idea. Forse si chiamava Anne. Annette. Perché?»

«Annabel Goodwin, magari?», lo imbecca.

Lui annuisce. «Sì, Annabel Goodwin, o qualcosa del genere. Ma parliamo di vent'anni fa, è tutto sfocato».

«Ventuno», precisa lei con piglio deciso. «Annabel Goodwin, di Gravesend, era mia madre».

Lo sguardo di Royer si accende. «Be', immagino allora che Arrigo abbia trovato anche più di quel che cercava».

«E le ricerche che fine hanno fatto?», m'intrometto io.

«Dopo di allora con me non si è fatto più vivo. Mi chiamava cinque volte al giorno, e poi più nulla, all'improvviso. Posso solo desumere che la sua curiosità sia stata soddisfatta. In ogni caso aveva pagato il mio disturbo, dunque non avevo ragioni per insistere nel contattarlo. Il mio unico rammarico è che non abbia voluto condividere la scoperta di *Cardenio* e *Pene d'amor vinte*, qualora davvero sia avvenuta: la storia sta aspettando che questi due tasselli vadano al loro posto».

«Secondo me li ha recuperati», concludo. «Ma dove sono? Nello studio non li ho visti e nel nascondiglio in cui aveva riposto il *First Folio* non c'era altro».

«E non ha detto a nessuno come trovarli», specifica Angelica.

«Non mi stupisce, Arrigo amava i suoi segreti», commenta Royer con un sorrisetto. «Ma credo che vi abbia anche fornito il modo, se aveva davvero intenzione di farveli trovare».

38

Presente

Royer ci lascia facendoci promettere di restituire alla luce le due opere di Shakespeare qualora siano state trovate da Arrigo e se ne va.

«Credo che mio padre abbia conosciuto mia madre proprio durante le ricerche delle opere perdute di Shakespeare. E quelle opere, senza saperlo, le possedeva lei», riflette Angelica mettendo insieme i pezzi.

«Ammesso che siano ancora alla villa», aggiungo.

«Quel biglietto con scritto "1/3" è un indizio per me. Papà non voleva lasciarmi solo il *First Folio*, voleva farmi trovare *Cardenio* e *Pene d'amor vinte*», continua lei sempre più carica. Quei due caffè non sono stati una buona idea.

«Può darsi, ma qualunque ricerca sia necessaria, dovresti effettuarla nella villa, dove non puoi entrare».

«Puoi entrarci tu», ribatte con convinzione.

«Io? Non è il mio lavoro. E per quanto riguarda i favori, stasera te ne ho già fatto uno», le rispondo, mentre camminiamo fianco a fianco uscendo dalla Galleria.

«E qual è il tuo lavoro?»

«Dovevo trovare il *First Folio*, verificarne l'autenticità e valutarlo per Roberto. Questo è quanto».

«Non me la bevo più, Nick», mi contesta Angelica. Ancora, come all'andata, è agganciata al mio braccio per reggersi sui tacchi. «Scassini serrature, rubi auto, libri antichi...».

«Ancora? Ti ho detto che il *Salve Deus* l'ho preso in prestito».

La piazza del Duomo ora è quasi vuota, e senza gente sembra perfino piccola, con la pietra bianca della cattedrale che, illuminata dalla luna, buca il blu della notte.

«Scusate?», ci chiama una ragazza. Si avvicina a noi e noto che al collo ha una grossa fotocamera. «Mi chiamo Petra, vengo da Madrid e sono una fotografa. Posso chiedervi una piccola cortesia? Sto facendo delle notturne alla piazza e sarebbe bello avere anche una coppia nell'inquadratura per dare equilibrio alla composizione, altrimenti sembra una cartolina. Vi andrebbe di posare per me?»

«Siamo di fretta», rispondo io.

«Va bene», mi parla sopra Angelica.

«Questa pagliacciata è durata anche troppo», le intimo.

«Ma, dai! È carino! E poi cosa ti costa farle un favore?!», insiste.

«Non puoi trovare qualcun altro?», domando alla fotografa.

«Sì, ma voi siete i più eleganti».

«Hai sentito? Siamo i più eleganti! Su, due minuti», interviene Angelica. E lo fa. Lo sguardo da cerbiatta. Accidenti.

«Andranno su internet queste foto?», mi informo. Ci manca solo che l'Interpol mi veda passeggiare per piazza del Duomo come se nulla fosse.

«Be', sì, io le vendo ai giornali, ma non si vedranno le vostre facce. Sarete più che altro delle sagome», mi rassicura.

«Allora?». Angelica non molla.

«Va bene», sospiro esasperato. «Giusto due scatti, però».

«Sarò velocissima», conferma la ragazza già svitando il tappo dall'obiettivo. «Datemi le borse, le do al mio assistente insieme alla mia attrezzatura. La prima inquadratura mi piacerebbe farla con voi di spalle, che camminate mano nella mano verso il Duomo».

«Guarda tu che mi tocca fare», borbotto eseguendo la richiesta.

Io e Angelica, il suo palmo sinistro stretto nella mia destra, passeggiamo in direzione della cattedrale, con lei che fa dondolare il braccio avanti e indietro.

«L'abito da sera creerebbe un gioco di movimento interessante se facessi piroettare la tua fidanzata».

«Non è la...», sto per correggere la fotografa.

«Fammi piroettare, su», m'interrompe Angelica.

«Dopo questa basta, però», decreto lapidario.

«Sì, certo. Piroetta. Ora».

Angelica gira su sé stessa, con le dita che s'intrecciano alle mie mentre la faccio volteggiare, e l'abito in effetti si allarga intorno alle sue gambe in un'onda d'argento. Non so cosa sia, se la sua bellezza, la sua energia o la sua sfrontatezza, ma quel qualcosa riesce a intercettare il mio punto debole e a farmi obbedire a ogni sua richiesta.

«Ora potreste abbracciarvi? Scatto una posa da sotto in su».

Prima ancora che riesca a dire no, mi trovo con le braccia di Angelica intorno al collo, il suo viso a una spanna dal mio. «Fai pure come vuoi», commento, sarcastico.

«Chi sei?», mi domanda. La sua voce è un sussurro ma quelle due parole mi colpiscono secche come una fucilata.

«Lo sai».

«So quello che mi hai raccontato».

«E non ti basta?»

«Le bugie fanno morire di fame, raccontami la verità. Se non me la dici tu, ci arriverò comunque da sola. Che tu non sia un consulente per case d'asta ormai ne ho la certezza. O pensi che sia stupida?»

«Non sei stupida».

«E allora non trattarmi come se lo fossi. Chi sei, Nick?». Mi fissa con i suoi enormi occhi così scuri che quasi non distinguo l'iride dalla pupilla, come quelli di un rapace notturno. Il piglio sicuro ed esigente è scomparso e ora la sua domanda suona più come una preghiera.

«Ti aiuterò a trovare le opere di Shakespeare che tuo padre ti ha lasciato».

«Non hai risposto alla mia domanda».

«La risposta non è più importante di quello che ti posso offrire». Non riesco a dirle di no, ma la verità non è alla sua portata.

«Accetto la tua offerta».

«Com'è facile distrarti», la prendo in giro.

«Credo che per te non sia un grosso sforzo distrarre una donna, quando è stretta tra le tue braccia».

«In realtà non ti sto stringendo», le faccio notare, le mie braccia ancora stese lungo i fianchi.

«Perché non ricambi la stretta, allora?»

«È meglio di no».

«Non ti piaccio?», la sua raffica di domande è un tiro incrociato.

«Cazzo, Angelica, se mi piaci…». Il cedimento è vicino.

«E allora, stringimi anche tu», mormora solleticando la mia coscienza cattiva, e le mie mani salgono alla sua vita, cingendola.

«Così, ottimo», commenta la fotografa alle mie spalle.

«Contenta?», chiedo ad Angelica.

«Cosa ti piace di me?»

«Non la smetti mai di fare domande?»

«Se non vuoi dirmi nulla di te, ti chiedo tutto il resto», insiste. «Cosa ti piace di me?»

«I tuoi occhi».

«Solo?»

«E i tuoi capelli».

«E poi?»

«Le tue labbra».

E di riflesso, Angelica vi passa sopra la lingua. «Non vuoi baciarmi?». La sua voce ora è un sussurro inaudibile.

«L'esatto contrario», mi sforzo di difendermi dal suo assedio. «Ma no».

Angelica avvicina ancora di più il suo viso al mio, il calore del suo respiro sulla mia pelle. «Se provassi a baciarti io, mi fermeresti?»

«Te la devi rischiare».

Lei abbassa il volto, nello spazio tra i nostri corpi.

«Non dirmi che ora, all'improvviso, ti vergogni», la sfido.

«No». Ma è una bugia, lo vedo da come, ora che ha risollevato il viso, i suoi occhi hanno una velatura liquida e le labbra tremano appena. Deglutisce a vuoto, a corto di battute taglienti. Il rapace notturno è diventato una preda in fuga.

«Vuoi che ti baci?», le chiedo.

Annuisce con un cenno impercettibile del capo. Non dovrei, ma ormai ho contravvenuto a così tante regole che una in più non fa la differenza. Alla fine della nostra schermaglia, abbiamo le armature a pezzi, arrenderci è più facile che continuare a batterci; quando la mia bocca incontra la sua, sulle sue labbra il sapore pastoso del rossetto insieme al retrogusto del caffè.

Ricambia appassionata, offrendomi accesso per esplorarla. Ogni traccia di quell'arroganza furba si dissolve nel mugolio che le sfugge appena le nostre lingue s'incontrano.

Il suo bluff va in fumo e tutto il suo corpo chiede l'attenzione del mio, mentre è appesa con tutte le sue forze alle mie spalle. Sia maledetto questo vestito di seta, così sottile che è come se non avesse nulla addosso, il suo calore che brucia attraverso la stoffa e mi entra dentro.

Per fortuna che siamo in un luogo pubblico e non posso farle altro, ma la mia testa ha già proiettato la scena delle mie dita che sollevano le spalline di pizzo e fanno cadere a terra questo strumento del demonio.

Me la premo addosso e lei mi morde il labbro inferiore, reagendo al mio impeto.

«Ehm, non voglio disturbarvi ma... io ho finito», s'insinua

tra noi la voce della fotografa. «Grazie per tutto, buona serata. Ricordatevi solo le vostre borse».

Io e Angelica ci guardiamo in un misto di frustrazione e imbarazzo, come se fossimo due adolescenti colti in flagrante, e anche come due adulti che non ne hanno abbastanza.

"Avevamo solo cominciato" è quello che le leggo negli occhi. O forse, quello che vedo è il riflesso dei miei.

Forse è il caso di fare l'adulto sul serio. «Torniamo a casa?».

39

Presente

Sulla strada del ritorno, viaggiamo in silenzio. Angelica guarda il paesaggio dal suo lato. Non si volta mai verso di me e io gliene sono grato perché non so con che sangue freddo potrei ignorare i suoi occhi e continuare a guidare, invece di fermarmi, trascinarla a cavalcioni su di me, sollevarle l'abito in vita e riprendere ciò che abbiamo interrotto.

Arrivati, accosto l'auto all'imbocco della stradina chiusa in fondo alla quale si trova il suo alloggio e spengo il motore.

«Ti sei ricordata la chiave, stasera?», le domando.

«Sì». Picchietta la borsetta che tiene in grembo. Si è di nuovo sfilata i sandali che ora giacciono abbandonati sul tappetino del passeggero, ma prima di scendere si china a infilarli. Forse è una mia impressione, ma ci sta impiegando un'infinità. Gesto peraltro superfluo: quando sono venuto a prenderla, mi ha raggiunto scalza.

Non so se stia cercando di guadagnare tempo o di regalarne a me, ma ogni secondo che passa il suo sapore ancora sulle mie labbra mi tortura.

«Grazie per avermi accompagnata», sussurra, aprendo la portiera.

«Aspetta, non ti ho dato una cosa», mi ricordo al volo.

«Cosa?».

Apro il portaoggetti del cruscotto e ne estraggo il quaderno da musica. «Credo che questo sia tuo».

Angelica lo sfoglia e poco dopo sgrana gli occhi. «Il mio componimento».

«L'ho trovato in un cassetto dell'armadio nella stanza che mi hanno assegnato», dico. «Dopo averti incontrata, ho immaginato fosse tuo».

«Quando Roberto si è stabilito alla villa per assistere papà, ha chiesto a Ignazio di preparare una borsa con le mie cose a mia insaputa, mentre ero fuori, e mi ha fatto trovare la borsa davanti al cancello. Non sono più potuta tornare a prendere i miei spartiti».

«Felice di esserti stato effettivamente d'aiuto».

«Ti va di sentirlo?», mi domanda di punto in bianco. «Il componimento, dico».

«Sentirlo?»

«Sì, posso suonarlo per te», mi spiega come se la mia non fosse una domanda retorica. «Ho la mia arpa, su in camera».

«Intendi ora?»

«Tanto la padrona di casa dorme. Si è tolta l'apparecchio acustico, non le daremo fastidio».

Di' di no, Nick. Di' di no.

«Non è un concerto da camera di tre ore, eh. Ti prometto che tra venti minuti sarai libero di andartene».

Al diavolo! «Certo».

Se Angelica mi avesse offerto uno strip-tease avrei detto di no con più facilità, ma ascoltare un pezzo per arpa composto da lei? Impossibile resistere.

Entriamo in casa con fare circospetto, ma in effetti nessuno ci vede e ci sente, dunque tutta questa cautela non è necessaria, anche se ci viene istintiva.

Angelica mi fa strada sino alla sua stanza dove, una volta acceso un piccolo abat-jour, noto un disordine unico: bottigliette di tè freddo vuote, trucchi sparsi, letto sfatto, blister di pastiglie terminati, asciugamani mezzi umidi buttati a terra, un reggiseno che pende dalla testiera del letto.

«Allora lo usi?». Il commento sarcastico mi scappa prima ancora di poterlo filtrare.

«Non adesso», è la sua risposta secca, mentre segue la direzione del mio sguardo.

«Lo so».

«Lo so che lo sai». La malizia nel suo sguardo e il tono allusivo mi dicono che ha percepito la mia reazione, prima, mentre la baciavo.

«Lo so che lo sai che lo so». Possiamo continuare questo gioco all'infinito, Angelica.

«Accomodati pure».

«E dove?». Non c'è un francobollo libero in tutta la stanza, non saprei dove sedermi.

«Dove vuoi».

Angelica toglie dalla custodia l'arpa elettrica – decisamente più piccola, leggera e maneggevole di un'arpa celtica – e si siede su uno sgabello rettangolare dall'imbottitura scucita e le molle cigolanti. Con gesto esperto, sistema il piedistallo dell'arpa all'altezza giusta e allarga appena le gambe per avvicinarsela, con lo spacco del vestito che le scopre la coscia sinistra quasi fino all'inguine.

Dispiega alla meglio lo spartito accartocciato sul piccolo leggio davanti a sé, e posa le mani sulle corde.

Alla prima nota che vibra nell'aria, l'Angelica pasticciona, trasandata, impacciata, disordinata scompare, lasciando posto a una creatura eterea, dalla grazia ultraterrena.

La concentrazione, il controllo, la padronanza di sé le donano un'aura quasi mistica: sa cosa sta facendo, è nella sua dimensione, come una sirena che viene ributtata in acqua dopo giorni sulla riva.

Le sue dita, le sue braccia ondeggiano su e giù, avanti e indietro, spandendo nell'aria una magia antica che mi ubriaca. È una melodia fluida e densa, avvolgente e sensuale, un miele caldo e speziato. Attimo dopo attimo, mi entra in testa, ossessionante.

Non so nemmeno più dove siamo, se questa stanza abbia pareti o un soffitto; potremmo trovarci in una foresta o ai piedi di una cascata...

Mi è subito chiaro che lo spartito non le serve. Angelica ha gli occhi socchiusi e muove la testa, china sull'arpa, i lunghi capelli che le scivolano dalle spalle in un fiume di cioccolato fondente.

Non se n'è resa conto, ma una spallina dell'abito le è caduta giù e la sua scollatura si è fatta pericolosamente rivelatrice.

Sembra posseduta, rapita e trasportata in un'altra dimensione e io mi ritrovo schiacciato da un timore reverenziale, come un suddito davanti a una regina, tanto che non credo di essere autorizzato a rivolgerle la parola se non è prima lei a farlo.

Le sue dita agili scivolano sulle ultime note finché la musica sfuma nel silenzio.

Angelica si scosta una ciocca dietro l'orecchio. «Che ne dici?».

È già finito? «Sono senza parole». Ed è vero, ogni complimento mi pare offensivo e riduttivo.

«Il mio professore lo trova monotono nel terzo centrale».

«Ma io non sono il tuo professore. A me è piaciuto».

«Sei così difficile da decifrare, Nick».

«Ma se ti ho appena detto che mi è piaciuto. E ti invidio, hai talento».

«Sono solo anni di studio, chiunque può imparare».

«Io non credo».

«Vuoi provare?», mi domanda. «Ti insegno».

«A me?»

«Dai, vieni qui», insiste picchiettando il palmo sullo sgabello, un invito a sedermi dietro di lei. «Magari sei più comodo se ti levi la giacca».

Potrebbe anche chiedermi di buttarmi dalla finestra, probabilmente lo farei.

Prendo posto alle sue spalle, a cavalcioni dello sgabello scricchiolante.

«Osserva le corde», mi dice con tono da maestra. «Funzionano come i tasti del piano: DO, RE, MI, FA, SOL, LA, SI, ripetute sistematicamente. Quelle rosse sono i DO, le blu sono i FA».

«Tutto chiaro».

«Le braccia devono tenere un angolo di circa novanta gradi rispetto al corpo, parallele al pavimento e al centro delle corde. Metti le tue mani sulle mie, ti guido io».

Eseguo, poggiando i miei palmi ai suoi dorsi, pollici, indici e medi perfettamente sovrapposti ai suoi.

«Così?»

«Dita morbide, rilassate», mi raccomanda. «Ora, tendiamo l'indice destro sulla corda a noi più lontana e ritiriamolo in un gesto rapido ma non secco, scorrendo su tutte le altre corde».

Dopo il gesto, l'arpa libera un'onda di note. Lo ripetiamo ancora una volta, poi una terza, infine Angelica lascia che sia io a proseguire da solo.

«Complimenti, hai suonato il tuo primo glissato ascendente», scherza.

«Sai benissimo che non c'è nulla di cui complimentarsi».

«Ora passiamo a una scala», continua con la massima serietà. «Mani».

Di nuovo torno a coprire le sue con le mie, le nostre dita che fluttuano sullo strumento. Eseguiamo due scale, avanti e a ritroso, poi Angelica si fa guidare dalle note eseguendo un brano.

«Cos'è?», le chiedo.

«Sto improvvisando. Lascio fare all'arpa».

China il capo a sinistra e mi trovo con il suo collo scoperto a una spanna dal viso, come se me lo stesse offrendo, la sua schiena che preme contro il mio petto e il calore del suo corpo che mi incendia.

La stanza è intrisa del suo profumo e, senza saperlo, Angelica mi ha fatto scacco matto.

Abbasso il viso su di lei, a inspirare avido la fragranza dei suoi capelli. Non l'avessi mai fatto.

Lei se ne accorge ma, anziché ritrarsi, si spinge ancor più contro di me, reclinando la testa sulla mia spalla. Mi lancia uno sguardo di sguincio, un sorriso accennato. È un sì.

E io solletico il punto nascosto dietro il suo lobo con il naso, poi vi appoggio le labbra e, al contatto della mia bocca, ad Angelica sfugge un sospiro.

Me la gusto, disegnando con la lingua una linea ingorda lungo il suo collo, fino alla spalla. Le affondo i denti nella carne morbida.

Lei non smette di suonare e non dice nulla quando le mie mani lasciano la loro posizione e scorrono piano per insinuarsi sotto questo subdolo abito che mi ha torturato per tutta la sera.

Le afferro i seni nudi, i palmi pieni, avidi, la stringono con possessività.

«Nick», sussurra. «Mi distrai così».

«Non mi sembra». Ed è vero, la melodia che sta suonando non mostra alcun cedimento nel ritmo, nessuna disarmonia. Angelica è in pieno controllo, quello sedotto sono io e questa cosa un po' mi piace, un po' mi fa incazzare. «Ma posso fare di meglio».

40

Presente

Libero la mano sinistra e la faccio scendere giù, sul fianco di Angelica, poi sulla gamba lasciata scoperta dallo spacco, fino al ginocchio.

Le mie dita risalgono l'interno coscia fino al calore del suo inguine.

Una nota stonata, un punto per me.

Scosto il lembo di seta che finge di essere un ostacolo e la trovo con gli slip umidi.

Sarà pure allenata all'autocontrollo, ma il suo corpo non mente.

Alla prima, lenta carezza, Angelica inarca la schiena. «Cosa fai, Nick?»

«Ti mostro che in questa stanza non sei l'unica persona brava con le dita». Il mio tocco sfrontato le strappa ansiti di piacere e, quando inclina indietro la testa, gli occhi chiusi e la bocca spalancata, decido di esplorarla senza barriere.

Scosto gli slip e con i polpastrelli scivolo sulla sua eccitazione, muovendomi lento. Se vuole di più, deve chiedermelo.

«Così mi fai impazzire», mormora, ancora impegnata a portare avanti quella melodia di note sincopate e sconnesse.

«Continuo o mi fermo?», domando, interrompendomi.
«Co… continua», boccheggia.
Riprendo ad accarezzarla e lei annaspa, venendo incontro al mio ritmo per assecondare il proprio piacere.
Quando arriva, Angelica artiglia le corde dell'arpa e mi si scioglie addosso, ansimante per l'orgasmo.
Mi guarda con occhi annebbiati e socchiusi, mentre io porto la mano che l'ha fatta venire alla sua bocca. Lei cattura l'indice tra le labbra, succhiando via quel che resta della sua estasi.
Sfilo il dito piano, lei lo solletica con la lingua, poi si tende verso di me e mi bacia.
Dopodiché, si alza, si porta al centro della stanza davanti a me e lascia cadere le spalline dell'abito che si arrende alla gravità, seguito dagli slip, restando nuda. «Non so chi sei, Nick Montecristo, e nemmeno m'interessa, ma so che se non mi butti su quel letto ora, rischio di bruciare viva».
«E cosa ti dice che, anche se ti buttassi sul letto, non bruceresti viva comunque?». La raggiungo e lei mi afferra per la cravatta e mi trascina con sé sul materasso.
«Mi sta bene». Si affanna a slacciarmi i bottoni della camicia con frenesia, per poi passare a strattonare la cintura e la cerniera dei pantaloni.
«No». La blocco, afferrandola con fermezza per gli avambracci.
Angelica mi fissa con occhi sgranati. «No?!».
«Non così, angelo».
«Così, come?»
«Di fretta». Mi alzo in piedi, lasciandola in ginocchio sul letto, e mi tolgo la camicia con calma. «Con smania».
«Ma io ho smania», ripete, aggrappandosi alle mie spalle.
«Impara a gestirla, altrimenti mi toccherà legarti. Anzi…». M'interrompo per guardarla tutta, nuda e disponibile.

«Mani», le dico con la stessa decisione che ha imposto a me, prima, suonando l'arpa.

Me le porge aperte, come aspettandosi che le dia qualcosa, invece prendo la mia cravatta dal bordo del letto e l'arrotolo prima intorno a un polso, poi all'altro. Passo il lembo più lungo al centro, creando un nodo.

La fisso e lei sostiene il mio sguardo. «Stringi di più», è la sua risposta.

«Stringi di più...», la incalzo.

«Stringi di più, *per favore*», aggiunge con voce sommessa.

«Meglio». E poi la accontento.

Mi spoglio, con lei che mi guarda con occhi incendiati di fuoco nero.

«Ora sdraiati». Il mio non è un ordine, ma una richiesta ferma, che lei asseconda immediatamente.

«Brava, Angelica». L'afferro per le caviglie facendole allargare le gambe e mi allungo su di lei, la mia bocca dove prima c'erano le mie dita.

Ora che mi ha fatto assaggiare il suo sapore, ho bisogno di sentirlo ancora. «Adesso...». La mia lingua la lambisce con avidità. «...mi prendo». Su. «...il mio...». Giù. «...tempo». Di nuovo su.

«Sììì». La sua voce è un soffio.

«Non. Ti. Muovere».

Non so se passo su di lei un minuto, un'ora o una settimana, perdo la cognizione del tempo guidato unicamente dai sensi, dal suo odore che s'impossessa del mio olfatto, dalla sua eccitazione che mi riempie la bocca, dai suoi mugolii e ansiti che si diffondono nella stanza come un prosieguo della melodia dell'arpa, dalla sua pelle liscia, calda e bagnata contro le mie labbra, dai miei occhi che salgono ai suoi, lucidi di estasi.

«Ti prego», mormora.

«Cosa, Angelica?». La solletico con un soffio. «Dimmi cosa vuoi, con parole tue».

«Te, voglio te dentro di me». Porta le mani ancora legate verso il mio viso, implorante, ma io le afferro e gliele rimetto sulla testa. Mi sposto su di lei, raggiungendo il suo viso per baciarla. «Ti ho detto che puoi toccarmi?»

«Per favore», sussurra sulle mie labbra.

«Dato che lo chiedi così educatamente...».

«Ho dei preservativi nel comodino».

Questa è un'informazione molto utile. «Sai farti perdonare in fretta». Estraggo dal cassetto la scatola ancora sigillata e avvolta nella carta della farmacia, da cui sbuca lo scontrino. «È di stamattina», noto la data.

Lei abbassa lo sguardo con aria colpevole. «Sì».

«Guardami», le intimo. «Speravi in questo, quando li hai comprati?».

Angelica annuisce.

«Bene». Ne prendo uno e lo infilo. «Hai mai sentito il detto: "Attenta a ciò che desideri perché potresti ottenerlo davvero"?»

«Sì».

«Stai per capire cosa significa. Ti farò godere, questo sì», dico chinandomi a baciarla. «Ma non potrai venire finché non te lo dirò io». Con il palmo, le do un leggero colpetto alla coscia. «Ora, apri le gambe per me, angelo».

Lei le allarga per lasciarmi spazio per raggiungerla e, quando le scivolo dentro, a entrambi si mozza il fiato. «Oddio», le sfugge.

«Era questo che volevi?»

«Sì». Angelica alza il bacino per invitarmi a muovermi ma io resto fermo dentro di lei.

«E come si dice quando qualcuno ti dà ciò che vuoi?»

«Grazie».

«Brava, angelo». E affondo nelle sue carni roventi una, due, tre volte, mentre ci baciamo e non si capisce più di chi sia l'aria che respiriamo, se dell'uno o dell'altra.

Vorrei poter dire di essere sempre in pieno controllo ma

più volte devo sforzarmi di trattenermi perché altrimenti finirebbe troppo presto.

Lei, con i polsi ancora legati dalla cravatta, si dimena per cercare un contatto, che le nego.

Ogni volta che annaspa, prossima all'orgasmo, rallento e cambio posizione, invertendo la rotta del piacere per entrambi.

Quando vedo le sue nocche bianche per quanto chiude i pugni con forza e il labbro inferiore viola per quanto lo stringe trai i denti, sciolgo il nodo alla cravatta e la lascio libera. «Puoi prenderti il tuo piacere, ora».

Angelica mi sale in grembo e si stringe a me, le mani intorno alle mie spalle, le unghie piantate nella mia pelle mentre si lancia nell'amplesso con una passione feroce.

Il suo orgasmo, seguito dal mio, muore in un bacio mentre la trascino giù con me sul letto ancora più sfatto di quanto non fosse, entrambi tremanti e madidi di sudore.

«Sei stato difficile da conquistare», sospira.

«Ero già sedotto alla prima nota che hai suonato e lo sapevi».

Angelica si allunga su di me, la testa sul mio petto. «Se è così, sai fingere molto bene, allora».

«Deformazione professionale».

Resto con lei, ci addormentiamo mentre le accarezzo i capelli, le dita intrappolate in quella massa scura sparsa sul cuscino. L'idea è svegliarsi all'alba e riportare l'auto alla villa, non appena Ignazio avrà staccato l'allarme, tuttavia è lo squillo del cellulare di Angelica a destarci, mentre fuori il cielo è ancora bluastro.

Lei, assonnata, cerca il telefono a tentoni nella stanza semibuia e lo ripesca dalla borsa in cui era rimasto al ritorno da Milano.

«Ma chi...», borbotta. «Il laboratorio di analisi?»
«Eh?», mugugno nella nebbia del sonno.
Lei indica lo schermo illuminato dalla chiamata entrante. «Quello a cui ho consegnato il campione di capelli di mio padre».

41

Presente

Ancora nuda, seduta a gambe incrociate accanto a me sul letto, Angelica risponde.

La chiamata non è in vivavoce, ma siamo abbastanza vicini perché io riesca a capire cosa dice il suo interlocutore.

«Egon Witter, ChemLab», si qualifica.

«Sì, ho il suo numero. Mi dica tutto». Angelica incrocia le dita, so che spera nel riscontro genetico. «Trovato qualcosa nel campione di capelli?»

«Ho due notizie».

«Una buona e una cattiva?», azzarda lei.

«Entrambe cattive, quindi due notizie e basta», ribatte quello. Dalla voce mi sembra un ragazzo giovane.

«Niente DNA?»

«Sì, questo era abbastanza ovvio», replica ruvido, senza alcun riguardo per la sua speranza né empatia.

«E allora qual è l'altra? Peggio di questa?»

«Tallio». Egon è telegrafico, non usa due parole se ne basta una.

«Cos'è? Perché dovrebbe essere una cattiva notizia?», lo sprona Angelica.

«Il tallio è un metallo», risponde con tono scocciato. «Si sostituisce ai cationi dei metalli alcalini dell'organismo, in special modo sodio e potassio, alterando così molti dei normali processi cellulari».

«Ma cosa significa? Per favore, potrebbe parlare in un modo che io possa capire?»

«È tossico. Okay?», sbuffa. «Anzi, già è tanto che gli fossero rimasti dei capelli!».

«Mio padre faceva molte cure per il tumore, prendeva farmaci anche sperimentali...», prova a ragionare lei.

«Senta, non sono il suo medico curante, ho fatto quello che mi ha chiesto, le mando i risultati via email e poi quello che vuole farci sono fatti suoi. Le allego anche la fattura, bonifico a trenta giorni». E senza aggiungere altro, riattacca.

Angelica mi guarda disorientata. «Il chimico ha detto che ha trovato...».

«Tallio nei capelli di Arrigo», riassumo. «Ho sentito».

«Io non so cosa assumesse papà nell'ultimo anno, quali cure seguisse. Credi che dovrei chiedere un colloquio con il dottor Sarti?»

«Non ne ho idea». E davvero non ce l'ho. Lo so che il tallio è tossico, ma i farmaci oncologici spesso contengono ingredienti anomali e non ho competenze di medicina tali da consentirmi ipotesi.

«Potresti farmi un favore?», mi domanda sbattendo le ciglia. «Ho notato che sei piuttosto bravo a procurarti cose di nascosto, mi porteresti le medicine avanzate nella stanza di papà? Sempre che Roberto non abbia già buttato tutto».

«Se me lo chiedi nuda, non vale».

«Anche tu sei nudo, Nick».

«Ma il favore lo vuoi tu».

Angelica scosta il lenzuolo che mi copre l'inguine e sale su di me. «Saprò ringraziarti».

In cosa cazzo mi sono andato a infilare?! Ma soprattutto, perché?

Aveva ragione Farias, e in questo momento credo si stia rivoltando nella tomba. Angelica mi ha rigirato intorno al suo mignolo ed eccomi qui, signor giudice.

Certo, se non le avessi offerto quella famosa cena, non sarei mai arrivato al *First Folio*, ma avrei dovuto avere l'intelligenza di troncare subito qualunque approfondimento.

E invece...

Invece mi ha trascinato a Milano da Royer.

Mi ha stuzzicato con la storia delle opere perdute che probabilmente Arrigo ha ritrovato.

Mi ha tirato dentro la contesa sul testamento.

E ora nell'esame dei capelli di Arrigo.

Quindi non sono così stupito di me stesso quando, dopo aver rimesso al suo posto la Aston Martin, rientro come un'ombra nella villa e la prima cosa che faccio è recarmi nella stanza di Arrigo a caccia dei suoi farmaci.

Sequestro boccette, fiale, ampolle, compresse, perfino la flebo di fisiologica, e butto tutto nella tracolla in cui tengo il *Salve Deus*.

Intendo davvero restituirlo, ma prima voglio fare dei confronti con il *First Folio*. Infatti vado a riporli entrambi nello scomparto segreto della scacchiera, certo che lì sarà al sicuro da occhi indiscreti.

La casa ora è sveglia, la voce di Ignazio rimbomba dallo scalone, ciò vuol dire che io non ho più la possibilità di sbucare dalla mia stanza apparendo fresco di risveglio, così, in piedi su una scaletta, mi metto a fingere l'ovvio interesse di un valutatore di libri rari.

I passi sulle scale e nel corridoio si fanno sempre più vicini.

Estraggo da uno scaffale un libro moderno dedicato alla Londra elisabettiana e mi metto a sfogliarlo con fare rapito, proprio un attimo prima che la porta si apra.

«Buongiorno», saluto senza alzare il viso dalla pagina.

«Mr Montecristo», esordisce Ignazio. «Il signor Marchi al telefono per lei. Non l'ho trovata nella sua stanza dunque ho supposto che fosse qui».

«Supposizione corretta, in realtà sono in piedi da un po'».

Il maggiordomo tende un vassoio d'argento su cui è posato un cordless. «Prego».

Mi allungo dalla scaletta e prendo la chiamata. «Ciao, Roberto, non sei alla villa?», chiedo stranito.

«Ieri sera ho incontrato una persona e abbiamo fatto tardi, diciamo. Rientrare ad Armarola per poi tornare stamattina a Milano non avrebbe avuto senso, ma mi libero nel pomeriggio. Ignazio mi dice che sei già al lavoro».

«È così, sto passando in rassegna ogni singolo volume presente nella biblioteca in cerca di qualche possibile indizio sulla collocazione del *First Folio*», recito con disinvoltura. «Come da tua richiesta».

«Nessuna traccia?»

«Non per ora».

«Assurdo. Inconcepibile», sibila Roberto infastidito, più a sé stesso che a me.

«Sono aperto a suggerimenti». Infilo di nuovo il libro al suo posto e prendo quello successivo, è un tomo illustrato su moda e costumi del sedicesimo secolo.

«Ma vaffanculo!», sbotta.

«Prego?»

«Non parlavo con te, Nick. Era diretto a mio padre, ovunque sia. Continua a cercare quel cazzo di *First Folio*». E senza aggiungere altro mi sbatte il telefono in faccia. Farias non avrebbe gradito.

«Continuerò a cercare». Mento spudoratamente. Restituisco il telefono a Ignazio. «Grazie».

«Desidera che le serva qui la colazione?»

«Volentieri: un caffè espresso, succo d'arancia non filtrato, un'omelette con due bianchi, pane integrale tostato e due fette di arrosto di tacchino, per favore». Dato che il caro Roberto sembra aver dimenticato le buone maniere, approfitterò delle comodità del servizio.

Nel riporre questo secondo volume, però, mi cade l'occhio sull'immagine in copertina: una donna dalla capigliatura gonfia e scura, appuntata sul capo, con gli occhi neri vispi e il collo cinto dalla gorgiera, su sfondo blu. È la stessa dama dell'altro quadro, quello appeso di fronte a Miranda e Ferdinando che giocano a scacchi.

Apro il libro alla pagina del colophon per leggere i crediti dell'immagine.

"Hilliard; per concessione del Victoria and Albert Museum".

Conosco a memoria il patrimonio di quel museo, ci sono stato almeno una dozzina di volte, potrei girarlo bendato. Perché diamine non ricordo questo ritratto?!

Nella sterminata collezione di Arrigo, nel settore dedicato ai cataloghi, ce n'è uno del Victoria and Albert Museum dei primi anni Duemila, e dall'indice cerco le pagine dedicate a Nicholas Hilliard.

Era un orafo inglese specializzato nella realizzazione di ritratti su pendenti e medaglioni, impiegato prima alla corte di Elisabetta I e poi a quella di Giacomo Stuart. L'immagine di copertina è in realtà una miniatura di cinque centimetri per sei, dipinta sul retro di una carta da gioco e montata su una piastrina per pendenti. Ecco perché non ho fatto subito il collegamento con il quadro appeso in biblioteca, perché nella mia memoria è poco più grande di una medaglietta di riconoscimento per cani.

Studio meglio la miniatura. L'iscrizione di Hilliard recita: "realizzata nel 1593, dama di ventisei anni".

Con ancora il catalogo tra le mani, mi pongo davanti al ritratto replica a dimensione naturale che pende alla parete, il mio sguardo che va dalla pagina all'immagine in cornice, avanti e indietro.

L'identità della dama è misteriosa, ma sul corpetto dell'abito noto un dettaglio che mi fa suonare un campanello: è ricamato con insetti alati, tipo falene. Gli stessi insetti ritratti nello stemma di famiglia dei Bassano. Falene del baco da seta.

Emilia Bassano nel 1593 aveva ventiquattro anni, non ventisei, ma la datazione di molti ritratti rispetto all'età del soggetto è incerta.

Quello che è certo è che per il Lord Ciambellano Hunsdon sarebbe stato un gioco da ragazzi commissionare un ritratto della propria amante al miniaturista di corte.

Ma perché Arrigo avrebbe dovuto far riprodurre questo ritratto per appenderlo nella stessa stanza in cui custodiva il *First Folio*?

Di sicuro non perché lo sfondo del dipinto ha lo stesso blu delle tende come ha detto Roberto. Se c'è una persona che può saperlo, quella è Angelica.

42

Presente

Con la scusa di pranzare fuori, incontro Angelica in tarda mattinata, nel centro del paese, gremito di turisti. Appena mi vede fa per lanciarmi le braccia al collo.

«Meglio di no», arretro di un passo.

«Stamattina non eri di questa idea», ribatte piccata.

«Stamattina eravamo in camera tua. Qui ci vede tutta Armarola. Ti ricordo che ufficialmente lavoro per Roberto», le faccio presente. «Il paese è piccolo, evitiamo di far circolare voci».

«Hai ragione», borbotta. «Hai trovato le medicine? Il dottore ha l'ambulatorio pieno ma ci infila tra due visite».

«*Ci*?», ripeto.

«Vieni anche tu, no?»

«Io dovevo prenderti solo i farmaci, e questo ho fatto», dico allungandole una busta di carta.

«Magari ti vengono in mente domande che a me sfuggono».

«Come no, certo, non parlo italiano, come faccio a capire cosa vi dite?»

«Pronto? Siamo sul lago di Como! Sono abituati agli stranieri che vengono in vacanza e indovina? Anche loro hanno bisogno di un dottore. Ho già parlato con Sarti alcune volte, segue le mie terapie, e anche se con l'inglese un po' fatica ci capiamo».

«Basta che sia un appuntamento veloce».

Angelica mi scocca un sorriso da orecchio a orecchio. «Andiamo».

Lo studio medico di Sarti è piuttosto vicino, come un po' tutto quanto nel paesino, al primo piano di un palazzetto antico restaurato di fresco. Lì, nella sala d'attesa, mi rendo conto che Angelica mi aveva fatto un quadro piuttosto realistico: sulle poltroncine azzurre siedono persone provenienti dai luoghi più disparati e sento parlare almeno cinque lingue diverse, una delle quali mai udita prima in vita mia.

Dalla porta dello studio sbuca un uomo in camice – presumo sia il dottor Sarti – che congeda il paziente dell'ultima visita con un "*Auf wiedersehen*" che però suona più come "Auffiderse".

Angelica scatta in piedi e il dottore le fa cenno di accomodarsi, io le vado dietro.

Proviamoci, cosa potrà mai andare storto?

«Buongiorno, Angelica, appuntamento urgente?», le domanda rimettendosi seduto sulla sua poltrona girevole. «Non dirmi che hai problemi con le medicine nuove».

«Buongiorno, dottore. Con le pastiglie nuove va tutto bene, a parte un po' di sonnolenza. In realtà, vorrei farle alcune domande sulle cure a cui era sottoposto mio padre», gli dice lei in inglese, ma scandendo piano le parole.

«Il signore è...?», domanda il medico, squadrandomi.

«Un amico che mi sta aiutando a... raccogliere informazioni», anticipa lei.

Non so quanto ci creda, ma Sarti soprassiede. «Dimmi tutto, Angelica».

«Ha assunto molti farmaci che contengono tallio?», chiede lei a bruciapelo.

«Tallio?», ripete lui come per essere sicuro di aver afferrato bene.

«Tallio», confermo. «Elemento numero 81 della tabella periodica».

Lui si allunga sulla poltrona e si schiarisce la voce. «Ah, in realtà ce ne sarebbe solo uno, che tra l'altro non è proprio un farmaco. Il Tallio Cloruro Curium, detto anche 201TL, è un radiofarmaco diagnostico, quindi prettamente ospedaliero, non si usa a casa».

«Mio padre però andava spesso in ospedale. Per cosa serve?»

«Principalmente per le scintigrafie miocardiche e muscolari, oppure per rilevare tumori, specie quelli cerebrali e alla tiroide, e metastasi», spiega lui.

«Ok, allora papà ne avrà fatte diverse. Tutto chiaro».

«Non di recente, comunque. Perché questo interesse verso il tallio?». Sarti si gratta la fronte e ticchetta con la penna su un bloc-notes con fare nervoso.

«Ho chiesto a un laboratorio di analizzare una ciocca di capelli di mio padre nella speranza di dimostrare il nostro legame genetico e il perito chimico mi ha mandato questo referto», dice Angelica porgendogli il cellulare aperto su una schermata bianca.

Sarti lo guarda e strabuzza gli occhi. «È un valore di tallio molto alto rispetto alla dose che si inietta per fare gli esami. E, in ogni caso, quella dose viene smaltita dal corpo nel giro di venti giorni, questa quantità rilevata nei capelli è plausibile solo in caso di esposizione continuativa». Sarti sbuffa dal naso e si gratta la fronte con fare pensoso.

«È un valore compatibile con una morte per avvelenamento?», chiedo io.

«Sì, ma Arrigo non è morto avvelenato, ho fatto io la constatazione di decesso. La morte per avvelenamento è molto traumatica, Arrigo si è spento serenamente».

Angelica appoggia tutti i farmaci del padre sulla scrivania. «È sicuro che in nessuno di questi vi sia tallio? Li prendeva ogni giorno».

Il dottore li scorre a uno a uno e scuote il capo. «Nessuno, e lo dico con totale certezza. Se però non vi fidate della mia parola, potreste farli analizzare. Certo, se una casa farmaceutica avesse emesso una partita di, non so, sonniferi contaminati con tallio, sarebbe opportuno esporre denuncia all'AIFA, far sequestrare i lotti, individuare i pazienti che li stanno usando… Se decidessi di analizzarli e uno di questi farmaci risultasse positivo, non tenere il segreto per te, ci sarebbero vite da salvare», si raccomanda il dottore.

«Chiedo scusa, ma che effetti dà l'intossicazione da tallio?», m'intrometto.

«Effetti comuni a gran parte delle intossicazioni: il tallio si assorbe e si distribuisce rapidamente attraverso l'apparato circolatorio, arrivando alle cellule e ai tessuti. Attacca soprattutto ossa, reni, fegato e sistema nervoso. Provoca dolori addominali, nausea, vomito, diarrea, necrosi epatica, incide sulla pressione, sulla funzionalità dei reni, causa edemi e perdita dei capelli…», elenca lui inceppandosi in più punti per cercare la traduzione inglese corretta.

«Quindi non molto diversi dai malesseri che accusa qualcuno che abbia un tumore allo stomaco», suggerisco.

Angelica mi guarda come se avesse appena unito i puntini di un disegno e ne vedesse la figura. «Li facciamo analizzare, questi farmaci».

«Ma che laboratorio è "ChemLab"?», domanda il dottore. «Non lo conosco».

«È in Svizzera», chiarisce lei.

«Un conoscente ci fa un favore per venirci incontro con prezzi e tempistiche», aggiungo io.

«Sono certo di ciò che vi ho detto, dei farmaci che avevo prescritto ad Arrigo, delle cure che seguiva e di come è deceduto. Qualunque altra ipotesi sarebbe da accertare tramite autopsia».

«Mio padre è stato cremato», precisa Angelica. «Esattamente ventiquattr'ore dopo che ha chiuso gli occhi».

«Ah», è il commento interdetto di Sarti.

«Grazie per averci ricevuti», si congeda Angelica. «Forse non ho trovato tutte le risposte che cercavo, ma ora so che ho altre domande da farmi».

Angelica attende di essere fuori dall'edificio prima di aprire bocca, stavolta con una luce furente negli occhi. «E se fosse stato Roberto?»

«A fare che?»

«Pensaci: era lui a prendersi cura di mio padre, a somministrargli le medicine. Potrebbe aver avvelenato una di queste e avergli procurato una lunga intossicazione, i malesseri comodamente mascherati da effetti del tumore».

«Per Roberto, che possiede un'industria farmaceutica, il tallio non sarebbe neanche così difficile da reperire».

«Ho bisogno che tu venga con me al laboratorio a portare queste», esclama agitando il sacchetto.

«Perché io?!».

«Perché il chimico a cui mi sono rivolta è un tuo contatto ma non farà altre analisi per me finché non avrò saldato il conto di quella dei capelli. Peccato che non posso pagarlo. Forse tu puoi convincerlo».

«Dobbiamo andare in Svizzera?»

«È a mezz'ora di autobus da qui, saremo tornati prima ancora di accorgerci di essere partiti», insiste. «E poi non voglio tornarci da sola, quel tizio è strano».

«Benissimo. Io chiederò il favore al perito per i farmaci, tu invece mi dirai tutto quello che sai sul dipinto della donna che è appeso nella biblioteca di tuo padre».

«In che senso, "quello che so"?»

«È una riproduzione di un'antica miniatura custodita al Victoria and Albert Museum, e ho ragione di pensare che sia in realtà il ritratto di Emilia Lanier. Se tuo padre l'ha voluta, c'è un motivo. Tu sei l'unica a cui Arrigo può aver dato le informazioni necessarie per comprenderlo».

«Certo, e Roberto mi aprirà la porta di sua spontanea volontà per farmi entrare», sbuffa stizzita.

«E chi ha detto di usare la porta?».

43

Presente

Il perito ci accoglie scocciato e laconico nel suo laboratorio, che in realtà è poco più che uno scantinato, buio e asettico. Ma appena vediamo Egon capisco che la location è l'aspetto meno atipico. Egon non indossa un camice o una divisa, ma una T-shirt di pelle nera borchiata. Ai piedi non calza zoccoli sanitari bensì anfibi con la punta di ferro, braccia e mani sono coperte di tatuaggi, porta anelli a ogni falange, ha il viso traforato di piercing, lunghi capelli biondo platino raccolti in una treccia e placcatura argentata sui denti.

Nell'aria si spandono le voci di un coro gregoriano che canta un requiem sinistro.

Immagino che Egon sia l'eccezione al mantra "l'abito fa il monaco" di Giles.

Se però il suo contatto è nell'agenda di Farias, non può essere che un nome fidato.

Il nostro scambio dura un paio di battute, garantisco il pagamento lasciando l'orologio di Farias come pegno, lui prende il sacchetto con i farmaci e ci lascia con l'assicurazione che avremo i risultati entro dodici ore.

Ma già che ci troviamo in Svizzera, io ho un'altra commissione urgente da sbrigare e ne approfitto.

«Una conceria?», mi domanda Angelica quando arriviamo davanti a un capannone su cui campeggia un'insegna di trattamento e lavorazione pelli. «Ti è venuta la voglia incontenibile di farti fare una giacca?»

«Una bella giacca di pelle serve sempre», rispondo ironico. «Aspettami qui. Torno tra dieci minuti».

Anche se il mio piano ha subito una deviazione, rimango comunque fedele alla strategia originale della mia missione e mi procuro il necessario per portarmi allo step successivo della consegna del *First Folio* a Lockridge.

Passo il resto del pomeriggio a svolgere l'effettivo compito per cui Roberto mi ha arruolato: catalogo e valuto i libri antichi posseduti da Arrigo, producendo un report affatto entusiasmante.

«Ma questa cifra è realistica o al ribasso?», mi domanda leggendo il prospetto che gli porgo.

«Non c'è alcun bisogno di ribassare nulla. Quelli che vedi scritti sono i valori effettivi di mercato di tutti i volumi», gli spiego, seduto alla poltrona della scrivania di Arrigo.

«Escluso il *First Folio*».

«Escluso il *First Folio*, certo, visto che non è presente», ribadisco.

«È una cifra ridicola», borbotta. «Ridicola», ripete a voce più alta.

«Dipende sempre dai punti di vista», commento pensando a quante volte nella vita ho sperato di avere in tasca anche solo la metà di quella somma.

«Devo farla smantellare, questa biblioteca», borbotta lui carico di rabbia. «Pezzo per pezzo, non lascio intero neanche un pannello di boiserie». E a sottolineare la serietà delle sue intenzioni, Roberto assesta una manata alla pila di volumi antichi che ho valutato. Per quanto non abbiano un valore astronomico da asta da record, il suo gesto m'infastidisce parecchio. Io non commento il gesto, limitandomi a raccogliere da terra quelli che ha fatto cadere.

Per una cosa del genere, Farias lo avrebbe steso con una delle sue tattiche di digitopressione. Roberto, tarantolato, esce dalla biblioteca, passando nella ex stanza di Arrigo, dove un gruppo di operai sta smontando il letto ortopedico da degente, il tavolo scorrevole e l'apparato per flebo e liberando la stanza da tutti i dispositivi sanitari per ripristinarla al suo vecchio uso.

«Voi due», sbraita rivolto ai ragazzi. «Volete darvi una mossa o no? Non potete impiegare un pomeriggio intero per portare via un letto!».

«Ti ho già detto cosa penso, Roberto: Arrigo potrebbe aver venduto il *First Folio* e noi, qui, potremmo star solo perdendo tempo», comunico in tono distaccato, seguendolo e fingendo di ignorare il piglio arrogante.

«Che t'importa di perdere tempo? È il tuo lavoro, sei pagato per questo», ringhia, lanciando un'occhiata tagliente ai due operai che, nell'affrettarsi, hanno ribaltato il comodino che usava Arrigo. Un bicchiere s'infrange a terra, seguito da un vasetto di crema per le mani che si apre e si sparge sul parquet, e dalla scacchiera delle loro partite serali, con i pezzi che rotolano in ogni angolo della stanza. «Se rimane la macchia, mi rimborsate i danni», li minaccia.

«Non esiste prezzo per comprare la tolleranza alla maleducazione», ribatto.

«Be', se hai finito di valutare questa spazzatura da rigattiere nostalgico e sostieni che il *First Folio* non ci sia, credo tu sia libero di togliere il disturbo». Roberto s'indirizza verso la scala. «Grazie della tua preziosa assistenza, i tuoi servizi non sono più richiesti».

«Nessun problema. Ma resta comunque il conto da regolare».

«Assegno?»

«Contanti sarebbe meglio. Di piccolo taglio».

«Non ne ho qui. Devo tornare a Milano a prenderli dalla cassetta di sicurezza. Domattina sarai liquidato».

«Domattina è perfetto». Raccolgo da terra la pedina della regina nera, che è rotolata fino ai miei piedi. «Toglierò il disturbo».

44

Presente

"Hai presente la questione del quadro? Dobbiamo risolverla stanotte", scrivo ad Angelica.

"Stanotte?!", il suo messaggio mi arriva istantaneamente.

"Roberto mi ha dato il benservito, domani devo lasciare la villa. O stanotte o mai più".

"Va bene. Che faccio?".

La istruisco su come sottrarre un kayak dal servizio noleggi alla spiaggia libera, raggiungere l'imbarcadero privato della villa costeggiando il lago con il favore del buio e attraccare non vista.

"L'allarme non viene inserito fino a mezzanotte, ti aspetto per le 23.45: calerò una corda con moschettone dalla mia finestra, che affaccia proprio sul molo della villa, e ti tirerò su".

La tattica non è perfetta, ha certamente delle falle, ma meglio di così non posso fare.

La verità è che potrei fregarmene di Angelica, del quadro, delle opere perdute e chiudere la mia missione, già completata al novanta per cento, ma non riesco.

E poi dicono che i ladri non hanno morale.

La mia ha addirittura un numero civico tutto suo da quanto è grande.

Con la scusa di fare la valigia, trascorro il resto del pomeriggio e la sera chiuso nella mia stanza. Il pavimento diventa il mio piano di lavoro, dove mi metto all'opera con squadrette, righelli, taglierino, ago, filo, colle, punzoni, presse, perfino un cannello da pasticciere, seguendo i gesti che Farias mi ha inculcato nel cervello e nelle mani al punto che potrei essere capace di ripeterli con precisione millimetrica perfino bendato.

Era fissato con la manualità, l'ordine, la pulizia e la precisione chirurgica. «Stai operando», mi ricordava ogni volta che mi esercitavo con tecniche di calligrafia, legatoria, grammatura, calibro e ogni arte che fosse capace di trasmettermi.

Alle 23.40 il rumore del portone della villa che si chiude mi avverte che Ignazio si sta dirigendo alla sua dépendance per trascorrere la notte, così preparo la corda che userò per agganciare Angelica.

Quando le lancette scattano su un quarto alla mezzanotte, mi affaccio alla finestra e calo la fune, solo che Angelica non si vede: il piccolo molo di legno è deserto.

Dieci minuti a mezzanotte e sull'acqua del lago non c'è mezza increspatura.

Cinque minuti a mezzanotte.

«Dove cazzo è?», borbotto tra me e me. «Cretino io a infilarmi in una storia che neanche mi riguarda».

Finalmente la prua di plastica di un kayak sbuca dalla coltre di cespugli che si infittisce sul lungolago e si ormeggia a una delle bitte.

«Eccomi», bisbiglia Angelica camminando nel cono d'ombra fino alla cancellata, che scavalca una gamba dopo l'altra.

«Te la sei presa comoda».

«Affatto!», sbotta. «La spiaggia era piena di coppie intente a godersi il chiaro di luna, ho dovuto aspettare che gli ultimi due piccioncini si dileguassero prima di riuscire a spingere in acqua un kayak. E poi, a metà strada, mi si è spezzata la pagaia e ci ho messo il doppio del tempo e della fatica a remare».

«Ti pareva che non avessi già la scusa pronta?! Muoviti!», la incalzo. «Stringi la corda alla vita e assicura il nodo con il moschettone».

Con i secondi contati, richiamo la fune che, dall'altro capo, ho assicurato alla struttura del letto, e riesco ad agguantare Angelica sul davanzale allo scoccare della mezzanotte.

Il nostro sguardo si posa sul sensore del perimetrale che, dalla cancellata del molo, ora lampeggia con una spia rossa. «Giusto in tempo», dico.

«Wow, non me la ricordavo così bella questa stanza», sussurra guardandosi intorno.

«Forse è solo più ordinata di come la tenevi tu».

«Tu invece sei un'ombra: esisti ma non lasci traccia».

«Esatto», commento compiaciuto.

«Ho un'altra brutta notizia», mi comunica. «Egon mi ha inviato le analisi dei farmaci: sono puliti».

«Perché brutta? Vuol dire che tuo padre non è stato avvelenato. Probabilmente erano davvero i residui degli esami cui era stato sottoposto».

«Ero convinta che ci fosse qualcosa di strano e un medicinale contaminato poteva essere una risposta».

«Forse ci siamo solo posti troppe domande. Ora, veniamo al dunque. Nella villa siamo soli, Ignazio è nella dépendance e tornerà domattina alle sei, quando verrà disattivato l'allarme. L'antifurto interno, però, è inserito, dunque per nessun motivo possiamo scendere o salire di piano, attraversare la tromba delle scale né, tantomeno, accendere luci», la istruisco.

«Ma la biblioteca è a questo piano».

«Sì. Ma questo significa che qualunque esito abbiano le nostre ricerche stanotte, tu dovrai restare qui fino a domattina e andartene come sei arrivata».

«Capito».

La prendo per mano e ci dirigiamo alla biblioteca, entrando sempre dalla ex stanza di Arrigo, dove lei si arresta per un attimo. «È morto qui», mormora tra sé e sé, fissando il vuoto dove prima c'era il letto, come se stesse cercando di visualizzare gli ultimi attimi del padre. «E probabilmente è morto solo».

«Non è morto solo», le dico, «se è morto pensando a te».

«E come fai a sapere che stesse pensando a me?»

«Ti ha lasciato una sfilza di messaggi in codice apposta». Sfioro la sua catenina facendo dondolare il ciondolo con la "M". «Miranda».

«Andiamo in biblioteca». Angelica apre i doppi battenti della porta con me che illumino l'interno con la torcia. «La sua stanza preferita».

«Venivate spesso qui?»

«Ogni giorno».

«Prova a pensare a cosa dicevate, o facevate, a cosa ti mostrava, se c'era qualcosa che faceva sempre, tipo un gesto ripetuto, qualunque cosa che potesse costituire un segnale».

«Giocavamo a scacchi», dice accarezzando la scacchiera intagliata. «Questa foto gliel'ho scattata io», continua indicando la cornice con il primo piano di Arrigo.

«Lo so».

«Questa da dove viene?», mi domanda sollevando la pedina della regina che ho raccolto dalla sua stanza di degenza, dopo che gli operai avevano ribaltato il comodino.

«Ogni sera giocava a scacchi con Roberto, a letto. Era troppo debole per venire qui a giocare con quella di legno, perciò ne usavano una pieghevole, da viaggio», le spiego.

«Pedine di plastica con appoggio magnetico?», si domanda disgustata. «Papà deve averla detestata, era allergico alla mediocrità. Probabilmente è stata la bruttezza a ucciderlo».

«Probabile. In ogni caso l'ho messa da parte per dartela: pensavo ti avrebbe fatto piacere conservare un oggetto che ha usato nei suoi ultimi giorni. E poi è la regina: il suo pezzo preferito».

«Grazie del pensiero». Angelica la riappoggia sul piano della scrivania. «Ma non credo conserverò qualcosa che usava con Roberto. Non è un nostro ricordo, è loro, benché dubito che a mio fratello importi».

«Ti viene in mente altro? Ti ha mai parlato del ritratto di Hilliard?», le chiedo, indicandolo.

«Onestamente no. Certo, a volte scherzava dicendo che la dama mi somigliava, ma nulla che mi faccia pensare a un indizio».

«Vedi il ricamo sul bustino?». Le indico con la torcia il decoro dell'abito della dama.

«Le falene da seta dei Bassano», concorda. «Se papà davvero era convinto che Emilia Lanier fosse Shakespeare, comprendo perché volesse tenere il suo ritratto, anche se non ha un valore artistico. E pensare che, prima dei soldi, Roberto aveva provato a offrirmelo come contentino per rinunciare alle pretese sul testamento».

«Ah, sì?»

«Forse credeva che papà non mi avesse messo a conoscenza del fatto che è una replica e sperava mi bevessi la sua proposta. "Vale più la cornice del quadro", testuali parole di papà, quindi non mi sono fatta abbindolare».

«È quello che Roberto ha detto anche a me, "vale più la cornice del quadro"», ripeto.

«Ma, a parte questo, non ho idee su cos'altro possa essere collegato al *First Folio*», sospira. «E non saprei dove cercare».

«Vale più la cornice del quadro», dico ancora.

«Sì, Nick, questo lo abbiamo capito».

«Cornice… quadro…», continuo.
«Stai bene?»
«Vale di più la cornice».
«Nick, così mi fai paura».
Mi avvicino ancor di più al ritratto di Hilliard, il naso a un palmo dalla cornice, scrutandola millimetro per millimetro con la torcia. «*Reader, looke not on his picture*», scandisco lettera per lettera.
«Come?»
«È una citazione della dedica del *First Folio*», rispondo. «Vedi, è incisa qui, tra i decori della cornice».
Angelica mi si affianca, i nostri visi guancia a guancia mentre io passo il dito su ogni lettera, abilmente mimetizzata tra le volute del bassorilievo. «Sì, ora la vedo. E se fosse da interpretare come: Lettore, non guardare il ritratto?»
«Se tuo padre ha fatto incidere questa citazione sulla cornice è perché questo è il secondo indizio, dopo il *First Folio* che era il primo», dico con convinzione. «Ma non capisco il senso di una replica senza valore».
«Se ha fatto intagliare la cornice con questa precisa richiesta, sono ben sicura che gli sia costata più del ritratto stesso», commenta Angelica, assorta.
«Di certo», passo il dito sulle bombature. «Questa è una foglia d'oro».
«Insensato. E, davvero, papà non mi ha mai detto nulla più di quanto ti ho riportato», sospira lei. Angelica si siede sul divano di pelle con il viso appoggiato alle mani. Con l'indice si picchietta le labbra con fare pensoso, nella stessa posizione che Arrigo ha nella foto. Li osservo e non mi sono mai sembrati così uguali, nella posa, nell'espressione, nel cipiglio. I geni non mentono, il DNA è una pura formalità.
«La cornice vale più del quadro, e questo lo abbiamo capito», si ripete, «ma cosa dovremmo capire dal quadro?»

«Dal quadro niente», ribatto. «L'iscrizione stessa dice di non guardare il ritratto».

«E se guardassimo sotto?», azzarda Angelica.

La sua ipotesi ha senso. «Guardiamo sotto», concordo. «Tu prendilo da destra, io da sinistra e stacchiamolo dal muro».

Afferriamo il ritratto e lo rimuoviamo dalla parete, per poi appoggiarlo sul tappeto.

A parte l'alone rettangolare disegnato dalla polvere che si è depositata negli anni, la carta da parati a strisce bianche e crema non rivela nulla. La ispeziono con la torcia, da vicino, senza rilevare tracce. «La risposta non è sotto. Se fosse dietro?»

Ribaltiamo il dipinto a faccia in giù. «Scusa, Emilia», le dico. «Cause di forza maggiore».

Sul retro però c'è solo un pannello di legno che chiude e protegge la tela. Nessun messaggio, nessun simbolo.

«Non capisco», sospira lei. «Cosa ci sfugge?»

«Ci sfugge che ci stiamo continuando ad allontanare dall'indizio principale. La cornice vale più del quadro», ripeto. Lo giro di nuovo e ne esamino tutto il bordo. «Questa scanalatura», indico un punto sull'intaglio.

«Che ha?»

«Sembra che ci sia una cornice doppia».

Con l'indice scorro l'avvallamento per tutto il perimetro, notando come ai lati, esattamente a metà, vi siano due incavi circolari della dimensione di un polpastrello. Premo i due punti in giù con forza e nella stanza risuona un *crack* secco.

«L'hai rotta!», esclama Angelica con lo sguardo esterrefatto. La superficie del ritratto è ricoperta di frammenti di cornice scheggiata e foglia d'oro.

«Non l'ho rotta. Questo», dico raccogliendo tra le dita i calcinacci prodotti dalla mia forzatura, «è stucco per legno. Lo hanno messo per sigillare la fessura della doppia cornice che altrimenti si sarebbe vista, rendendo evidente che questa non è solo una cornice, ma una cassaforte».

«Una cassaforte», ripete Angelica accigliata.

«Molto comune nell'epoca vittoriana, mi sento un cretino per non esserci arrivato prima». E per dimostrarle che ho ragione, afferro il ritratto dalla cornice interna e lo apro come fosse uno sportello. All'interno appare una cartellina di pelle poco più grande di un'agenda. Sollevo lo sguardo e incrocio quello di Angelica.

«Vale di più la cornice del quadro», ripete con un sorriso. «Papà non lo diceva per scherzare».

Con la mano tesa la invito a prendere la cartellina. «A te l'onore».

Angelica s'inginocchia accanto a me e afferra l'oggetto delle nostre ricerche. Io la illumino con la torcia mentre slega il laccio di pelle che lo assicura. Lo apre e svela due fascicoletti di carta ingiallita, nel formato in ottavo tipico del Cinquecento. Sono entrambi chiazzati qua e là di inchiostro e sono tenuti insieme nella piega da un cordoncino ormai rigido.

Il primo reca sul frontespizio il titolo *Love's Labour's Won – 1597*, il secondo *Cardenio – 1613*: le due opere teatrali perdute di Shakespeare. Su entrambi sono disegnate delle ali stilizzate.

Prendiamo un fascicoletto ciascuno e lo sfogliamo con dita tremanti. Io a malapena riesco a girare le pagine, tanto è il timore di sgualcirle. Non si tratta di opere di stampa, sono scritte a mano.

«Mi sento svenire», sussurra lei.

«Non ora, Angelica».

«Due di tre», dice accarezzando *Cardenio*, per poi ripetere il gesto su *Pene d'amor vinte*, «e tre di tre».

«Aveva ragione Royer. Arrigo aveva trovato tutto». Poi mi alzo e raggiungo la scrivania dove, dalla scacchiera-scrigno, recupero il *First Folio* e il *Salve Deus*. «Voglio fare un confronto».

«Non ci credo! Hai ancora il *Salve Deus*», mi rimprovera Angelica. «Avevi detto che intendevi restituirlo».

«E sono ancora intenzionato a farlo, ma come avrai notato sono stato un po' impegnato oggi».

«Ma che ci dovevi fare, poi?»

«Una verifica grafologica tra le note a margine del *First Folio* e quelle sul *Salve Deus*. Mentre eravamo a Padova, a colloquio con la dottoressa Nigel, mi è sorto un dubbio e ho voluto accertarmene. Ci sono molte somiglianze tra le due grafie, alcuni tratti sono perfino sovrapponibili: la medesima inclinazione, l'ampiezza dei tondi, la distanza tra le lettere, come si collegano l'una all'altra, la pressione applicata dalla mano, la grafometria è la medesima».

«E tu sei un esperto di grafologia?»

«Abbastanza da sapere che la mano che ha annotato il *Salve Deus* è la stessa che ha annotato il *First Folio*. E se la grafia del *Salve Deus* è stata riconosciuta come quella di Emilia Bassano Lanier, allora...».

«Emilia ha posseduto questo *First Folio*».

«E ora mi ringrazierai per non aver ancora ridato il *Salve Deus* all'università». Con i due testi aperti davanti e Angelica che m'illumina con la torcia, sfoglio *Cardenio*. «Vedi anche tu quello che vedo io?»

Lei annuisce. «Stessa grafia».

«Già».

«Solo non mi spiego perché li possedesse mia madre…».

«Shhh!», la zittisco appoggiando l'indice sul suo labbro superiore. «Ascolta».

Muti, tendiamo le orecchie e intercettiamo il ritmo cadenzato di scarpe che pestano sui gradini. «C'è qualcuno», bisbiglia allarmata. «Ci hanno beccati».

«Nasconditi nel sedile ribaltabile della panca sotto alla finestra», le suggerisco.

«E tu?»

«Io non ho bisogno di nascondermi, sono ospite qui».

Angelica fa come le ho detto giusto in tempo, prima che i passi si fermino proprio nel corridoio, davanti all'ingresso della stanza di Arrigo.

Sbircio dallo spiraglio della porta comunicante. Una mano accende la luce ferendo i miei occhi ormai abituati al buio, e poi entra Ignazio.

Quando mi aspetto che punti alla biblioteca per coglierci con le mani nel sacco, lui mi sorprende e si avvicina al cassettone su cui gli addetti allo smontaggio delle attrezzature mediche hanno ammucchiato i pochi oggetti rimasti nel comodino.

Ignazio afferra la scacchiera portatile, vi butta dentro le pedine e la richiude con un *click*, per poi portarsela via. Non degna di uno sguardo la biblioteca e torna da dove è venuto.

«Ma che caz…?». Questa non l'ho capita. Perché tornare nella villa alla chetichella per prendere una scacchiera che è sempre stata lì? Raggiungo il sedile del bovindo e sollevo la seduta per riesumare Angelica. «Via libera».

«Chi c'era?»

«Ignazio».

«Se n'è andato?», mi domanda ancora rannicchiata.

«Sì, siamo al sicuro ora».

Le do una mano a disincastrarsi dalla sua posizione da fachiro.

«Ma che è venuto a fare?»

«Non ne sono sicuro, ma il problema non eravamo noi. Qualunque cosa fosse, lo preoccupava abbastanza da dimenticare di reinserire l'allarme una volta lasciata la villa», ribatto. «Guarda fuori dalla finestra, vedi la luce del sensore?»

«È ancora spenta».

«Questo vuol dire che puoi andare», le dico.

«Ora?»

«Meglio ora che domattina. Con la luce del sole, qualcuno potrebbe notarti».

«Purtroppo però, non abbiamo trovato tutti gli indizi. Nella custodia di *Pene d'amor vinte* e *Cardenio* c'era questo». Mi porge un biglietto, sempre vergato nella grafia di Arrigo. «C'è scritto "2/3". Non c'è però "3/3", significa che ci manca ancora un pezzo. Ma cosa può mancare se abbiamo già il *First Folio* e le opere perdute? Tu domani te ne devi andare… come faccio a trovare il tassello mancante?». E riecco che si tamburella di nuovo le labbra con l'indice, meditabonda, per poi leccarsele.

«Forse ho un'idea, ma devo prendere tempo con Roberto. Tu però devi fare una cosa molto più importante». Prendo la pedina di plastica che avevo raccolto dal pavimento e gliela tendo. «Una volta che ti avrò calata giù e sarai tornata al paese, chiami un taxi – i soldi te li do io –, ti fai portare al laboratorio e dici a Egon di analizzare questa».

Lei la guarda, stranita.

«Analizzare la regina? Perché?»

«Fallo e basta. E se Egon fa storie, digli che sono io a chiederlo e se si rifiuta lo faccio radiare dalla lista. Scrivimi appena hai il risultato».

«Che lista?»

«Lui sa».

Angelica annuisce e s'infila la pedina in tasca. «D'accordo, ma promettimi una cosa».

«Cosa?»

«Che domani mi dirai chi sei e cosa fai qui davvero».

45

Presente

Il mattino successivo aspetto Roberto per congedarmi.

Il mio lavoro è finito, ho il *First Folio*, Angelica avrà le opere perdute e forse la prova inconfutabile per battere suo fratello in tribunale.

Certo, in realtà anche il *First Folio* sarebbe di Angelica, ma questa soluzione è l'unica che appiana ogni richiesta.

Come diceva Farias, perché tutti abbiano ciò che vogliono, ciascuno deve rinunciare a qualcosa.

Ignazio mi serve una colazione ridotta, un caffè e due fette di pane tostato, segno che il padrone di casa ha dato disposizione che non sono più il benvenuto a Villa Augustina.

«Il signor Marchi arriverà a minuti», mi avvisa. «Se i suoi bagagli sono pronti, posso recarli all'ingresso».

Non è una domanda, se lo aspetta.

«Pronti», confermo.

Il passo marziale di Roberto riecheggia sulle pareti della villa fino a me, ancora seduto al tavolo nella serra.

«I tuoi contanti», mi comunica asettico sollevando appena una ventiquattrore. Nessun buongiorno, nessuna piccola formalità.

«Veloce ed efficiente come piace a me». Mi alzo e lo raggiungo per prendere la valigetta. La pendola segna le otto e cinque, è arrivato troppo presto e da Angelica ancora nessuna notizia. «Non che io non mi fidi, ma ti spiace se controllo?», domando poggiando la valigetta sul tavolo.

«Prego».

La apro e conto i contanti della prima mazzetta. Poi, con estrema calma, passo alla seconda, poi alla terza. Sono venti, spero sia dotato di pazienza.

«La mia perizia?», chiede lui senza aggiungere il magico "per favore".

«Eccola». Faccio scivolare verso di lui, sulla tovaglia candida, un fascicolo fresco di stampa.

Lui scorre veloce le voci. «È tutto?»

«Non ho tralasciato nulla. Tranne il *First Folio*», aggiungo impassibile.

«Che c'entra ora il *First Folio*?»

«Sebbene il nostro ultimo colloquio ieri sia stato alquanto sgradevole, la mia professionalità mi ha imposto un'ultima verifica e potrei aver trovato il volume che, secondo quanto ricordi, aveva acquistato tuo padre».

Il volto di Roberto si trasfigura. «Sul serio? E dov'è?»

«In biblioteca, dove l'ho rinvenuto». Otto e mezza, ancora nessun cenno di Angelica.

«Posso vederlo?»

«Certo, è tuo». Richiudo la valigetta, facendo scattare le due clip. «Saliamo, te lo mostro».

Roberto mi precede fuori dalla stanza e su per le scale con incedere impaziente. «Ma se avevi detto che non lo avevi visto da nessuna parte!».

«Arrigo lo aveva nascosto bene. Evidentemente non si fidava di nessuna cassaforte, così ne ha costruita una tutta sua».

«Non ci sono casseforti in biblioteca».

«Ti assicuro di sì». Arriviamo nella sala che io e Angelica ci siamo premurati di rassettare prima di andarcene. Indico a Roberto la scacchiera sulla scrivania. «Quella».

«Questa?»

«Sì. Il piano di gioco è in realtà un cassetto che si apre utilizzando come chiave la regina rossa. La regina di Arrigo». Prendo la pedina e la incastro nel meccanismo di serratura, facendolo scattare come la prima volta. La base si sgancia e sfilo il cassetto, da cui fa capolino il *First Folio*, con la sua copertina di pelle rossa e consumata, con impresso lo stemma dei Bassano. «E dentro c'era questo».

Roberto lo prende tra le mani. «Sì, è questo. È proprio questo. Il vecchio stronzo non voleva farmelo trovare, altrimenti mi avrebbe detto dove lo aveva messo. Infido fino all'ultimo respiro». Le sue dita scorrono le pagine, con frenesia. «E non l'hai incluso nella perizia, giusto?»

«Naturalmente no».

«E quanto varrebbe?». Gli luccicano gli occhi.

«Niente», rispondo serafico, affondando le mani nelle tasche.

«Intendo come base d'asta. Non come se dovessi cederlo ad Angelica».

«Infatti. Niente», ribadisco. «Non vale nulla se non forse il peso della carta. È una replica».

Roberto sbatte le palpebre e riappoggia il libro sulla scrivania. «Come sarebbe a dire che è una replica?»

«Ci sono in giro diversi falsi e tanti antiquari poco seri hanno fatto affari d'oro nei decenni scorsi sfruttando l'ingenuità di clienti frettolosi e inesperti».

«Mio padre si è fatto fregare?!». Il suo tono è indignato.

«A sua discolpa, posso dire che è una replica molto fedele e che non è stato l'unico a cui è capitato. Sulle prime anche io ho pensato che fosse il *First Folio* autentico, ma a un esame più attento ho notato che la carta utilizzata per le pagine e la tecnica di stampa sono più moderne rispetto a quelle del 1623. Dal Dopoguerra in avanti è fiorita un'intensa attività di repliche artigianali di libri più o meno prestigiosi per riempire biblioteche private e salotti di rappresentanza. Ovviamente il *First Folio* era tra i più richiesti. Questa copia è una di quelle».

«Non ci credo». Roberto scuote il capo.

«Un occhio esperto sa rilevare le discrepanze e qui ve ne sono diverse». Indico il volume in diversi punti. «L'inchiostro sgargiante usato nei risguardi, la stoffa dei capitelli, il taglio netto delle pagine, evidentemente praticato da una tagliatrice meccanica. Ma non incolperei Arrigo per aver pensato che fosse vero, chiunque avrebbe commesso il suo errore, specie se catalizzato dall'entusiasmo e dalla prospettiva di avere davanti un esemplare unico. Aggiungo anche che probabilmente doveva avere una fiducia di fondo nel venditore».

Roberto sopprime uno sbadiglio, e si siede sulla poltrona della scrivania.

«Stanco?», gli chiedo. Di solito, lui al mattino è pieno d'energia.

«Nottataccia. Non ho chiuso occhio».

«Anche qui in villa c'è stato del movimento, se devo essere sincero. Ero ancora nel dormiveglia quando ho sentito disinserire l'allarme. Se non mi fossi accorto che era Ignazio, avrei chiamato la polizia».

Roberto serra la mandibola, spostando lo sguardo fuori dalla finestra. «Sì, l'ho mandato a controllare una cosa».

O a prendere una cosa.

«Ti vedo preoccupato», osservo sibillino.

«Pensieri. Mi servono soldi per chiudere con gli americani e credo che Angelica si stia preparando a farmi la guerra».

«Davvero?», mi fingo sorpreso.

«Sì», ringhia a denti stretti, rabbioso. «E io che pensavo che i miei problemi sarebbero finiti con la morte di quello stronzo». Roberto esplode in uno scatto di rabbia, con cui ribalta la scrivania, scaraventando a terra tutto ciò che vi è posato sopra: scacchiera, foto incorniciata di Arrigo, portapenne, lente d'ingrandimento, mentre la teca in cui è esposto l'antico flauto s'infrange a terra in uno spargimento di vetri.

Ignazio si palesa sulla soglia.
«Pulisci qui», sbuffa Roberto furibondo. La mancanza di un "per favore" mi indispone.
«Certo, signor Marchi, ma prima devo avvisarla che c'è una squadra di carabinieri che chiede di lei, giù».
Roberto impiega qualche secondo a realizzare. «Carabinieri?»
«Tre», conferma il maggiordomo. «Chiedono di poterla convocare in caserma».
Stavolta balza dalla sedia, in preda al panico. «In caserma? Hanno detto perché?».
Ora Roberto ha cominciato a parlare in italiano velocissimo e io non lo seguo più, ma la sua reazione è sproporzionata per chiunque non abbia scheletri nell'armadio.
Male non fare...
Un secondo dopo, due dei tre uomini dell'Arma compaiono sulla porta. Gli rivolgono due frasi secche e lui dà in escandescenze, così intervengono con le cattive. Conducono fuori con la forza non solo Roberto ma anche Ignazio.
Io li seguo e osservo la scena da spettatore pacifico, mentre i due vengono scortati fuori dall'abitazione lungo il vialetto, al termine del quale – fuori dalla cancellata – lampeggiano due volanti in attesa.
E, appoggiata con le spalle a uno dei pilastrini, braccia conserte ed espressione fiera, c'è Angelica.
«Tu», ringhia Roberto.
«Proprio io, sì», gli dice, tendendogli un biglietto piegato.
Lui lo trattiene appena tra due dita, come se fosse disgustato al solo contatto. «Cos'è?»
«I miei migliori auguri».
Roberto lo apre, gli dà uno sguardo e lo lancia a terra, con il carabiniere che lo invita a salire sulla vettura, per poi chiuderla e andarsene.
Raccolgo il biglietto, vergato nella grafia di Angelica.

La regina si muove dove vuole.
Angelica

«Mi sa che mio fratello avrà una giornata lunga», sogghigna, soddisfatta.

46

Presente

«Aspettavo un tuo messaggio», faccio presente ad Angelica. «Stavo prendendo tempo per te».

«Ho preferito l'effetto sorpresa».

«Roberto è sorpreso di sicuro», constato osservando le due auto scomparire dietro l'angolo. «Responso?»

«Esame tossicologico positivo al tallio», conferma in tono ovvio. «Come hai fatto a intuire che non fossero avvelenate le medicine, ma le pedine della scacchiera?»

«Ora te lo spiego, ma nel frattempo non vorresti approfittare del libero accesso alla villa per prendere qualche ricordo? Credo che a breve le autorità la sequestreranno per le indagini», le propongo, accennando a rientrare.

Angelica osserva l'entrata, con un sospiro. «Pensavo che non vi avrei più rimesso piede».

«Pensavi male».

Ci incamminiamo in direzione del portone, rimasto aperto nella concitazione.

Angelica punta dritta alla biblioteca, e io la seguo. Sulla soglia della ex stanza del padre, si ferma con espressione triste. «Non riuscirò mai ad accettare che papà sia morto. Vorrei poter credere che in realtà sia soltanto partito per uno di quei fantasmagorici viaggi dove prometteva sempre di portarmi. Dovevamo andare a Marrakech».

«Allora, immaginalo a Marrakech. Tuo padre sarà ovunque vorrai».

«Marrakech è perfetta». Angelica attraversa la stanza vuota ed entra in biblioteca, dove si paralizza sbigottita. «Ma che è successo qui?! Tu e Roberto vi siete picchiati?»

«Ti sembro uno che fa a botte?», la sfido.

«Tu no, ma Roberto sì, e avresti dovuto difenderti… Oddio! Il *First Folio*!», esclama gettandosi a terra a recuperare il volume capovolto e ammaccato. «Glielo hai dato!». La sua voce è intrisa d'accusa.

«Quella è una copia che ho fatto io».

Angelica se la rigira davanti, sbalordita. «In che senso l'hai fatta tu? È identica».

«L'interno l'ho comprato, i negozi per collezionisti amatoriali sono pieni di fac-simile a poco prezzo; io sono solo bravo a rilegare. Stamattina ho mostrato il falso a Roberto e ha perso le staffe all'idea che Arrigo si fosse fatto fregare. Poco dopo sono arrivati i carabinieri, e per fortuna, perché non sapevo più come tenerlo occupato e da te non arrivavano aggiornamenti».

«Ti serviva davvero la conferma che la regina era contaminata con il tallio?», mi domanda scettica.

«No, ma sarebbe stata gradita».

«Come ci sei arrivato?»

«Mi è bastato guardarti», rispondo incrociando le braccia al petto.

Angelica solleva un sopracciglio. «Mi guardi spesso, Nick?»

«Sei stata alquanto presente in questi giorni, Angelica, impossibile non guardarti».

«Sei così criptico che mi fai venire voglia di assumere un traduttore simultaneo per capirti».

Ho pietà di lei e le spiego il mio ragionamento. «Quando tu ti soffermi a riflettere o rimuginare, tieni l'indice appoggiato sulle labbra, proprio come tuo padre nella foto che gli hai scattato mentre giocavate a scacchi». Così dicendo raccolgo l'immagine da terra, scuotendo via i cocci di vetro della cornice rotta. «Vedi?»

«Era un tic che avevamo in comune».

«E quando ieri notte è entrato Ignazio, dallo spiraglio ho notato che si è portato via la scacchiera da viaggio che tuo padre e Roberto usavano per giocare ogni sera. Perché?»

«Dopo che Egon mi ha mandato il risultato dell'esame della regina, sono andata a casa del dottor Sarti e l'ho letteralmente buttato giù dal letto. Mi ha detto che ieri sera ha riferito a Roberto dell'esame dei capelli di papà e gli ha chiesto se gli avesse fatto lui, di sua iniziativa, degli esami con il tallio come mezzo di contrasto nei suoi ultimi giorni. Roberto deve aver intuito tutto e incaricato Ignazio di disfarsi delle prove».

«Dato che il dottor Sarti ci aveva spiegato che un'intossicazione del genere sarebbe stata possibile solo attraverso una lunga esposizione al tallio, come un'ingestione pressoché quotidiana, ho capito che Roberto avvelenava i pezzi della scacchiera con cui Arrigo giocava. Pensaci: non solo baciava la regina, ma a ogni mossa le sue dita si contaminavano e nelle pause di riflessione se le picchiettava sulle labbra».

Angelica scuote il capo, ancora incredula. «Quando abbiamo collegato tutti gli elementi, io e Sarti siamo andati dritti dai carabinieri. In onestà, non mi è neanche passato per la testa di scriverti perché non riuscivo a pensare ad altro che non fosse la denuncia».

«Hai fatto la cosa giusta», concordo. «Se gli addetti che ieri smontavano i mobili clinici non avessero sparso i pezzi della scacchiera a terra, io non avrei mai recuperato la regina e tu non avresti avuto niente per procedere contro tuo fratello. Voglio pensare che il fantasma di Arrigo ci abbia aiutati».

Lei annuisce, deglutendo un singhiozzo strozzato. «Mettiamo in ordine, se mio padre vedesse questo casino nella sua biblioteca, impazzirebbe», dice rialzandosi. Afferra il bordo della scrivania ribaltata. «Mi aiuti?».

La accontento. Dopodiché lei raccoglie i bei pezzi intagliati della scacchiera grande, mentre io raduno e butto i frammenti della cornice nel cestino, per poi passare a quelli della teca del flauto. «Per questo dovrai procurarti una custodia nuova, mi sa», le dico, anche se Angelica m'ignora, tutta concentrata a contare che non manchi un alfiere, né un cavallo né un pedone.

Mi rigiro il flauto tra le mani, un lungo cilindro cavo in legno rossiccio, con le estremità e i punti d'appoggio delle dita appena più scuri, segno dell'usura, e un disegno che ho già visto.

«Angelica, hai con te uno dei due manoscritti, *Cardenio* o *Pene d'amor vinte*, vero?», le domando con il cervello che gira a mille.

«Perché?»

«Intanto prendine uno».

Lei alza gli occhi al soffitto e affonda le mani nella sua borsa sformata, per poi tendermi *Pene d'amor vinte*. «Tieni».

Lo apro sul frontespizio e indico la falena da seta stilizzata. «Guarda, è la stessa che è incisa sul flauto».

«È vero».

«Ecco perché tuo padre lo conservava qui, è un flauto di quelli prodotti dai Bassano, la famiglia di Emilia».

«Posso?». Lei lo prende con delicatezza, la stessa con cui accarezza la sua arpa. «Forse papà non sarebbe d'accordo ma ormai… Chissà se suona ancora?». Appoggia le labbra sull'imboccatura e, con i polpastrelli a chiudere ogni foro, vi soffia dentro, solo che assieme al DO, dalla camera d'aria esce anche un cilindro di carta ripiegata.

Lo raccolgo da terra e le mostro la scritta sul foglietto che avvolge il cilindro. «"3/3"».

47

Presente

«Se c'è scritto "3/3", dev'essere il pezzo mancante», esclama Angelica. «Però non sembra nulla di antico».

«No, infatti», srotolo il cilindro composto di carte e mi impegno a distenderle perché non si richiudano. «Hanno l'aria di essere fotocopie».

Lei prende il primo foglietto che ho sfilato. «Questo è l'atto di nascita di mia madre».

«Anche questi sono atti di nascita», le passo dei documenti simili.

«Dei suoi genitori, dunque i miei nonni». Li mette in fila sul piano della scrivania. «E del mio bisnonno».

«Questo», gliene passo un altro. «Il tuo bis-bisnonno, risulta adottato. Guarda la data di affido: 15 giugno 1917. Probabilmente è rimasto orfano durante i raid aerei tedeschi su Londra, che pochi giorni prima erano stati particolarmente intensi. Goodwin è il cognome che ha acquisito dai genitori adottivi».

«Prima come si chiamava?»

«Da questo risulta che il padre si chiamasse Anthony Bassen», le dico mostrando un altro talloncino sbiadito, è il penultimo e in mano mi resta un albero genealogico appena leggibile, segno che anche la fotocopiatrice utilizzata non era in grado di riprodurre il documento originale. «Bassen, che però un secolo prima, nel Settecento, era Bassan», dico indicando il ramo familiare collegato, per poi salire al successivo, «e nel Settecento…».

«Era Bassano», conclude lei con il naso quasi appiccicato al foglio.

«Tua madre discendeva dai Bassano, la famiglia di Emilia».

«Questo vuol dire che allora anche io sono una Bassano».

L'ultimo foglio arrotolato nel cilindro è scritto da Arrigo. Inizia con "Dolce Miranda". «Questo devi leggerlo tu», dico passandolo ad Angelica.

Dolce Miranda,
ormai avrai capito perché ti chiamavo così.

Mi manchi, la mia malattia progredisce e capisco che mi resta sempre meno. Speravo di avere più tempo per noi, ma quello che abbiamo avuto, anche se poco, è stato prezioso.

Lascio a queste righe il compito di dirti cose di cui non sono orgoglioso e che non ho mai voluto raccontarti per vergogna personale.

Io e Claudia ci siamo sposati giovani, era incinta ed era la cosa giusta da fare. Ho purtroppo scoperto, poco dopo le nozze, che non aspettava davvero un bambino: una finta gravidanza era l'unico modo per convincere suo padre a farla stare con me.

Le proposi di separarci ma non sentiva ragioni.

Da allora l'ho tradita più volte, non mi fa onore ma è la verità. Qualche anno più tardi è arrivato Roberto e ho provato almeno con lui a essere un padre presente.

Crescendo, però, era sempre più evidente che non solo non assomigliava a me, ma era il ritratto di un partner svizzero con cui l'azienda di Claudia era entrata in società, proprio l'anno prima che lui nascesse.

Anche lei mi aveva tradito, per reciproca vendetta, ma sperava che con un figlio il nostro matrimonio si sarebbe rinsaldato. Ho deciso comunque di continuare a fargli da padre, perché era solo un ragazzino vittima dell'egoismo di noi adulti, nonostante suo nonno alimentasse in lui solo disprezzo nei miei confronti.

Ho conosciuto tua madre mentre ero alla ricerca di *Cardenio* e *Pene d'amor vinte*.

Le aveva lei, nemmeno sapeva di che tesoro fosse in possesso, in quella soffitta in cui erano ammassati ricordi di famiglia e carabattole.

Vorrei dirti che ci siamo innamorati ma la nostra purtroppo è stata solo una fatua e volatile attrazione, durata giusto il tempo di fare un'indagine sulla sua ascendenza e finita prima ancora di concluderla, e non siamo più rimasti in contatto.

Anni più tardi, scoprire di aver conquistato una discendente di Emilia Bassano aveva comunque appagato il mio ego.

Quando tre anni fa mi ha ricontattato dicendomi di te, avevo deciso di raggiungerla a Londra solo per rinfacciarle di avermi nascosto una figlia per diciassette anni. Poi ti ho vista, e la rabbia è passata tutta.

Non ho potuto darti una famiglia, ma ti lascio delle radici. So che ti annoia Shakespeare e in teatro ti vedevo nascondere gli sbadigli, ma ora che sai chi sei e che tutto questo è tuo, magari imparerai ad apprezzarlo.

Ti voglio bene, vorrei tanto poterti portare a Marrakech.

Il tuo papà

Angelica traduce un riassunto stringato per me, con la voce rotta. «Vorrei averlo saputo prima».

«Ecco perché tuo padre voleva che avessi il *First Folio*, *Cardenio* e *Pene d'amor vinte*». Ci osserviamo a lungo negli occhi, mentre il silenzio si riempie di questa nuova verità che abbiamo sempre avuto a portata di mano. «Perché sono tuoi, Angelica, al di là di ogni disposizione testamentaria».

«Sono la nipote di Emilia Bassano», sussurra.
«Sei la nipote di Shakespeare», le dico io, sconvolto quanto lei. «E questo cambia tutto».
Angelica mi fissa sbattendo le palpebre. «Tutto cosa?»
«Ricordi quando mi hai detto che una volta risolti gli indizi, avrei dovuto dirti chi sono? Ecco, ci sono alcune cose che devi sapere».

48

Presente

Lockridge mi riceve nella sua biblioteca a tenuta stagna, smanioso.

«Mi porti buone notizie, vero?», mi domanda appena metto piede nella sala, come sempre illuminata al minimo e dalla termoigrometria perfetta.

«Più che buone, direi ottime».

«Sei stato molto veloce, considerato chc ti ho affidato l'incarico appena quattro giorni fa».

«In realtà, il lavoro si è rivelato più lungo di quanto credessi. Avrei impiegato ancora meno tempo se Arrigo non avesse occultato il *First Folio* in maniera così ingegnosa».

«Ah, sì? È stato difficile da trovare?»

«Diciamo che era evidente che non voleva che fosse trovato da chiunque, ma solo dall'unica persona in possesso degli indizi che lui stesso aveva fornito prima di morire».

«Suo figlio Roberto?»

«Oh, no», mi sfugge una risata. «Anzi, credo che l'idea fosse di nascondere il *First Folio* proprio a lui».

«E chi, allora?». Lockridge si sfrega le mani, impaziente.

«Se vuole scoprirlo, deve aprire la porta», gli dico. «Quella persona è proprio qui fuori».

Lockridge mi guarda con le sopracciglia aggrottate. «C'è da fidarsi?»

«Se vuole far entrare anche il *First Folio*...».

Lockridge sbuffa dal naso, evidentemente infastidito dall'imprevisto. «Se la metti così».

«Temo sia l'unica alternativa».

Lockridge preme la combinazione sul tastierino dell'interruttore e il blocco della porta blindata scatta. «Prego, avanti». Il suo tono trasuda nervosismo.

«Permesso». Angelica fa il suo ingresso nella stanza, stupendo Lockridge ancora di più. «Buonasera».

«Angelica Goodwin, la figlia che Arrigo ha riconosciuto qualche anno prima di morire».

«Ah», è il commento asettico di Lockridge.

«Piacere».

«Va bene, piacere, bello spettacolo. In tutto questo posso avere il mio *First Folio*, ora?», scalpita lui. «Me lo dai, per favore, Nick?».

Mi metto a passeggiare per la stanza, avanti e indietro, con i miei passi che risuonano sul parquet. «Ecco, qui arriviamo a un piccolo difetto contrattuale».

«Difetto contrattuale? Di che parli, Nick?»

«Vede, quando mi ha affidato l'incarico, mi ha chiesto di prendere il *First Folio* da casa di Roberto e portarlo qui, e così ho fatto, ma non ha specificato che avrei dovuto consegnarglielo».

Lockridge mi trafigge con uno sguardo truce. «Stai facendo il furbo con me?»

«No, sto facendo il preciso. Ora, per quanto mi riguarda, il mio lavoro è finito, ma se lei vuole il *First Folio* dovrà acquistarlo regolarmente da Angelica», concludo.

«È una follia!», esclama.

«Oppure può assoldarmi di nuovo per sottrarlo a lei, ma non credo le convenga, perché in questo caso la mia tariffa sarebbe sensibilmente più alta di una regolare transazione».

«Sei un ladro», mi apostrofa con disprezzo.

«Che scoperta», ribatto io sarcastico.

«Non credere che finisca così».

«Infatti. Sarebbe uno sciocco a liquidare così il *First Folio*. Siccome sono generoso, le suggerisco di chiedere ad Angelica di *Cardenio* e *Pene d'amor vinte*».

«Pfff, e a che scopo? Sono opere perdute!», brontola lui.

«Erano», lo corregge Angelica, «ora non più».

«Ho capito, vi siete messi d'accordo per prendermi in giro. O mi avete scambiato per un pollo da spennare o per uno che ha molto tempo da perdere».

«Oppure per l'unico che ha tanto rispetto e cura di opere così rare da essere degno di custodirle», gli faccio notare.

«Mio padre non voleva solo possedere il *First Folio*», dice Angelica, «voleva rintracciare le opere perdute, e si è dato da fare finché non le ha trovate. Le ha acquistate da mia madre, della quale ha poi ricostruito l'albero genealogico fino a scoprire la sua discendenza dalla famiglia Bassano, la stessa di Emilia Bassano Lanier».

Lo sguardo di Lockridge cambia. «Emilia Bassano Lanier è considerata una tra i possibili veri autori delle opere di Shakespeare».

«E forse non è un caso che gli appunti sul *First Folio* di Arrigo – che riporta lo stemma dei Bassano – e quelli sul *Cardenio* e *Pene d'amor vinte* siano scritti con la medesima grafia delle note del *Salve Deus Rex Judaeorum*, che è stato certificato siano state vergate proprio dalla mano di Emilia Lanier, ovvero l'autrice del poema», aggiungo.

«Ho tutto qui con me: *First Folio* e opere ritrovate». Angelica indica la sua borsa, visibilmente appesantita da tutto il contenuto. «Tranne il *Salve Deus*, che era alla biblioteca dell'Università di Padova e che Nick, dopo averlo preso in prestito, ha provveduto a restituire... Vero, Nick?», nella sua domanda colgo una punta di esitazione.

«Secondo il tracciamento, il corriere ha consegnato il volume un'ora fa», confermo.

Lockridge si gratta il mento ed espira pesantemente. «In

questo caso dovremmo fare delle valutazioni di peso diverso. Sì, m'interessa il *First Folio*, ma *Cardenio* e *Pene d'amor vinte* sono...».

«Inestimabili», concludo io.

«Stai zitto, tu», mi ammonisce lui. «Che invece di darmi una soluzione, mi hai portato due problemi».

«Non porto problemi», lo rassicura Angelica, «ma un'opportunità».

49

Presente

Angelica non vuole vendere il *First Folio* ma Lockridge vuole che faccia parte della sua collezione, dunque arrivano a un accordo che li accontenta entrambi: lui lo conserverà nella sua biblioteca, che attualmente è il posto più sicuro dopo il caveau della Banca d'Inghilterra, ma resterà di proprietà di Angelica, che potrà accedervi come e quando vorrà. Qualora un giorno lei decidesse di venderlo, Lockridge avrà la prelazione su qualunque altro potenziale acquirente.

Per *Cardenio* e *Pene d'amor vinte*, entrambi sono concordi sul restituirle alla luce e alla storia, cosa che farà felice Royer.

Concordati i termini e cessate le ostilità, Lockridge ci invita a banchettare per festeggiare e raccontargli per filo e per segno la nostra avventura, dal ritrovamento del *First Folio* alla scoperta della discendenza di Angelica.

«Ed Emilia Lanier?», domando mentre chiacchieriamo, a cena. «Non sarebbe il caso di restituire anche a lei la fama che le spetta?»

«Non credo che il mondo sia ancora pronto ad accettare che Shakespeare fosse una donna», constata Lockridge versandosi un bicchiere abbondante di vino. Ad Arrigo, dopotutto, sarebbe piaciuto. «E poi cosa se ne farebbero a Stratford delle calamite avanzate?»

«E io non sono ancora pronta a sobbarcarmi un'orda di calunnie», gli fa seguito Angelica. «Prima devo sistemare il casino che ha lasciato Roberto e, quanto a calunnie, ne ha seminate parecchie in questi anni».

Il clima è sensibilmente più disteso, ora io e Angelica siamo graditi ospiti e la tavola è imbandita con ogni ben di Dio.

«Sono tutti per noi questi dessert?», chiede lei sgranando gli occhi davanti al carrello che ci viene proposto.

«Dobbiamo festeggiare, no?», la incoraggia Lockridge. «E non lesinare sulla panna montata, in cucina ce n'è ancora. Tu, Nick, niente vino?»

«Sono in servizio». Io, in effetti, sono l'unico che si è attenuto alla propria porzione, senza abbondare con bis e assaggi sparsi.

«Il tuo compito è finito, ragazzo, puoi rilassarti».

«Il mio compito sarà finito quando Giles mi confermerà l'accredito del saldo del mio onorario».

«Farias ti ha istruito bene».

«Allora, è soddisfatto del risultato?»

«Non era quello che mi aspettavo, ma la prossima volta imparerò a essere più preciso».

«La buona notizia è che ci sarà una prossima volta».

50

Presente

«Non ci credo! Ne hai perse tre su tre!», mi prende in giro Angelica.

«Te l'ho detto, non so giocare».

«Impegnati, almeno! Ti ho mangiato l'alfiere e neanche te ne sei accorto».

Io e lei siamo a letto, in quella che doveva essere la mia stanza ma è diventata di entrambi nell'attimo stesso in cui ci siamo salutati per darci la buonanotte.

Inutile dire che non abbiamo dormito granché.

Ora, in una coltre di lenzuola aggrovigliate, tra me e Angelica, una scacchiera dominata da pezzi neri decreta la mia terza disfatta di fila.

Angelica mi ha lasciato i bianchi, come faceva suo padre, e ha baciato la sua regina prima di ogni partita.

L'allarme impostato sul suo cellulare la fa alzare di scatto. «Le pillole!». Dalla sua borsa estrae una serie di flaconcini dai quali preleva le sue prescrizioni e le inghiotte in un'unica manciata, seguite da un bicchiere d'acqua.

«Hai preso quelle giuste?», le chiedo in uno slancio protettivo.

«Ho diviso i contenitori per colore: giallo per il mattino, rosso per il pomeriggio, blu per la sera, così non mi sbaglio. Vuoi un ultimo tentativo di rivincita o ti arrendi?»

«Che ti abbia lasciato vincere non lo hai nemmeno considerato, eh?», la stuzzico.
«Tu non hai l'aria di uno che lascia vincere nessuno». Angelica si sdraia su un fianco, rivolta verso di me, la testa appoggiata alla mano e la pelle nuda del suo corpo striata dai riflessi della luce del mattino che penetra dalla finestra. Luce, non sole, anche oggi il Galles ci ha salutati con una giornata grigia.
«Sei più brava tu, Arrigo è stato un ottimo maestro».
«Hai altri talenti», ribatte con un sorriso malizioso.
«Oggi tu e Lockridge avete l'incontro con il suo avvocato per sottoscrivere i termini della custodia del *First Folio*, non dovresti prepararti?», le ricordo.
«No, tanto è tra mezz'ora», sbadiglia allungandosi sul materasso. «Magari potremmo fare un pisolino, dato che non abbiamo chiuso occhio».
«Tu fai pure, io devo andare».
Angelica mi guarda con il viso imbronciato. «Dove, scusa?»
«Parto. Missione conclusa». Mezz'ora fa, un messaggio di Giles mi ha confermato l'accredito da parte di Lockridge.
«E non puoi restare?».
Mi alzo, come a sottolineare la certezza della mia decisione. «Per fare cosa?»
«Be'...». Angelica si mette in ginocchio, avvolgendosi con il lenzuolo. «Per fare qualcosa insieme. Insomma, dopotutto, mi sembra che ci sia un discreto feeling tra di noi».
«Feeling, cioè senti qualcosa?». Cerco di non suonare stronzo ma ho paura della piega che potrebbe prendere la discussione. Guadagno tempo, recuperando i miei abiti. «Sei innamorata?», domando diretto.
«No, ma...», incespica, «ma se ci conoscessimo meglio, non lo escluderei. Tu mi piaci, Nick».
«Anche tu mi piaci, Angelica, ma non credo di essere l'uomo che Arrigo voleva per te».
«Sei molto più simile a lui di quanto credi».

«Non vorrebbe che tu stessi con un ladro, te lo dico io», affermo. «Di questo sono sicuro».

«E quello che voglio io non conta?». Stavolta gli occhi da cerbiatta non basteranno e credo che lo sappia.

«Tu cosa vuoi?». Mi sembra di impiegare una vita a riallacciare questa camicia.

«Viaggiare, conoscere il mondo. Dov'è che vai? Posso suonare ovunque».

«La verità? Non lo so nemmeno io dove andrò».

Carponi, si avvicina al bordo del letto, per raggiungermi. «Possiamo deciderlo insieme».

«Ma non sei innamorata, lo hai detto tu. Forse ti innamorerai oppure non accadrà, e allora ti odierai per aver scelto di rinunciare alla tua vita e alla tua carriera per seguire un uomo di cui sai a malapena il nome».

Le sue labbra si tendono in un mezzo sorriso amaro. «Ti preoccupi per me, ora?»

«Mi preoccupo per te già da un po', o non ti avrei mai aiutata. Questo però non cambia il fatto che credo che sia meglio per entrambi se prendiamo strade diverse».

«E ora cosa mi dirai?». La risatina nervosa che le scappa è un chiaro segnale del fatto che non vuole lasciare trasparire una delusione. «Che per te sono come una sorella?»

«No, è già illegale pensare certe cose della propria sorella, figurati averle fatte».

«Sai, credo che in fondo mi dispiaccia non averti conosciuto in una situazione più "normale". Forse avremmo avuto una possibilità».

«Non avresti mai potuto incontrarmi in una situazione "normale"». Ormai so farmi il nodo Windsor senza neanche bisogno di uno specchio, Jean-Marc sarebbe fiero di me. «Ma credo che potrai conoscere altri ragazzi straordinari in situazioni normali».

«Sarai ancora qui, quando tornerò dallo studio dell'avvocato?».

Io scuoto il capo. Non ho nemmeno la valigia da rifare.
«Allora, questo è davvero il momento dei saluti», constatata. «Non sono neanche vestita».
«Vuoi vestirti?».
Lei ci pensa un attimo e fa cenno di no. «Preferisco così. Mi piace l'idea che questa sarà l'ultima immagine che ricorderai di me».
«Che pensiero gentile».
Angelica si alza in piedi sul letto e mi circonda il collo con le braccia. «Sicuro che non hai ripensamenti?»
«Sicuro», rispondo, levandole una ciocca spettinata dal viso.
«Un ultimo bacio me lo dai?»
«Ti darò un bacio, ma non l'ultimo. Non mi piace la parola "ultimo", lascia intendere che non ce ne saranno altri e io ti auguro di riceverne tanti da perdere il conto».
«Ma non da te».
«A quel punto, i miei te li sarai dimenticati».
Angelica accosta la sua bocca alla mia. «Allora, impegnati e fa' sì che questo non me lo scordi per un bel pezzo».
È un addio, in tutti i modi in cui si può esprimere un addio. Il bacio di Angelica non somiglia in niente a quelli che ci siamo scambiati fino a ora. Sento la resa anche nel suo respiro.
Per un attimo mi chiedo se la mia scelta non sia sbagliata, ma la verità è che lei merita di meglio e sarei un folle egoista a trascinare in una vita che nemmeno io so che forma avrà una persona che, invece, ha ancora tutte le porte aperte davanti a sé, ma soprattutto una salute che necessita cura e attenzione. Il suo cuore fragile, nel senso più letterale del termine, non sarebbe al sicuro tra le mie mani.
Le nostre labbra si separano e dallo sguardo che ci scambiamo sappiamo che non si rincontreranno più, ed è giusto così.
«Anche se siamo d'accordo tutti e due che finisca qui, posso odiarti almeno per un po'?»

«Se mi odierai, almeno vorrà dire che non ti sono indifferente», scherzo. «Ma ti darò un motivo per perdonarmi in fretta».

«Dev'essere un motivo gigantesco, sappilo».

Dalla tasca esterna del trolley prendo un foglio piegato in tre e glielo tendo. «Valuta tu».

Angelica legge le prime righe per poi trasfigurarsi in una maschera di incredulità e shock. «Oh, cazzo... questo... questo è...».

«È esattamente quello che credi che sia».

«Ma è un testamento vero? Cioè, intendo, autentico? Roberto non la prenderà bene, quando lo scoprirà».

«Credo che Roberto sia troppo impegnato a difendere sé stesso da un'accusa di omicidio per preoccuparsi di un nuovo testamento».

Alla fine, il secondo foglio bianco trovato all'interno del *First Folio* è tornato utile.

«E cosa ci faccio io con Villa Augustina?»

«Quello che vuoi. Ti dico una cosa che una persona ha detto a me qualche tempo fa: ti è stata data una seconda opportunità, traine il massimo».

Angelica ripiega il testamento e annuisce. «Grazie».

«Ringrazia tuo padre. Io, il testamento, l'ho solo trovato».

«Certo», risponde in tono ironico, «grazie di averlo *trovato*».

«Prego», la saluto, già con la mano sul pomello della porta.

«Sai, Nick, ho deciso che porterò le ceneri di papà a Marrakech, dove avremmo dovuto andare insieme. Manterrò la sua promessa: guarderemo il tramonto nel deserto e lì gli dirò addio come avremmo voluto».

Una parte di me vorrebbe essere lì perché ora è un po' come se Arrigo lo conoscessi anche io, ma quello che dovevo fare l'ho fatto ed è giusto che lui e Angelica abbiano il loro momento insieme. «Allora, salutalo anche da parte mia».

Giles mi ha suggerito una meta sicura dove "congedarmi" fino a nuovo incarico, per raggiungerla da Liverpool devo fare scalo a Londra.

Sono già venuto a patti con me stesso riguardo al fatto che mi troverò a prendere molti aerei in futuro e, anche se fino a oggi mi è andata bene, continuo a essere in costante allerta quando mi trovo in un aeroporto e anche ora al London City Airport, barricato dietro il «Times», sbircio che non vi siano poliziotti in ricognizione.

Il tabellone decide di sorprendermi e torturarmi con un ritardo di tre ore sul mio volo per guasto, condannandomi a prolungare la mia attesa.

Devo tenere occupata la testa, così finisco per comprare un albo di enigmistica al duty free: cruciverba, rebus, ma soprattutto sudoku.

L'inganno alla mia paranoia riesce e, mentre rifletto se compilare una casella con un 3 o un 9, penso che a quest'ora gli accordi tra Angelica e Lockridge saranno stati firmati e che, a giorni, anche le due opere mancanti di Shakespeare rivedranno la luce, così come promesso a Royer.

L'unica a restare nell'ombra sarà ancora Emilia Bassano, ora come allora.

Un'altra frase di Royer mi torna alla mente e la mia reazione immediata è chiudere il sudoku e guardare l'orologio. Ho ancora due ore prima del mio volo, posso farcela.

Non correre rischi inutili è uno dei fondamenti che mi ha inculcato Farias, ma sento che ho un dovere morale da compiere.

Prima di lasciare le partenze – cosa che mi costringerà a un nuovo controllo di sicurezza al mio rientro – acquisto un mazzo di rose in uno dei negozi dell'aeroporto, dopodiché mi reco ai taxi.

«Dove posso portarla?», mi domanda l'autista.
«Alla chiesa di St James, Clerkenwell, per favore».

Non è l'orario migliore per inoltrarsi nel traffico della City, ma ormai ho fatto la mia scelta, di cui resto convinto nel momento in cui il taxi mi lascia davanti alla chiesa, che è più che altro una parrocchia di quartiere: un solido parallelepipedo di mattoni marroni, su cui s'innalza un tozzo campanile in pietra bianca, dalla guglia appuntita. Tutt'intorno, una cancellata cinge il giardino che circonda l'edificio.

Proprio all'ingresso c'è un uomo, sui gradini, che sta accostando i cancelletti.

«Aspetti!», lo blocco scattando in due falcate verso di lui. «Devo entrare».

«Sono le cinque, stiamo chiudendo. La struttura riapre domani alle nove», spiega quello indicando il cartello. La chiesa oggi è diventato uno spazio polivalente che affitta sale per cerimonie, eventi privati, concerti e coworking.

«Domani sarò altrove. Devo salutare qualcuno», dico mostrandogli il mazzo di rose che ho con me.

«Guardi che se ne sono andati tutti, dentro non c'è anima viva».

«Non ho parlato di anime vive. Si tratta di una persona che è stata sepolta qui, tanto tempo fa. Farò presto, promesso».

Il custode sbuffa dal naso, arreso alla mia insistenza, e scosta il cancelletto. «Prego».

«Grazie mille».

Lui mi fa strada lungo il vialetto che costeggia l'edificio. «Il giardino che fungeva da cimitero è da questa parte. Ma è un pezzo che qui non seppelliscono più nessuno, non ci sono neanche più le lapidi. Lontano parente?»

«Magari!». Ma ho avuto il privilegio di conoscere chi lo è.

«Come si chiamava?»

«Emilia Bassano Lanier».

«Mai sentita», commenta lui grattandosi la fronte. «E quand'è morta questa persona?»

«Da un po', in effetti. Nel 1645».

Il custode mi guarda come se fossi matto. «Lo sa, vero, che la vecchia chiesa è stata demolita e ricostruita nel 1792?»

«Sì, lo so». Osservo il prato punteggiato di alberi, la cui folta chioma trafitta dalla luce del tardo pomeriggio regala al giardino quiete e privacy. «Ma lei è ancora qui».

Ne scelgo uno basso, un po' storto, i cui rami formano una specie di ombrello verde che promette protezione, e mi chino in ginocchio alle sue radici nodose, dove depongo il mazzo di rose.

Accarezzo l'erba rada, dove l'ombra che ha mantenuto la terra sempre umida ha fatto crescere un tappeto di morbido muschio. Una tomba senza nome. «Grazie, Emilia. Non sarai dimenticata».

51

Presente

Dall'aeroporto di Nizza, raggiungo il principato di Monaco in auto, sfilando sul nastro d'asfalto che costeggia la Riviera.

Le curve si snodano in affaccio sul mare azzurro, punteggiato di yacht.

Il vecchio me stesso non avrebbe nemmeno avuto il coraggio di sognarlo tutto questo, figurarsi vederlo con i propri occhi.

Lo chauffeur mi lascia davanti all'ingresso dell'hotel, in place Beaumarchais, a due passi dal casinò, nel cuore pulsante di Monte Carlo.

Il valletto apre la portiera e io scendo travolto da una brezza tiepida intrisa di profumi mediterranei: salsedine, erbe e agrumi. Fa caldo, ma l'ombrello verde delle chiome degli alberi mi permette di non produrre nemmeno una goccia di sudore.

A Monaco non si suda, si luccica.

Sono contento di aver accettato il suggerimento di Giles, circa la mia "base".

Il palazzo bianco in stile neoclassico mi accoglie a portoni spalancati nel suo lusso sfrenato: lampadari di cristallo, velluti, sete, tappeti, fiori freschi, tutto accompagnato da un discreto sottofondo di musica lirica.

«Buongiorno, ho una stanza riservata a nome Nick Montecristo», saluto il concierge alla reception.

Il suo sguardo, dapprima cortese e neutrale, sembra attraversato da una scintilla nel momento in cui pronuncio il cognome "Montecristo".

«*Bien sûr, monsieur Montecristo*. La stavamo aspettando».

«Le serve un documento per la mia registrazione?»

«Non sarà necessario. Le chiedo solo la cortesia di dirmi che ore sono, *s'il vous plaît*».

Sollevo il polsino della camicia quanto basta per mostrargli l'orologio di Farias. «Le dodici e venticinque precise».

«*Très bien*», annuisce soddisfatto. «Stanza 416. La accompagno personalmente».

«Grazie, *monsieur* Maillard», replico leggendo il suo cognome dalla targhetta sulla giacca.

«Lei può chiamarmi Louis». Anche se non ce n'è bisogno, lui prende il mio trolley e mi guida agli ascensori. «Ha fatto buon viaggio?»

«Perfetto, grazie».

«Da dove è giunto, se posso chiedere?»

«Da Londra. Clima decisamente migliore, il vostro».

«Abbiamo molte cose migliori dell'Inghilterra», si vanta lui, ritto d'orgoglio.

«Ora non esageri, Louis».

Arrivati al piano, mi fa strada verso la stanza, una suite composta di due camere.

«Questo è il salotto privato dove, a richiesta, possiamo servire i pasti, mentre di qua abbiamo la stanza matrimoniale».

«Una singola era sufficiente. Non sono sposato».

«*Mais oui*, con o senza matrimonio credo che saprà fare un ottimo uso del letto a due piazze».

«Vedrò che posso fare».

«La palestra e la spa sono a sua disposizione, se le servisse un'auto ne abbiamo sempre una pronta, così come il motoscafo di cortesia. Ha delle richieste particolari? Che giornale le piace ricevere al mattino?»

«Il "Times" è perfetto, grazie».

«Avremo cura di farglielo avere. Ora lasci che le mostri la vista». Louis apre le ante della portafinestra con un gesto scenografico offrendomi uno scorcio della Costa Azzurra in tutto il suo splendore.

«È superba», commento.

«José amava molto questa stanza».

«Ha trascorso molto tempo da voi?»

«I suoi anni migliori». Forse è una mia impressione, ma mi sembra che Louis abbia tirato su col naso. «Le auguro buon soggiorno, *monsieur* Montecristo».

«Aspetti», lo richiamo, prima che esca. «La mancia».

Lui però alza il palmo in gesto di rifiuto. «Non è necessaria».

Resto solo, così esco sul balcone a godermi il panorama; con la brezza marina che mi soffia in viso, mi appoggio alla balaustra e inspiro.

Sono libero.

Certo, non è una vera forma di libertà, devo osservare una lunga serie di precauzioni, ma dopotutto la libertà vera non ce l'ha nessuno. In qualche modo, chiunque vive in un regime di libertà condizionata.

Ma se proprio devo essere un latitante, questo modo di latitare mi sta bene.

«All'inizio sembra bello, ma poi anche la bellezza annoia. Specie quella così sfacciata», dice una voce femminile poco distante da me. Nel suo inglese fa capolino un prepotente accento parigino.

Apro gli occhi e sul balcone della stanza accanto è comparsa una donna. È vestita di un négligé di seta verde acqua, ha i capelli castano biondo mossi e spettinati, i boccoli arricciati da un parrucchiere che accusano lunghe ore di sonno schiacciati sul cuscino. Non si è struccata e sotto gli occhi ha due mezzelune di mascara sciolto. Anche così, è innegabilmente bellissima.

«Vacanza?», le domando.

«Due settimane: troppo, ormai».

«Già stanca?».

Lei scrolla le spalle e solleva il braccio destro mostrando un calice di champagne. Se lo porta alle labbra e prende un sorso. Colazione leggera. «Non mi piace la monotonia».

«Concordo».

Lei mi scruta con una lunga occhiata. «Resti a lungo?»

«Ancora non lo so. Può darsi, o forse no», resto vago.

Lei sorride, scuotendo il capo. «Parliamo da cinque minuti e già svicoli dalle mie domande. Non ti facevo così pericoloso».

«Addirittura pericoloso?»

«Corri il rischio di essere interessante, non me l'aspettavo».

«Ti porgo le mie scuse, non intendevo infrangere così la tua noia».

Lei abbandona la flûte sul piano di pietra del parapetto. «Scendo in piscina».

Sono abbastanza sul pezzo da capire che mi ha dato questa informazione perché io la raggiunga.

«Come ti chiami?», le chiedo.

«Chantal», risponde senza chiedermi il mio, di nome.

«A dopo, Chantal».

Rientro anche io nella mia stanza. Ma sì! Un tuffo posso pure concedermelo e, dopotutto, Louis potrebbe aver avuto ragione riguardo al letto matrimoniale.

Mi levo la giacca ma, nel lanciarla sulla poltrona nell'angolo della stanza, cade a terra riversando il contenuto di una delle tasche: la ricevuta del driver, una moneta da un euro e una caramella.

Avevo questa stessa giacca quando ho volato da Amsterdam a Milano seduto accanto alle due vecchiette attaccabrighe e la caramella era una delle loro che ho raccolto e messo in tasca durante lo sbarco.

Ok, non si dovrebbero mangiare le caramelle degli sconosciuti, ma in fondo non me l'hanno offerta quindi posso pure concedermela.

La scarto dal suo involucro trasparente e me la infilo in bocca, lasciando sciogliere la patina di zucchero aromatizzato al limone, mentre disfo il mio trolley e appendo i completi come Jean-Marc pretenderebbe. Mi serve un costume da bagno.

Siccome però non sono uno che sa aspettare, alla fine, anziché succhiarla, mordo la caramella ma il *crack* che sento è accompagnato da un dolore sordo e pungente ai molari.

«Cazzo!», esclamo alterato. «Come fanno due nonne con la dentiera a mangiarsi questa roba?!».

Mi sputo nel palmo i frammenti di caramella killer, intenzionato a buttarli nel water, ma noto uno scintillio inusuale per del banale zucchero.

Apro il rubinetto dell'acqua calda al massimo e lascio dissolvere la caramella finché non mi resta in mano una pietruzza taglio marquise della grandezza di un pistacchio. Esco sul balcone e il sole la colpisce sprigionando un caleidoscopio di riflessi. La strofino sulla superficie della vetrata che resta rigata.

Un diamante caramellato. E quelle due signore ne avevano un sacchetto pieno.

Ad Amsterdam.

Il giorno successivo al furto della parure di Gassan.

Brave. Bella idea, nonnine. Questo trucco mi sa che me lo riciclo.

Mi sfilo la cravatta, ancora più intenzionato a raggiungere Chantal, quando il mio telefono squilla.

È Giles.

«Tutto bene lì?», mi domanda senza neanche salutare.

«Una favola».
«Non ti ci abituare. Hai un nuovo incarico».
«Subito?»
«Tra due giorni ti raggiungerà a Monte Carlo il nostro informatore, fatti trovare pronto».
«Due giorni?». Guardo Chantal distendersi sul lettino a bordo piscina, il suo viso che si alza rivolto al mio balcone. «Me li farò bastare».

Ringraziamenti di Blake Avery

La prima persona che voglio ringraziare è me stesso. In particolare quella parte di me distruttiva e autosabotatrice che di solito mi ripete: «Sei un fallito, non provarci neanche che tanto non concluderai nulla», e che stavolta – forse per la prima in vita mia – è stata zitta e mi ha lasciato finire di scrivere questo romanzo.

In realtà, la storia di Nick ha rischiato di finire nel cestino più di una volta.

Ho cominciato a immaginare la sua vita quando stavo ancora al secondo anno di università, ho scritto forse un paio di capitoli e poi li ho lasciati lì in una cartella del PC nominata "varie".

La vita del college è troppo divertente per passare le serate sulla tastiera a scrivere!

L'ho ripresa a ridosso della laurea, quando mi sono trovato a fare pulizia della famosa e infame cartella in cui avevo sostanzialmente l'abitudine di buttare tutto ciò che stava sul desktop. Ho riletto quei due capitoli, mi sono piaciuti di nuovo e ho continuato a scrivere altre pagine.

Il vuoto post laurea e il fatto che dovessi decidere cosa volevo effettivamente diventare "da grande" mi hanno convinto ad accantonare di nuovo Nick Montecristo.

Per questo, però, devo ringraziare anche i miei genitori,

soliti sostenitori dell'argomentazione "Scrivere non è un mestiere".

La terza volta è stata quella buona. Mi sono trovato a vivere in una comune, cosa che ho capito presto non fare per me, ma giocoforza la mancanza di mezzi economici, ho continuato ad abitarvi: il bisogno di avere uno spazio solo mio ha fatto il resto. Quello spazio è stato ancora una volta la storia di Nick.

Stavo bene con lui in Lussemburgo, a farmi vestire da sarti, attingere da conti cifrati; stavo bene con lui nel maniero in Galles, a farmi affidare missioni impossibili; stavo bene con lui perfino in carcere – e questo la dice davvero lunga su quanto detestassi la comune – a farmi istruire da un accademico onnisciente legato a una società segreta.

Il baratro dell'abbandono era comunque vicino, non fosse stato per un incidente capitato al momento giusto che ha fatto incontrare Nick a Sasha.

Al tempo non potevo saperlo, ma Sasha Stone sarebbe diventata la mia agente. Grazie per aver creduto in lui e in me, più di quanto non ci credessi io.

È venuta da me e mi ha detto: «Voglio sapere cosa succede a Nick, ora. Non puoi lasciarmi così!».

E io le ho risposto che non ne avevo idea neanche io. Non avevo davvero mai pensato a dare un senso alla sua storia.

Sasha mi ha costretto a finire il romanzo, mentre cercava una casa editrice che lo pubblicasse.

Ed è a questo punto che devo ringraziare i miei editori, per aver accettato di scommettere su uno sconosciuto basandosi solo su pochi capitoli e una manciata di idee confuse. Io stesso ho pensato che foste un po' pazzi, ma in fondo l'anticipo non mi faceva così schifo, dunque ben venga la vostra follia. Anche perché grazie a quell'assegno ho abbandonato la comune e mi sono trovato una casa vera.

Devo un grosso grazie anche al mio ex compagno di stanza, Knight, che prima di tutti mi ha detto: «Continua a scrivere questa storia, ha del potenziale» e mi scuso con lui per non avergli creduto. Vorrei avergli dato retta prima.

Non ringrazio assolutamente quel cretino del mio migliore amico Dwight, che nei due giorni scarsi che ha passato a casa mia è riuscito a farmi esplodere il computer a ventiquattro ore della consegna, facendomi passare una settimana di panico in cui ho dovuto fingere un'intossicazione alimentare per non rispondere alle chiamate di Sasha, mentre cercavo di capire come recuperare il file con il romanzo.

Non so se questo libro mi cambierà la vita, se mai potrà diventare "un mestiere", ma almeno ho dato a Nick una storia completa e, spero, interessante.

Ringrazio William Shakespeare per aver fatto da prestanome a Emilia Bassano e ringrazio Emilia Bassano per essere esistita. Qualcuno doveva ricordarti, prometto che la prossima volta che verrò a Londra passerò a salutarti e lasciarti i fiori così come ha fatto Nick.

Ringrazio infine i lettori, non tanto perché siano gli ultimi in ordine d'importanza ma piuttosto perché non è scontato che siano arrivati fin qui. Se ci siete, grazie della fiducia.

So che a questo punto in genere gli autori si scusano con tutti coloro che hanno scordato di nominare, promettendo di fare ammenda ai mancati ringraziamenti con cene o regali.

Io non ho scordato nessuno, se non ci sei è perché non sento il bisogno di ringraziarti.

Nick avrà un futuro? Probabile, dato che ho firmato un contratto per due libri e ho già incassato l'assegno per il secondo, ora devo "solo" scriverlo.

Shakespeare's
ENIGMA
A NOVEL
What if the greatest writer of all times was
the biggest scam in history?
BLAKE AVERY

Nota dell'autrice

Quante cose che avrei da dire su questo romanzo, ma non ho abbastanza pagine per esprimere tutto quello che vorrei.

Cominciamo da dove è arrivata l'idea di raccontare la prima avventura di Nick Montecristo. Chi ha letto *Due cuori in affitto* sa che Nick è il personaggio protagonista della saga di romanzi mystery scritti da Blake Avery.

Sul ladro gentiluomo Blake ha scritto sei libri, diventando uno degli autori bestseller più affermati e venduti del mondo. Come Dan Brown, ma con i tatuaggi e i Bloody Mary a colazione.

Io ho un debole per gli *heist movie*, tutti quei film collegati a imprese di ladri e simpatiche canaglie come *Ocean's Eleven*, *Entrapment, Caccia al ladro* e con trame che ruotano attorno a risoluzioni di misteri, cacce al tesoro ed enigmi.

Infatti, subito dopo *Due cuori in affitto*, mi sono messa a scrivere *Prima regola: non innamorarsi*, che nella mia testa è l'ultimo dei romanzi scritti da Blake (chi ha letto anche *Prima regola* ha già fatto conoscenza lì con Nick Montecristo).

Nel costruire il personaggio di Blake Avery, dato che volevo essere precisa, avevo anche inventato i titoli di quelle che erano le storie da lui scritte, quindi quelle che sono state le precedenti sei avventure di Nick; la prima di esse, appunto, legata a Shakespeare.

Ma dunque, cosa mi ha spinto a scrivere questo romanzo?

L'idea (ma sarebbe più corretto chiamarla "epifania") per questa trama è arrivata un paio di anni fa quando, in un'operazione di decluttering e riordino della casa dei miei genitori, liberandomi di vecchi arredi polverosi e complementi di gusto discutibile, ho portato un quadro – anche piuttosto brutto – a uno dei mercatini della mia zona.

Lì la valutatrice, guardandolo, ha detto testualmente: «Vale di più la cornice che il quadro».

Non che mi interessasse effettivamente venderlo per cifre astronomiche, lo scopo era solo quello di liberarmene (era proprio brutto, eppure qualcuno lo ha comprato), ma quella frase mi si è inchiodata in testa e da lì non si è più mossa.

È quella che io chiamo "la palla di neve".

Le mie storie, prima di diventare romanzi, nascono come palline di neve che io comincio a far rotolare e rotolare in avanti, e queste più rotolano, più si ingrandiscono fino a diventare una valanga.

In questa valanga ci sono i personaggi, il contesto, i rapporti, la trama e la sottotrama, l'incipit, lo svolgimento, i plot twist, il finale, e arriva quella che per me è la fase più difficile: la scrittura.

Cosa intendo con "far rotolare" la palla di neve? Intendo pormi delle domande.

Mi sono autointerrogata su questa benedetta cornice. Perché vale più del quadro? È il quadro che è scarso o la cornice che è di pregio? E se fosse solo un messaggio in codice per dire che nella cornice c'è qualcosa di valore? Che cos'è quel qualcosa? Chi ha messo lì quel qualcosa? Perché? Per chi? Il quadro di chi è?

Poteva essere un romanzo! E siccome se penso all'arte e agli oggetti preziosi, penso a Nick, la palla di neve lo ha inglobato. Sarebbe stato un altro suo romanzo.

La prima avventura di Nick "scritta da Blake Avery" l'ho battezzata *Shakespeare's Enigma*, dunque di mezzo doveva esserci per forza Shakespeare.

La decisione era presa: avrei scritto il primo romanzo del caro Blake. (Sì, hai appena letto *Shakespeare's Enigma*, la prima storia di Blake. Facciamo finta che i diritti di traduzione per l'Italia li abbia acquisiti Newton Compton e sia stato ribattezzato *L'amante perduta di Shakespeare*).

Facezie a parte, da qui ho dato un'altra spinta alla pallina di neve: ho studiato, ho fatto ricerche, ho approfondito teorie e incrociato informazioni. Mi sono fatta mandare mappe, mi sono iscritta a biblioteche universitarie per consultare saggi e ho acquistato libri. Forse non era necessario, ma ho comprato anche una copia fac-simile del *First Folio*, scala 1:1 perché avevo bisogno di vederlo lì, sulla mia scrivania.

Sono arrivata alle riflessioni in merito alla possibile vera identità di Shakespeare, perché l'uomo che la storia ci ha restituito come "il Bardo" doveva avere una biografia compatibile con qualcuno in grado di scrivere tante e tali opere. Ho scoperto che ci sono varie ipotesi su chi potesse celarsi dietro la sua firma ed è stato a quel punto che ho incontrato Emilia Bassano.

Una donna? Italiana, perfino?!

Ho fatto ricerche sulla sua famiglia, sui flauti prodotti dai Bassano che sono pervenuti a noi e che recano l'incisione delle due ali.

Mi sono documentata sulla loro araldica, sui loro discendenti e sono rimasta ulteriormente sorpresa nello scoprire che un uomo di nome Peter Goodwin (tuttora vivente) ha ricostruito il proprio albero genealogico fino a risalire ai Bassano, di cui ora – per onorarli – ha ripreso il cognome.

Questo è stato il catalizzatore per il personaggio di Angelica.

La parte di giallo legata agli scacchi avvelenati mi è stata ispirata da un fatto di cronaca avvenuto la scorsa estate: una scacchista russa è stata colta in flagrante mentre cercava di avvelenare le pedine della sua avversaria con del mercurio, prima del torneo. Ma spero di aver vendicato giustamente Arrigo.

Poiché qualcuno si chiederà quanto c'è di vero e d'inventato in ciò che ho scritto, confermo che a oggi non sono ancora stati rinvenuti né *Cardenio* né *Pene d'amor vinte*, e che non è stata riscontrata l'esistenza di un *First Folio* che rechi lo stemma dei Bassano. Mentre, per voce della professoressa Nigel e del professor Royer, espongo le informazioni che ho raccolto documentandomi. Uno dei libri che è stato per me grande fonte di notizie è *Shakespeare's Dark Lady*, di John Hudson, che ti suggerisco nel caso Emilia abbia affascinato anche te.

Io di certo non la scorderò e oggi ci sono due nuove cose che voglio fare nel prossimo futuro: vedere dal vivo la copia del *First Folio* padovano e, non appena tornerò a Londra, portare un fiore a St James a Clerkenwell, perché – come ha detto Nick – Emilia Bassano è ancora lì da qualche parte.

Forse era davvero lei la mente e la mano che ha scritto *Romeo e Giulietta*, *Otello*, *La bisbetica domata*, oppure no, ma credo sia giusto ricordare e riportare alla luce le storie delle donne geniali che sono state dimenticate.

Questa è la sua. La storia di una donna, italiana, che potrebbe essere stata Shakespeare.

Ringraziamenti

Se non mi hai già preso per matta e sei ancora qui, grazie a te che hai letto questa storia, e hai dato un'opportunità a questa mia nuova avventura.

Questo esperimento mystery non è un addio al romance, anzi, proprio mentre sto scrivendo questi ringraziamenti, ho già un file su Scrivener con i primi due capitoli di una nuova commedia romantica che frigge per essere raccontata.

Un grande grazie va alla mia casa editrice, Newton Compton editori: grazie a Elena Paganelli che, quando dico «Voglio appiccare un incendio», mi passa un accendino; grazie a Raffaello Avanzini, per la fiducia che ripone ogni volta nei miei progetti; ad Antonella Sarandrea che continua sempre a rispondere alle mie chiamate del lunedì; Barbie Bianca Giordano e Barbie Beatrice Maione, le mie *partners in crime*; Carol Gullo per aver illustrato la copertina esattamente come la immaginavo prima ancora che fossi in grado di immaginarla; Clelia Frasca, che riesce sempre a tenere tutto insieme senza mai scordare nulla (dimmi cosa prendi! Fosforo? Ginseng? Dinamite?); Giovanna Iuliano, una one-woman-show che è leggenda.

Senza di voi, le mie storie sarebbero solo palline di neve.

Grazie alla mia famiglia, al mio bimbo, e alle mie amiche vicine e lontane: Lea Landucci, Paola Chiozza, Naike Ror, Azzurra Sichera, Elisa Paterlini, Serena Berselli,

Silvia Corradi. Se non ci foste voi, chi ascolterebbe i miei podcast?

Nel testo, cito anche Aldo Manuzio ed è una reference destinata a quattro persone presenti in un momento di altissimo teatro.

Ringrazio infine tutti i creator, sia quelli che mi sostengono dagli esordi che quelli che ho conosciuto lungo il mio percorso: grazie per dar spazio ai miei romanzi.

Fino a qui ci siamo arrivati, e nell'attesa di ritrovarci nel nuovo romanzo, rimaniamo in contatto attraverso i social (su Instagram e TikTok sono @felicia_kingsley) e sul mio sito www.feliciakingsley.com.

Alla prossima storia,

F.

Playlist

Come sempre lascio qui la playlist delle canzoni che hanno accompagnato la stesura di questo romanzo e che possono aiutarti a immedesimarti nell'atmosfera. La trovi su Spotify nel mio profilo, seguendo il QR code.

Swan Song, Dua Lipa
Starboy, The Weeknd feat. Daft Punk
Dangerous, David Guetta feat. Sam Martin
The Mystic's Dream, Loreena McKennitt
Mockingbird, Eminem
Memories, Within Temptation
Ghost, Justin Bieber
Arcade, Duncan Laurence feat. FLETCHER
Howl, Florence + The Machine
Gravity of Love, Enigma
Imaginary, Harp Twins
Beyond Love, Ivan Torrent
Iron Angels, Ivan Torrent
Smooth Criminal, Michael Jackson

Indice

Felicia Kingsley

PRIMA REGOLA: NON INNAMORARSI

Volume di 416 pagine, € 3,90

Silvye ha ventisette anni, una madre asfissiante e sogna solo una vita normale, con un lavoro normale. Ma la verità è che la sua vita è tutto meno che normale perché… è una truffatrice. Sì, una truffatrice, figlia di una truffatrice che l'ha istruita alla perfezione nell'arte del furto e dell'inganno. Ci sono solo due cose che Silvye non deve fare: mangiare carboidrati e innamorarsi. A lei, le regole proprio non piacciono: ok vivere senza innamorarsi, ma non senza carboidrati!
C'è invece una persona a cui le regole piacciono moltissimo: Nick Montecristo, affascinante ladro-gentiluomo e astuto genio dell'arte. È un abile stratega, impermeabile ai sentimenti, e non ha mai fallito un solo incarico.
Nick e Silvye sono i prescelti da un ricco ed eccentrico collezionista per mettere a segno un colpo sensazionale. Peccato che i due si detestino e abbiano qualche conto in sospeso da regolare. Lei è fuoco, lui è ghiaccio. Impensabile lavorare insieme, impossibile dire di no al colpo. Riusciranno Nick e Silvye a passare da rivali a complici, ed evitare che una fastidiosa quanto imprevista attrazione tra loro complichi le cose? Ma sì, in fondo sono due professionisti, basterà rispettare una sola regola…

NEWTON COMPTON EDITORI

Felicia Kingsley

UNA CONQUISTA FUORI MENÙ

Volume di 512 pagine, € 9,90

Tra gli agenti speciali dell'FBI, Dwight Faraday è il migliore: anticonformista, dal fascino ribelle, detiene il record imbattuto di indagini risolte sotto copertura. È anche un cuoco provetto, dunque è l'ideale per infiltrarsi nella brigata del ristorante italiano che appartiene alla famiglia Villa, sospettata di avere legami con la malavita di New York. Dwight, però, non ha fatto i conti con Julia Villa, la figlia del proprietario: ragazza tosta e determinata a guidare gli "affari" di famiglia, lo detesta sin dal loro primo, tempestoso incontro ed è intenzionata a fargli capire chi comanda. Con la missione a rischio, Dwight è costretto a cambiare piano: conquistare Julia per raccogliere le informazioni di cui ha bisogno. Tra schermaglie affilate, sfide a colpi di fuori menù e provocazioni al peperoncino, Dwight è pronto a scovare la ricetta giusta per arrivare al cuore di Julia, che sembra ostinatamente immune al suo fascino. Ma se alla fine fosse proprio l'inafferrabile agente Faraday a farsi prendere per la gola? In cucina non ha mai fatto così caldo…

NEWTON COMPTON EDITORI

Felicia Kingsley

LO SPEZZACUORI

Volume di 224 pagine, € 3,90

Autore bestseller ribelle e caotico, Blake Avery fa impazzire chiunque graviti nella sua orbita: dall'agente all'editor, dagli addetti stampa ai grafici. Così, l'editore, che non ne può più di sentire lamentele sul suo conto, obbliga Blake a seguire una serie di sedute di psicoterapia per gestire i problemi di disciplina. Una cosa è certa: Blake non pensa di avere alcun tipo di problema e non ha nessuna voglia di farsi esaminare da uno "strizzacervelli". Ma il dottor Zuckerman la sa lunga e, seduta dopo seduta, senza rendersene conto, Blake si mette a nudo e racconta di sé e delle sue relazioni passate: dal primo bacio alla prima cotta estiva, dalle (dis)avventure con le donne all'incontro con Summer che, lui ancora non lo sa, gli cambierà la vita. Quanti cuori infranti si sarà lasciato alle spalle prima del vero amore?

NEWTON COMPTON EDITORI

Felicia Kingsley

UNA RAGAZZA D'ALTRI TEMPI

Volume di 512 pagine, € 9,90

A chi non piacerebbe vivere nella Londra di inizio '800, tra balli, feste e inviti a corte? Di certo lo vorrebbe Rebecca Sheridan, perché a lei il ventunesimo secolo va stretto: vita frenetica, zero spazio personale e gli uomini... possibile che nessuno sappia corteggiare una ragazza?
Brillante studentessa di Egittologia e appassionata lettrice di romance Regency, Rebecca ama partecipare alle rievocazioni storiche in costume e, proprio durante una di queste, accade qualcosa di inspiegabile: si ritrova sbalzata nella Londra del 1816. Superato lo shock iniziale, realizza di avere un'opportunità unica: essere la debuttante più contesa dagli scapoli dell'alta società, tra tè, balli e passeggiate a Hyde Park. Mentre è alla ricerca del suo Mr Darcy, attira però l'attenzione dell'uomo meno raccomandabile di Londra: Reedlan Knox, un corsaro dal fascino oscuro e dalla reputazione a dir poco scandalosa. Insomma, il genere d'uomo che una signorina per bene non dovrebbe proprio frequentare. Ma quando Rebecca scopre segreti inconfessabili e trame losche dell'aristocrazia, il suo senso di giustizia le impone d'indagare. Nessuno però pare intenzionato a mettere a rischio il proprio onore per aiutarla. Non le resta che rivolgersi all'unico che un onore da difendere non ce l'ha: Reedlan Knox. E se, dopotutto, il corsaro si rivelasse più interessante del gentiluomo che ha sempre sognato? Decidere se tornare nel presente o restare nel 1816 potrebbe diventare una scelta difficile...

NEWTON COMPTON EDITORI